Andreas Reinhardt

BLUTPHARMAZIE
Im Bannkreis des Voodoo
Afrika-Thriller

Inhalt

Weisheit und Erfahrung eines Griot.....................11

Albtraum oder Vorankündigung –
von Hexen und Amazonen.....................18

Pablo und die Hexen.....................27

Wächter der Schöpfung.....................36

Ankunft in Cotonou – Dr. Djayéola Biassou.....................51

Abgründe des Voodoo.....................63

Ein Pharmaunternehmen lässt bitten.....................79

Duell auf dem Dantopka-Markt.....................108

Offenbarung am Strand von Ouidah.....................123

Café du Monde – wo die Weltpresse tratscht.....................134

Mordanschlag im Hotel.....................147

Katz-und-Maus-Spiel im Kongresspalast.....................157

Eine Spur nach Savalou.....................165

Die drei beninischen Musketiere.....................179

Operation Minvoul – die Büchse der Pandora.....................188

Dah Agbo und der Voodoo-Tempel.....................212

Ganvié – Chronik einer mystischen Schlacht.....................227

Von der Kunst, Karten richtig auszuspielen.....................250

Operation Götterdämmerung – Phase 1.....................265

Operation Götterdämmerung – Phase 2.....................278

Wo die Seele zu Hause ist.....................286

Dem Griot das letzte Wort.....................301

Die Handlung dieses Romans ist frei erfunden. Eventuelle Ähnlichkeiten mit lebenden oder verstorbenen Personen sind rein zufällig und nicht beabsichtigt.

Der Roman enthält darüber hinaus zahlreiche Bezüge zu realen gegenwärtigen und historischen Ereignissen und Gegebenheiten.

Verehrte Leser,

der Mensch sucht nach dem Reichtum in Raum und Zeit hier auf Erden. Doch der größte Reichtum liegt in ihm selbst. Nur er selbst trägt die Macht in sich, alles gleichzeitig zu erbauen und zu zerstören in seiner Welt.
Ein jeder Mensch wählt dort zu jeder Tageszeit, welchen Teil von sich er manifestieren will in diesem Universum. Dadurch wird Gutes oder Böses erschaffen in der Welt. Kein anderes Wesen in dieser Welt hat diese Macht über das Sein.

Es gibt keine Handlung vom Menschen ohne Verantwortung. Das Licht der Verantwortung ist der erste Schritt auf dem Weg der Erkenntnis. Solange der Mensch seine Verantwortung vor den Mitmenschen und der Natur ablegt, wird er nicht voranschreiten in seiner Entwicklung, in welche Richtung es sein mag.

Da die Menschen bis heute ihre Macht und ihre Verantwortung unterschätzen, entstehen Streit, Krieg, aber manchmal auch Frieden. So wollen wir hoffen, dass dieser Roman den Menschen hilft, die Macht, die sie selbst in sich tragen, ob wissentlich oder unwissentlich, zu verstehen und zu gebrauchen zum rechten Pfad. Nur durch das Licht der Liebe und des Mitgefühls kann das Licht entstehen in dieser Welt, was den Menschen dort erhebt. So möge der Mensch das Licht verstehen, um das hohe Licht, was ihm offenbart werden kann, zu gebrauchen.

Der Voodoo ist einer dieser Wege der Selbsterkenntnis und

des Gottesdienstes, um sich zum Göttlichen zu erheben. Es kommt immer darauf an, welche Absicht der Mensch selbst dabei trägt. Wenn der Mensch sich bemüht die Tugenden in sich lebendig werden zu lassen, dann wird er damit die Unreinheiten in seiner Wesenheit vertreiben.

So ist der Pfad dorthin, wo das Glück sich befindet. Nur durch die Erhebung unserer Seele, welche sich in Arbeit manifestiert, kann das Licht des Wohlstandes für den Menschen entstehen.

Was ist aber das Licht des Wohlstandes?

Der Wohlstand ist das Licht der Harmonie mit sich selbst und mit dem Göttlichen. Manchmal ist dies mitgebracht aus früheren Leben und manchmal ist dies erarbeitet in diesem Dasein hier. Doch wenn ein jeder Mensch sich in seinem alltäglichen Verhalten genau beobachtet, so wird er erkennen und eine gewisse Harmonie in sich vorfinden. Wenn diese Harmonie dort fehlt, so entzieht sich dieses Licht erneut und die Arbeit beginnt von Neuem. Möge das göttliche Licht die Menschen dort erleuchten, damit sie ihr wahres Licht erkennen, verstehen und anwenden können. So möge es sein.

Seine Majestät
Dr. h.c. Dipl.-Ing.
Dadah Bokpe Houézrèhouêkê
Prinz von Allada (Republik Benin)
König zu Ouidah (Republik Benin)
Ehrenpräsident der Vereinigung der
gekrönten Familienoberhäupter von Ouidah (ACCO)

Weisheit und Erfahrung
eines Griot

Ich bin ein Griot, Verkünder des Gegenwärtigen und Vergangenen, Produkt einer langen Ahnenreihe und eines Kontinentes, dessen Osten und Südosten als die Wiege der Menschheit gelten, wenn man von den ältesten Knochenfunden ausgehen darf. Eben dieses Afrika hat seinen Menschen seit Anbeginn ihrer Existenz mehr als anderswo alles abverlangt. Die Erde war in weiten Teilen wenig fruchtbar, dafür überreich an Mineralien. Und bei all dem, was die wechselvolle Geschichte noch bereithalten sollte, müsste sich die Frage aufdrängen, ob mehr fruchtbares Land und dafür weniger Mineralien nicht segensreicher gewesen wären. Doch es wäre auch eine blasphemische Frage. Warum? Weil Afrikaner dank des göttlichen Geschenkes der Intelligenz zwar immer in der Lage gewesen sind, aus dem Schicksal heraus selber zu gestalten, die Härten der Natur als feststehendes Schicksal aber nun einmal vorgegeben waren. Früh haben die besonderen klimatischen Bedingungen Krankheitserreger, Parasiten und Seuchen hervorgebracht, welche die Menschen entweder dahinsiechen oder sie im Laufe vieler Generationen zu unvergleichlich widerstandsfähigen Individuen reifen ließen. Malaria, Schlafkrankheit, Pocken, Hakenwurmanämie oder der sogenannte

Guinea-Wurm zum einen, eine Vielfalt lebensbedrohender wilder Tiere zum anderen – Regenwälder und Busch wurden zum Inbegriff des Bösen. Lang anhaltende Dürreperioden kamen hinzu, wie etwa in Westafrika zwischen 1.100 bis 1.500 n. Ch. oder 1640 bis 1840. Jenes Afrika formte Menschen, wie sie leidensfähiger und genügsamer nicht hätten sein können. Reproduktion und Abgrenzung der Zivilisation gegen die Natur wurden zu obersten Geboten.

In der westafrikanischen Savanne, wo sich aufgrund der trennenden Sahara die zivilisatorische Entwicklung lange Zeit eigenständig vollzog, entstanden immer neue Siedlungszentren. Im Norden von Trockenheit bedroht, schoben sich diese in den Süden vor, was mit beschwerlicher Waldrodung einherging. Dabei gab insbesondere erfolgversprechender Ackerbau die Standorte der Erschließung vor. Ein Siedlungskern war jeweils von Grenzlandsiedlungen umgeben. Konzentrische Kreise von brachliegenden und bewirtschafteten Feldern umgaben Häusergruppen und Dörfer. Zwischen den Siedlungszentren lag Wildnis. Die Ursachen für neue Siedlungsgründungen waren vielfältig, reichten von Überbevölkerung über Dürre und Hexerei bis hin zu äußeren Feinden. Da Siedlungen Schutz und Zivilisation bedeuteten, wuchsen sie durch ständige Zuwanderung aus allen Himmelsrichtungen. Neue Sprachen und Dialekte, aber auch abweichende Traditionen hielten Einzug. Immer komplexere Erdwälle trennten Kulturlandschaft von unerschlossenem Waldland, das immer weiter Richtung Küste zurückgedrängt wurde. Im Verlauf des ersten Jahrtausends n. Ch. schlossen sich Dörfer und Siedlungen zu Kleinstaaten zusammen, aus denen mächtige Königreiche und Hochkulturen wie das Reich Mali vom heutigen Senegal bis nach Burkina Faso, das Edo-Reich von Benin im heutigen Nigeria oder das Akan-Reich im heutigen Ghana erwuchsen. Dabei war die Staatenbildung unter den gegebenen Umständen durchaus eine Herausforderung. Man hatte es mit einer hemmenden Unterbevölkerung zu tun. Die Siedlungen waren außerdem von hohem Freiheitswillen und Vielfalt in Traditionen und Zugehörigkeitsgefühl bestimmt, repräsentiert und geführt von gewählten Oberhäuptern.

Erfolgreich waren jene königlichen Herrscher und Reichsgründer, welche Mittel und Wege fanden, belastbare Gemeinsamkeiten zu schmieden. Ein Sprichwort aus der Akan-Kultur beschreibt das Dilemma so: ‚Die Macht ist wie ein Ei in der Hand. Drückt man es zu fest, zerbricht es. Hält man es zu locker, fällt es zu Boden.‘ – Erfolgsgaranten waren militärische Stärke, Sklavenwirtschaft und ein florierender Außenhandel. Hinzu kam ein hoher Grad religiöser Homogenität der Bantu-Völker in Westafrika. Ihre Vorstellungen von einem Schöpfergott, Ahnenkult, Naturgeistern, der Kraft von Amuletten, Hexerei oder einer rituellen Priesterschaft waren vergleichbar, was die Entwicklung einer einenden Kultur vereinfachte. Damit einher gingen Medizin und Naturheilverfahren. Blut Schröpfen, Geburtshilfe oder frühe Chiropraktiker gehörten ebenso dazu wie Kräuterkunde und Heilsalben sowie Exorzismus und komplexe magische Rituale.

Im Zusammenhang mit der Geschichte Afrikas wird bei der Betrachtung in der Regel dem transatlantischen Sklavenhandel eine zentrale Rolle beigemessen. Dann ist vom Dreieckshandel die Rede, weil sich Händler von Europa aus nach „Guinea" aufmachten, um Waffen aller Art, Tuch oder Alkohol gegen westafrikanische Sklaven zu tauschen. Diese Sklaven wurden dann auf den Karibischen Inseln oder dem amerikanischen Festland zum Einsatz auf Plantagen verkauft. Der Erlös wiederum wurde in Produkte wie Zucker, Baumwolle und Tabak investiert, welche nach einer weiteren Atlantiküberquerung in Europa zu noch mehr Geld gemacht wurden. Natürlich entspricht diese Darstellung der historischen Wahrheit und muss erzählt werden. Aber man dient der Wahrheit nicht, wenn die Geschichte der afrikanischen Sklavenwirtschaft nur derart verengt dargestellt wird. Die Vorliebe zur Selbstgeißelung, wie sie in Ländern Europas oder in den USA zu beobachten ist, treibt auf die Art leider auch falsche Blüten, denn selbstverständlich waren afrikanische Gesellschaften niemals nur Opfer. Sklavenwirtschaft und Sklavenhandel waren dort vielmehr schon vor Ankunft der Muslime und Christen ein tief verwurzeltes Übel. Ohne Billigung sowie Beteiligung mächtiger Herrscher vor Ort wäre letztlich auch der transatlantische Sklavenhandel mit über elf Millionen Verschleppten nicht möglich gewesen, oder dass arabische Kaufleute bereits 700 Jahre zuvor afrikanische Sklaven durch die Sahara in islamische Länder am Mittelmeer und am Roten Meer geführt haben, insgesamt über drei Millionen.

Nicht staatlich organisierte Völker und freie Siedlungen wurden bevorzugte Ziele von Beutezügen, auch wenn einzelne Völker wie die „Baga" im heutigen Guinea oder die „Kru" im heutigen Liberia sich der innerafrikanischen

Sklaverei widersetzten. Entführt oder als Kriegsbeute wartete ein unfreies Leben auf Plantagen, in Sklavenheeren oder als Haussklave, nicht zuletzt infolge der brisanten Unterbevölkerung, sofern es nicht zu einem Weiterverkauf nach São Tomé, Madeira, Südeuropa, Amerika oder in die Karibik kam. Beim Verbleib in Westafrika bestand zumindest eine gewisse Wahrscheinlichkeit des gesellschaftlichen Aufstiegs, zum Beispiel als königliche Leibwache oder Regierungsbeamter.

Südeuropa lechzte bereits seit Mitte des 14. Jahrhunderts nach den robusten afrikanischen Sklaven, hatten doch Kriege und die Pest schwer gewütet. Felder für den Nahrungsmittelanbau konnten dort nicht mehr ausreichend bewirtschaftet werden. Besonders der von den Muslimen übernommene Zuckeranbau im Mittelmeerraum, in Portugal und auf den portugiesischen Atlantikinseln nahm zu und verschlang Arbeitskräfte. Portugiesen waren es auch, die um 1471 erstmals bis an die Küste des Akan-Reiches vorstießen – des Goldes wegen. Innerhalb von nur 30 Jahren kontrollierten sie die Hälfte aller Goldexporte Westafrikas. Und sie bezahlten das von der portugiesischen Krone so heißbegehrte Edelmetall mit Sklaven, welche man im Königreich Benin, im Königreich Kongo oder über den Handelsstützpunkt in Loango an der Küste der heutigen Republik Kongo erwarb. Es sind portugiesische Sklavenhändler gewesen, die eine etwa 6.000 Kilometer lange Küstenlinie vom Senegal bis nach Angola „Guinea" oder genauer „Oberguinea" und „Unterguinea" getauft haben – ein Begriff aus der Berbersprache, der so viel bedeutet wie „Land der schwarzen Menschen". Entsprechend dem jeweiligen Hauptexportgut folgte eine weitere Unterteilung in „Korn-" oder „Pfefferküste", „Elfenbeinküste", „Goldküste" und „Sklavenküste". Doch für die Europäer barg besagter Küstenstreifen von Guinea nicht nur finanziellen Segen, sondern auch einen Fluch. So viele von ihnen verstarben an ortstypischen Tropenkrankheiten, dass man schnell vom „Grab des weißen Mannes" sprach. - Um das Jahr 1700 traten an die Stelle des Goldes als dem wertvollsten Exportgut des westafrikanischen Küstengebietes endgültig Sklaven.

Warum ich euch dies alles vortrage, wo es doch längst vergangen ist? Nun, all das macht die Seele Afrikas und der Afrikaner aus. Und nichts ist vergangen, was auch die Gegenwart bestimmt und genauso Vorbote wie Warnung für die Zukunft ist.

Das Abenteuer des „Wächters der Schöpfung" Bonifacius Kidjo in diesem Buch ist getränkt von der Vergangenheit. Wieder sind Schwarzafrikaner genauso Ausgebeutete wie Täter und Kollaborateure. Ihre Leidensfähigkeit, körperliche Robustheit aber auch fehlende Solidarität und Machtgier sind einmal mehr entscheidende Elemente, von denen geschäftstüchtige Weiße aus europäischer Blutlinie unverändert profitieren wollen.

Einst waren es eine „böse" Natur, bedrohliche Krankheiten, Sklavenhandel und tiefe Spiritualität, heute sind es eine geheimnisvolle Epidemie, ein US-Pharmakonzern und die Kräfte des Voodoo. Wo also hört Vergangenheit auf und fängt Gegenwart an, endet Unschuld und beginnt Schuld, grenzt sich Fiktion von Realität ab?

Lest und Ihr werdet vielleicht zu der Erkenntnis gelangen, dass dazwischen gar keine Grenzen zu finden sind und genau mit dieser Erkenntnis auch die Eigenverantwortung beginnt.

Albtraum oder Vorankündigung – von Hexen und Amazonen

Hoch oben tauchte die tatendurstig aufgehende Sonne Gipfel und Grade der umliegenden Berglandschaft in verheißungsvoll warme Farben, wurde dafür von einem mehrstimmigen Chor verschiedenster Singvögel freudig willkommen geheißen. Nur widerwillig lüftete der geisterhafte Nebel an den Hängen und auf den Wiesen seine Schleier. Der Hochsommermorgen in der andalusischen Sierra Nevada folgte damit einem gewohnten Ritual seit Menschengedenken, wie es trotzdem nie zur Gewohnheit werden konnte, sofern es ein Mensch verstand, aus dem tiefen Frieden jenseits zivilisierten Wahnsinns Kraft zu schöpfen. Doch im Hintergrund wich etwas von jener eingeschworenen Harmonie ab, ohne dabei als störend ins Gewicht zu fallen – ein eigenwilliges Klangmuster, nicht aufdringlich aber doch rhythmisch. Bei näherem Hinhören war es eine schnelle Abfolge dumpfer Krafteinwirkung. Die Quelle wurde vom Nebel eifersüchtig gehütet, so als ginge es um ein Geheimnis. Doch während das zu Hörende – immer wieder variiert und von gelegentlichen Pausen begleitet – sich fortsetzte, gewann die wärmende Sonne immer mehr die Oberhand, gab schließlich den Blick frei auf saftiges Grün.

Der hochgewachsene, muskulöse Mann von Anfang dreißig bearbeitete einen Sandsack abwechselnd mit Fäusten, Ellenbogen, Knien und Fußtritten. Die Schlag- und Trittkombinationen gegen das robuste Leder mit wohlverdienter Alterspatina erfolgten geschmeidig, koordiniert, auf den Punkt, wodurch selbst dieses vom Ast eines altehrwürdigen Laubbaumes hängende, schwere Trainingsgerät in Bewegung versetzt wurde. Der Schweiß lief in Strömen, nährte den Stoff des ärmellosen Sportshirts, während der dunkelhäutige Athlet mit den feinen Gesichtszügen irgendwo zwischen Konzentration und Geistesabwesenheit gefangen zu sein schien.

Die 400 Jahre alte Korkeiche mutete in ihrer Erscheinung – mit der nie geernteten, zerfurchten Rinde und den weit ausladenden, verknöcherten Ästen – wie ein betagter und vom Leben gepeinigter Boxtrainer an, der seinem Schützling wild gestikulierend Anweisungen zurief. Und tatsächlich begegnete Bonifacius Kidjo diesem Wunder der Natur mit tiefem Respekt, teilte mit ihm seine Gedanken und Sorgen. Genau genommen handelte es sich auch nicht um eine ordinäre Korkeiche von vielen, schon deshalb nicht, weil das Überleben einer solchen in dieser Höhenlage an ein botanisches Wunder grenzte. Ganz alleine stand sie da, getrennt von ihresgleichen. Das Wirken spiritueller Urkräfte stand für den Deutschen mit teils kongolesischen Wurzeln außer Frage. Einer der Gründe, die ihn vor Jahren zum Kauf des Grundstückes bewogen hatten.

Und wenn dieser Methusalem der andalusischen Bergwelt dazu im Stande gewesen wäre, so hätte er dem geneigten Beobachter zweifelsohne davon berichten können, was den

Schützling unter seinem Blätterwerk zu solch entfesseltem Training anstachelte.

Der Journalist wurde getrieben von einem Albtraum, einer Vision oder Vorankündigung, die ihn in der vergangenen Nacht ereilt hatte. Nie zuvor hatte er solche Schreckensbilder empfangen, derart surreal und doch irgendwie real. Während Bonifacius seinen Körper weiter forderte, stellte sich sein Verstand nochmals der Ursache für die innere Unruhe:

Atemlos hetzt der Träumende durch einen düsteren Wald, während feuchtkalter Wind ihm den morbiden Geruch von Krankheit und Tod in die Nase treibt. Unablässig raschelnd regnet es verdorrte Blätter, und substanzlose Schatten scheinen danach zu trachten, den einzigen Menschen an jenem unheilvollen Ort einzukreisen. Bonifacius will umkehren, will entkommen. Doch es liegt nicht in seiner Macht. Der Körper gehorcht nicht mehr dem Überlebenstrieb. Plötzlich sind es schwärzeste Dunkelheit und tropische Pflanzenriesen, welche sich auf ihn zubewegen, dass es ihm die Kehle zuschnürt. Eine Eule überfliegt die Szenerie rückwärts, und eine unsichtbare Macht zwingt ihn, zum dichten Blätterdach emporzuschauen. Die Dunkelheit hat mittlerweile alles zwischen Himmel und Boden in ein verzehrendes Schwarz getaucht, hat es geradezu verschlungen. Dann sieht er sie, rot funkelnde Augenpaare. Erst wenige, dann immer mehr. Von weit oben starren sie ihn an – lüstern, bösartig, blutdürstig. Alles an diesem Ort scheint verkehrt zu sein, widernatürlich und feindselig, aus dem göttlichen Gleichgewicht geraten. Wieder versucht

Bonifacius in panischer Verzweiflung zu entkommen, sich der Blicke dieser Kreaturen zu entziehen. Doch je fordernder sein Fluchtinstinkt, desto mehr rote Lichtpunkte werden es – ein Sternenzelt wie direkt aus der Hölle. Er spürt genau, es geht um ihn. Schließlich fügt er sich in sein Schicksal, stellt jede Anstrengung ein, erwartet das Unvermeidliche. Jetzt erst werden die Lichtpunkte größer, immer größer. Was auch immer sich hinter ihnen verbirgt, es kommt langsam aber unaufhaltsam näher. Ohne die Chance auf Flucht erwacht der Kampfgeist in dem Gefangenen des eigenen Traumes. Sein entschlossener Blick fällt auf die gesichtslosen Kreaturen, die augenblicklich innehalten. Deren Augenpaare verschwinden so spurlos, wie sie zuvor erschienen sind.

Als wäre im Bruchteil einer Sekunde eine neue Theaterkulisse aufgezogen worden, präsentiert sich im Wald ein gänzlich neues Schauspiel, wenngleich nicht weniger surreal und verstörend. Im Schein brennender Scheiterhaufen werden viel zu große Geier sichtbar, die zwischen den Bäumen kreisen. Deren ohrenbetäubendes Kreischen wirkt wie das Kratzen auf einer Schultafel – schmerzvoll und nervenzerfetzend. In ihren Klauen halten sie nackte Menschen gepackt, die sich aus Furcht und Entsetzen winden. Die durchweg schwarzen Opfer scheinen dem Wahnsinn nahe, als sie nacheinander über einer Grube voller zuckender Leiber fallengelassen werden. Selbst die Flammen der Scheiterhaufen verstoßen gegen alle Gesetze der Natur, so wie diese sich dem Boden anstatt dem Himmel entgegenstrecken und die Umgebung dabei in ein intensives grünes Licht tauchen. Eine weibliche Gestalt mit bis zum Weiß der Augäpfel verdrehten Augen und dem zu einer grinsenden Fratze verzerrten Gesicht, kopuliert völlig enthemmt mit einem Wildschwein. Wenige Meter weiter verspeist eine andere entmenschlichte Gestalt, die einmal eine Frau gewesen sein mag, das abgerissene Bein eines Kleinkindes. Gierig beißt sie große Stücke heraus und verschlingt diese, während blutiger Speichel spritzt und am verschmutzten Körper herab auf den Boden tropft.

Bonifacius verspürt den Drang, in die wieder sichtbaren Baumkronen hinauf zu schauen. Eine Heerschar weiterer Hexen hängt reglos mit den Köpfen nach unten in den Bäumen, nackt, ihre blutunterlaufenen Augen starr auf ihn gerichtet. Erst eine Bewegung in unmittelbarer Nähe erlöst den zentralen Protagonisten aus seiner Erstarrung. Ein älterer Schwarzer mit weißem Vollbart und gütigen Gesichtszügen, zudem in edlem Gewand, reicht ihm die Hand. Doch noch bevor der Träumende zugreifen kann, wird er von Neuem abgelenkt. Nahe der mit gequälten Menschen gefüllten Grube manifestiert sich eine Gestalt – verhüllt von einem dunklen Umhang mit Kapuze –, die mit ausgestreckten Armen gegen die Opfer gerichtet offensichtlich magische Formeln spricht. Von unbeschreiblichen Krämpfen erfasst, zucken und winden sich die Leiber umso mehr. Doch damit nicht genug. In einer schier endlosen Spirale des Entsetzens muss Bonifacius hilflos mitansehen, wie der Peiniger feierlich zwei transparente Behälter mit unterschiedlichen Flüssigkeiten hochhält. Daraufhin überschlagen sich die Ereignisse. Die verhüllte Gestalt wendet sich in einer abrupten Drehung ihm zu, mit schrillem Kreischen, welches dem der Geier entspricht. Anstelle eines Gesichtes enthüllt das Innere der Kapuze nichts als Dunkelheit. Der vermeintlich zu Hilfe geeilte ältere Mann – kurzzeitig in Vergessenheit geraten – ist ebenfalls nicht, was er vorgab zu sein. Dessen Verwandlung in eine riesenhaft bedrohliche Schlange hält den Träumenden in Schach. Zu allem Überfluss beginnen die Hexen, sich von den Bäumen zu lösen und nach unten zu schweben, wo sie ihren auserkorenen Feind einkreisen – nach wie vor lüstern, bösartig und blutdürstig.

Das verhüllte Schattenwesen widmet sich derweil wieder seiner eigentlichen Aufgabe. Es hält die beiden Behälter über sich, und die enthaltenen Flüssigkeiten entströmen nach oben. Über der Grube vereinigen sie sich schließlich, werden zu einer gasförmigen Wolke, die niedergeht. Die gefangenen Menschen beginnen aus den Körperöffnungen zu bluten. Ströme roten Lebenssaftes tränken den Boden. Als Nächstes bilden sich am ganzen Körper Geschwüre, die zu offenen Wunden aufplatzen, welche wiederum schnell größer werden und unaufhörlich eitriges Sekret freisetzen. Noch bei vollem Bewusstsein zersetzen sich die Körper der Sterbenden unter Verlust aller Körpersäfte.

Potenziert um den beißend süßlichen Gestank, der sich schnell ausbreitet, ist dem Brechreiz kaum noch Herr zu werden. Verhindert wird es einzig durch den Umstand, dass der hilflose Zeuge des Geschehens eine neue Präsenz wahrnimmt. Jemand hat sich die ganze Zeit über abseits des hellen Widerscheins der Feuer verborgen gehalten und den geeigneten Augenblick abgewartet. Und selbst jetzt tritt dieser Jemand nur so weit ins Licht, dass sich eine menschliche Silhouette erkennen lässt. Gleichwohl sind die Reaktionen darauf erheblich. Hexen, wie Schlange weichen angstvoll vor Bonifacius zurück. Selbst das verhüllte Schattenwesen lässt von seinem blutigen Ritual ab, schaut stattdessen gebannt in Richtung eines großen Objektes, das zwischen Unterholz und Baumwurzeln im Verborgenen steht.

Zuerst ist es nur die anwachsende Erschütterung des Erdbodens. Dann folgen das rhythmische Schlagen von Metall gegen Metall und wütende Schlachtrufe wie aus hundert Kehlen. Als die Atmosphäre längst zum Bersten gespannt ist, blitzen Waffen und Zierrat auf. Unerschrockene Kriegerinnen fallen über die Hexen her. Die Amazonen bieten einen furchterregenden Anblick. Ihr Körperharnisch besteht aus mehreren Schichten dicken Leders über einer Tunika. Er ist reich mit Goldplättchen und magischen Amuletten besetzt. Von der Hüfte abwärts bieten dicht aneinander gereihte und gestärkte Lederstreifen einen knielangen Schutz. Feindesblut aus unzähligen Schlachten hat das Leder dunkel verfärbt. Unterarme und Unterschenkel sind von goldenen Schienen, Hals und Fußgelenke von massiven Ringen verdeckt, was gleichermaßen ziert, einschüchtert und Verletzungen vorbeugt. Gekrönt wird die imposante Pracht von einer goldenen Haube als Helm. Sie umrahmt schöne, wenn auch wild herbe Gesichtszüge. All das brennt sich Bonifacius unauslöschlich ins Gedächtnis ein. Auch, dass die afrikanischen Kriegerinnen hochgewachsen, athletisch und mit langen, dolchartigen Fingernägeln bewehrt sind, entgeht ihm nicht. Mit eben diesen sowie mit Kampfstöcken, langen Messern und Speeren bringen sie die Hexen wie entfesselt und auf kürzestem Weg zu Tode. Ihre Augen wirken dabei hypnotisch und im

Stande, jeden Widerstand zu brechen, was angesichts ein- und abgeschlagener Köpfe, abgetrennter Gliedmaßen und durchbohrter Körper seinen routinierten Lauf nimmt.

Einem inneren Impuls folgend, eilt Bonifacius auf das vom Schattenwesen nach wie vor angestarrte Objekt zu, dabei schützend flankiert von drei Amazonen. Auf nähere Distanz erkennt er endlich deutlich, worum es sich dabei handelt – um einen blutverkrusteten Schrein in der Form eines Kessels und der Höhe eines Kindes. Zwei der Kriegerinnen halten, die nun verstärkt auf ihn einstürmenden Hexen auf Distanz, die dritte übergibt ihm einen kunstvoll gearbeiteten, massiven Langstock und deutet auf den Schrein. Unter dem panischen Geschrei der mystischen Feinde schlägt der Auserwählte kurzentschlossen zu. Als das Behältnis zerbricht, ist es auch um die verbliebenen Hexen geschehen, welche scheintot zu Boden sinken. Der Umhang des Schattenwesens fällt in sich zusammen. Nichts ist übriggeblieben außer einem Amulett inmitten des Stoffes. Bonifacius will es an sich nehmen. Doch die näher stehende Amazone kommt ihm zuvor, wirft das Symbol dunkler Macht ins Feuer. Augenblicklich verlieren die Flammen ihren unnatürlich grünen Schimmer, verhalten sich wieder den Naturgesetzen entsprechend. Bis zu diesem Zeitpunkt noch nicht umgekommene Opfer der blutigen Zeremonie genesen wie durch Zauberhand.

In Ehrerbietung senken die Amazonen ihre Waffen und neigen die Häupter vor dem Auserwählten. Der Schutzengel im Hintergrund ist verschwunden. Am Boden sucht eine Schlange ängstlich das Weite – kaum noch einen Meter lang ...

Der „Wächter der Schöpfung" beendete das Training. Mit freiem Oberkörper verharrte er inmitten seines weitläufigen Grundstückes, während der Schweiß sich langsam verflüchtigte und die klare Bergluft der Mattheit des Körpers entgegenwirkte. Es war eine hohe Kunst, den eigenen Geist von allem zu befreien, was diesen beschäftigte. Von Zeit zu Zeit gelang es selbst ihm nicht, egal wie unerbittlich er zuvor den Sandsack malträtiert hatte. Ganz besonders jetzt nicht, wo es aufwühlende Traumbotschaften betraf. Also wandte er sich erneut der Korkeiche zu, suchte den direkten Kontakt mit Stirn und beiden Händen. Kaum waren die Augen geschlossen, versank er in einer Art Meditation, die eigentlich mehr das Zwiegespräch mit einem vertrauenswürdigen Freund war.

Meinst du nicht auch, dass der Traum ein Zeichen ist? Nicht nur ein verstörender Albtraum, sondern eine Vision voller vielschichtiger Botschaften? Ich denke, dass es so ist. Und es betrifft nicht meine vordergründige Arbeit als Journalist, oh nein. Es geht um die anstehende Geheimmission, da bin ich sicher, um meine Reise nach Westafrika, zu einer Urquelle des afrikanischen Mystizismus. Passt doch. Wir werden ja sehen, was ich dazu in Berlin erfahre. - Das wird eine blutige Angelegenheit, darauf wette ich.

Ihr Ahnen, ich lege mein Schicksal in eure Hände.

Pablo und die Hexen

Sein eigenhändig restauriertes, traditionell spanisches Bauernhaus inmitten wild anmutender Pflanzenkulisse empfing ihn in der einladenden Atmosphäre, die ihm so wichtig war. Ob Steinwände, Kamin oder Mobiliar, alles atmete Natur und Harmonie. Auch der Weltbürger in ihm war unverkennbar, fanden sich doch auf den ersten Blick rituelle Masken, Figuren und Stoffe aus West- und Zentralafrika genauso, wie traditionelle Waffen und Keramiken aus China oder Japan. - Zügig nahm Bonifacius die Holzstufen ins Obergeschoss, wo eine erfrischende Dusche auf ihn wartete. Viel Zeit blieb nicht, denn ein väterlicher Freund hatte sich zum Frühstück angemeldet.

Der sympathische Duft frisch gemahlenen spanischen Kaffees zog durchs ganze Haus und wies dem Gastgeber schließlich den Weg in die gemütliche Küche, wo Pablo gerade das gemeinsame Frühstück vorbereitete. Es gehörte zum gewohnten Ritual der so unterschiedlichen Männer, regelmäßig zum Essen zusammenzukommen, wenn sich der umtriebige Weltenbummler und Journalist beim deutschen Konstantin Verlag in seiner Wahlheimat aufhielt. Von dessen gefährlichem Doppelleben wusste der in die Jahre gekommene Bergbauer allerdings nichts, doch vermutlich hätte auch das nichts an ihrer besonderen Beziehung geändert. Dass Pablo hier so frei ein und aus gehen konnte, sprach jedenfalls eine deutliche Sprache, auch wenn zwischen den vergleichsweise wenigen Menschen in den andalusischen Bergen generell großes Vertrauen herrschte und Haustüren selten abgeschlossen wurden. - Die Begrüßung fiel wie immer herzlich aus, ohne überschwänglich zu sein. Wie auf Kommando stürmte allerdings der riesige ungarische Hirtenhund Pablos herbei, um ungleich aufgeregter seinen Anteil an der Wiedersehensfreude einzufordern.

In aller Ruhe wurden anschließend die Frühstücksutensilien nach draußen gebracht, um damit einen rustikalen Holztisch unmittelbar vor dem Haus zu decken.

Die beiden saßen bereits eine Weile in geselliger Stille beisammen und Pablo goss gerade Kaffee nach, als Bonifacius nachdenklich das Gespräch suchte: »Was weißt du über Hexen?«

Der Angesprochene schaute ihn zunächst stirnrunzelnd an.

Nicht etwa aus Überraschung wegen der Frage, sondern weil er über eine gehaltvolle Antwort nachdachte. »Zu dem Thema gibt es viel zu sagen und viel zu wissen. Hexen kennt man ja auf der ganzen Welt. Bestimmt haben sie ihren Platz in jeder Kultur von Grönland bis Japan. Und vor Jahrhunderten hätte wohl niemand ihre Existenz geleugnet. Aber in der Welt von heute, mit moderner Wissenschaft und Technik-Hokuspokus, werden Hexen lieber als Ammenmärchen abgetan. Wie sie aussehen, was sie bezwecken oder worauf ihre magischen Kräfte beruhen, das weiß man nur noch aus Gruselfilmen.«

Plötzlich beugte sich der alte Mann der Berge ein Stück weit über den Tisch, so als war das Folgende nicht für jedermanns Ohren bestimmt: »Lange bevor kultureller Austausch zwischen den Völkern dieser Welt stattfand, gab es schon übereinstimmende Hexenbeschreibungen. Wenn die also nie existiert haben, wie ist dann so etwas möglich?«

Betrübt ließ er sich zurücksinken und streichelte den noch jungen Hütehund, der ihm nur selten von der Seite wich. »So oder so, „Hexe" ist ein missbrauchter Begriff.«

Eine Feststellung, die nach Aufklärung schrie: »Was meinst du damit?«

Pablo trank seinen Kaffee und lächelte bitter. »Menschen tun alles, um nur nicht die Verantwortung für eigene Taten übernehmen zu müssen. Die brauchten schon immer einen Sündenbock für ihre Verfehlungen und Ängste. ‚Ich wurde versucht', ‚etwas hat mich gezwungen' oder ‚sie hat meinen Mann verhext'. Die beschuldigten Frauen waren angeblich unmoralisch, böse und wollten die Menschen verderben. Wo immer ein ungewöhnlicher Todesfall auftrat, eine Epidemie ausbrach oder Felder verdorrten, mussten der Teufel und seine Hexen am Wirken sein. Aber in Wahrheit liegt alles, was der Mensch Hexen je an Grausamkeiten und Perversionen angedichtet hat, in seiner eigenen Natur begründet. Und sollte es tatsächlich Hexen geben, also Frauen mit magischen oder übersinnlichen Fähigkeiten – woran ich persönlich nicht zweifle – werden sie aus guten Gründen nicht in Erscheinung treten. Wie viele Frauen sind alleine schon deshalb als angebliche Hexe gequält, verstümmelt und verbrannt worden, weil sich Männer von ihrer Schönheit angezogen fühlten und Ehefrauen aus Eifersucht zur Anklägerin wurden. Andere landeten auf dem Scheiterhaufen, nur weil ihr Umgang mit Kräutern Kranke heilte. Mit der Inquisition in Europa hat die christliche Kirche jedenfalls so viel unschuldiges Leben vernichtet, wie es tatsächliche Hexen sicher nie getan hätten oder hätten tun können.«

Für den gespannten Zuhörer war es an der Zeit, nachdenklich zu nicken. »Einverstanden, aber nehmen wir mal an – rein hypothetisch – es würde Hexen wirklich geben, ein Teil von denen wäre den Menschen feindlich gesonnen und würde ihnen Schaden zufügen wollen. Aus welchem Grund wohl?«

Ihn traf ein argwöhnischer Blick. »Danach will ich aber wissen, weshalb dich das Thema so interessiert. - Also gut, in dem Fall wäre es vermutlich Daseinszweck der Hexe, die menschliche Moral, gesellschaftliche Regeln und Tabus in Frage zu stellen – ja selbst die Naturgesetze. Sie würde Unruhe stiften, um die menschliche Gemeinschaft auf die Probe zu stellen, um sie vom rechten Weg abzubringen. Es geht um das ewige Spiel Gut gegen Böse. Vermutlich wären solche Hexen nur die Handlanger und Vollstrecker noch mächtigerer dunkler Kräfte, so wie Soldaten politischen Zielen dienen und Befehle auf Kommando ausführen. - So, mein Freund, jetzt bist du dran«, endete Pablo fordernd.

»Mir geht es um die Hexe als Symbol. Ich hatte letzte Nacht einen heftigen Traum. Hexen spielten darin eine wichtige Rolle. Sie haben mich attackiert. Ich will wissen, was dahintersteckt.«

Der Gast hatte begonnen, eine frisch abgeschnittene Scheibe Bauernbrot üppig mit Schinken, Käse, Tomate und

Kräutern zu belegen, wobei er an jeder einzelnen Zutat genüsslich roch. »Ich bin ja kein Traumdeuter, aber die über Jahrhunderte hinweg weitergegebenen Ammenmärchen vom Bösen und Schlechten in der Gestalt von Hexen sind tief in unser Unterbewusstsein eingegraben. Schau dir die hysterische Angst vor dem Wolf in deinem Land an. Nicht anders. Träumt man also von Hexen und Wölfen, stehen die für Bedrohung, Ängste, Gefahr. Für einige Menschen sollen Träume ja wie ein mystisches Tor über Zeit und Ort hinweg sein. Manche Leute behaupten sogar, es kann sich dabei um komplexe göttliche Botschaften handeln.«

Das animierte den Gastgeber zu einem befreienden Auflachen: »Also zu denen gehöre ich.«

Sein Gegenüber nahm es gelassen: »Wieso auch nicht.«

Der Tisch war so reich mit appetitlichen Lebensmitteln der Region gedeckt, dass das Gelage bis weit in den Vormittag hinein andauerte.

Man sprach über Gott und die Welt, was für beide einmal mehr erquicklich war. Ein Fremder mochte den Spanier aufgrund der mangelnden Schulbildung vielleicht für einen unwissenden Bauern mit Viehbestand halten, doch der um zwei Generationen jüngere Freund wusste es besser. Der wusste um dessen Lebensweisheit und kannte die anspruchsvolle Literatursammlung des Ehrenmannes – komplett gelesen, verstanden und um umfassende Kommentare bereichert.

Eben dieser belesene Mann formulierte zum Abschluss eine historisch bedeutsame Frage: »Was ich nicht weiß ist, wann und unter welchen Umständen die Hexenverfolgung in Europa endete.«

Bonifacius war nur allzu gerne bereit, diesbezüglich für Aufklärung zu sorgen, wobei der Begriff „Aufklärung" ihm ein wohlwollendes Lächeln entlockte: »Den Anfang vom Ende dieser menschenverachtenden Barbarei verdankt Europa wohl dem preußischen König Friedrich Wilhelm I. Im Geiste der „Aufklärung" und dank seines fortschrittlichen Verständnisses für Rechtsstaatlichkeit, musste ihm ab 1714 jedes Gerichtsurteil zur Bestätigung vorgelegt werden, das auf Hinrichtung und Folter lautete – auch bei mutmaßlicher Hexerei und Ketzerei. Er widerrief die meisten dieser Urteile. Sein Sohn Friedrich II. schaffte bei Amtsantritt 1740 nicht nur Hinrichtung und Folter bei zunächst noch wenigen Ausnahmen ganz ab, auch Hexenprozesse wurden verboten. Damit bezog er als erster christlicher Herrscher in Europa eindeutig Stellung für religiöse Toleranz und gegen die gewalttätige Dogmatik der Kirche. Preußen setzte fortan auf die angeborene Fähigkeit zur Vernunft und zum Verständnis für Sitte und Ethik, aber auch auf die Verpflichtung zum verantwortungsvollen Handeln gegenüber der Gemeinschaft. Davon sollte das preußische Menschenbild geprägt sein.«

»Das wird die anderen gekrönten Häupter und Päpste aber gar nicht amüsiert haben«, feixte Pablo, »der drohende Verlust wichtiger Machtinstrumente.«

»Nicht amüsiert?«, kam der Journalist jetzt erst so richtig auf Betriebstemperatur. »Das dürfte diesen edlen Herren den puren Angstschweiß auf die Stirn getrieben haben. Neid und Missgunst waren zweifellos auch im Spiel, denn der preußische Staat bot eine beispiellose Alternative an – einen modernen Verwaltungs- und Rechtsstaat, der jedem seiner

Bürger dieselben Rechte wie Pflichten zugestand und auferlegte.«

Die Augen des Gesprächspartners verengten sich lauernd. »Und wie passt dieses preußische Menschenbild zu Begriffen wie „Obrigkeitshörigkeit" oder „Kadavergehorsam"?«

»Gar nicht«, kam die prompte Antwort. »Gern bemühte Propagandabegriffe, die der Realität nicht gerecht werden. Alles hatte sich dem Gesetz und den sittlichen Geboten Gottes unterzuordnen. Selbst die Könige hatten sich dem zu unterwerfen. Befehlsverweigerung aus Gewissensgründen war in der preußischen Armee durchaus keine Seltenheit. Und Obrigkeitshörigkeit traf auf die preußische Gesellschaft nicht mehr oder weniger zu, als auf andere Staaten in Europa und anderswo zu jener Zeit.«

»Warum legst du so viel Wert auf diese Dinge?«, wollte Pablo unbedingt wissen, den die faktenbasierte Leidenschaft beeindruckte.

Wieder folgte die Erklärung ohne Zögern: »Um es mit den Worten eines deutschen Historikers zu sagen: ‚Es geht um Gerechtigkeit, es geht um die Einübung von Respekt. Ein humanes Verhalten gegenüber Mitmenschen schließt auch ein humanes Verhalten gegenüber den Toten, gegenüber unserer Vergangenheit ein.' – Meine Mutter war Kongolesin, aber mein Vater war Deutscher. Ich bin es mir und meinen Ahnen schuldig. Preußen und das Deutsche Kaiserreich waren weit ab von gesellschaftlicher und politischer Perfektion, keine Frage. Aber man muss diese beiden Staaten in ihrer Gesamtheit und mit gebührendem Respekt betrachten, so wie man es auch anderen Nationen und deren

Geschichte zugesteht. Das ist meine feste Überzeugung.«

»Die Bürde des Verlierers zweier Weltkriege. Die Wahrheit wird nun mal vom Sieger diktiert«, kommentierte der alte Mann nicht ohne Mitleid.

Kompromissloser Ernst ersetzte endgültig die Leichtigkeit: »Interessiert mich nicht. Ich ziehe Tatsachen vor, nicht irgendeine zurechtgebogene Wahrheit. Heute reicht ja schon ein kompetent wirkender Erzähler, der nicht den Fehler begeht, zu sehr ins Detail zu gehen. Dann muss nur noch an einen anerzogenen Schuldkomplex appelliert werden. Unter solchen Umständen überlässt der Mensch das Denken schnell anderen. Stimmungsmache und Meinungsdoktrin aus der Feder von Vormündern im Deutschland des 21. Jahrhunderts und nicht etwa 18. Jahrhundert in Preußen.«

»Siehst du, mein junger Freund, deshalb liebe ich es hier in den Bergen, fernab von Propaganda und einer beliebigen Welt der Verschwendung. Hier hat alles noch einen Sinn. Die Nachbarn werden mit Respekt behandelt, es gibt keine geistlose Hektik, und man lebt von und mit der Natur.«

Bonifacius hatte seinen entspannten Gesichtsausdruck derweil zurückgewonnen. »Meiner Meinung nach können wir die Herausforderungen der Zukunft nicht dadurch meistern, dass wir eine globalisierte Industrie- und Informationsgesellschaft verteufeln oder vor ihr zurückschrecken. Aber die Menschen müssen lernen, sie ernsthaft zum Wohle aller und in besserem Einklang mit der Natur zu nutzen. Denn ohne Vernunft und Weisheit richten wir uns, unsere Kinder und Enkelkinder seelisch und körperlich zugrunde.«

»Na genau aus dem Grund machst du dich morgen als investigativer Journalist auf den Weg in die Welt, richtig?«, gab Pablo in rhetorischer Manier zurück, während er vom Tisch aufstand und noch einige Oliven als Wegzehrung an sich nahm.

Sein Augenzwinkern signalisierte ein Hintergrundwissen, das er nicht im Entferntesten besaß. Er wusste nicht, dass der Freund und Nachbar in geheimer Mission ins Voodoo-Land Benin fliegen würde, um die Hintergründe einer geheimnisvollen Seuche zu untersuchen, die jüngst im Norden des Landes ausgebrochen war. Auch wusste er nicht, dass Bonifacius Kidjo es im Auftrag einer Geheimgesellschaft namens „Wächter der Schöpfung" tun würde. Primär ging es nicht darum zu recherchieren, zu befragen und die erhaltenen Informationen in erhellenden Artikeln aufzubereiten. Die Begleitumstände rund um die humanitäre Katastrophe waren sehr viel komplexer als offiziell verlautet. Womöglich war das Szenario gezielt herbeigeführt worden. Also würde der Mann, dem Pablo gerade so vertraut gegenüberstand, dessen Codename „Shango" lautete, vor Ort alle Fakten aufdecken, federführende Verantwortliche entlarven und sie ihrer gerechten Strafe zuführen, schlimmeres nach Kräften verhindern – das Prinzip der „Wächter der Schöpfung".

Wächter der Schöpfung

Der Konstantin Verlag hatte seinen Hauptsitz am Rande Berlins, in einem mehrstöckigen Gebäude, das der Fassade nach eine spätmittelalterliche Burg hätte sein können. Tatsächlich aber war die Anmutung einem prägenden Baustil der wilhelminischen Zeit geschuldet – dem romantischen Historismus, Sandstein gewordene Verehrung eines vermeintlich helden- und tugendreichen Zeitalters. Einstmals das Zuhause der öffentlichen Verwaltung im Deutschen Kaiserreich ging das imposante Bauwerk schließlich in das Eigentum des unabhängigen Konstantin Verlages über. Wie zuvor auch war ein romantischer Anspruch vor allem auf die Fassade beschränkt. Im öffentlichen Tagesgeschäft erschloss sich das am ehesten im faktenbasierten, investigativen Arbeiten der Journalisten für die verschiedenen Redaktionen im Hause sowie in der allgemeinen Immunisierung gegen äußere Einflussnahme. Das damit verknüpfte inoffizielle Tätigkeitsfeld einer Geheimgesellschaft spielte sich hingegen in verborgenen Stockwerken unterhalb des Verlagshauses ab.

Bonifacius Kidjo wusste um seine tragende Rolle als Speerspitze dieser unsichtbaren Organisation, insbesondere auf dem afrikanischen Kontinent. Er wusste um deren Entstehungsgeschichte, kannte die Vita jedes der acht Gründungsmitglieder bis ins Detail. Dort unten, verborgen vor den allzu wissbegierigen Blicken destruktiver Machtmenschen in den Reihen einer weltweit agierenden Gegnerschaft, war er zum Außenagenten ausgebildet worden und wurde er auf seine Missionen eingestimmt. Gegründet 1904 in der Reichshauptstadt Berlin unter dem Eindruck des grausam niedergeschlagenen Aufstandes der Herero und anderer angestammter Völker in Deutsch-Südwestafrika sowie einer entfesselten Kolonialherrschaft europäischer Mächte insgesamt, hatten sich damals die Liebe zum eigenen Vaterland und die tiefe Demut vor den Geboten weltumspannender Humanität gegenseitig bedingt. Daraus war in der Folge ein internationales Netzwerk erwachsen, geweiht dem Kampf zum Wohle der Menschheit, zum Schutz der Schöpfung.

Sich diesen Tatsachen hingebend, blieb Bonifacius auf dem Hauptgang vor einem großen Ölgemälde aus dem Jahr 1907 stehen. Detailgenau war die verschworene Gemeinschaft um den Verleger Armin Konstantin dargestellt – links und rechts neben einem brennenden Kamin im Sitzungszimmer des damaligen Konstantin Verlages stehend. Blicke und Körperhaltung entsprachen dem entschlossenen Wirken zu Lebzeiten. Es war jenes leidenschaftliche Engagement, wie es angesichts vorherrschender Unvernunft und Gier europäischer Protagonisten vonnöten gewesen war. Kaum zu glauben, machte sich „Shango" einmal mehr bewusst, dass selbstzerstörerische Zustände, wie sie vor über einhundert Jahren geherrscht hatten, auch heute noch im Trend lagen. Konventionelles Wettrüsten für die Vorherrschaft auf den Weltmeeren oder die menschenverachtende

Entwicklung von Giftgas damals, eifrig betriebene nukleare, chemische und biologische nebst konventioneller Aufrüstung gegenwärtig. Aber andererseits war es ja auch nie aus der Mode gekommen, ferne Völker und Länder in Geiselhaft zu nehmen, um diverse Spielarten der Sklaverei und Ausbeutung zu praktizieren. Im Zeitalter von Hochindustrialisierung, Digitalisierung, technischer Perfektionierung und ökologischer Luftschlösser lagen die derzeitigen Erfordernisse und Begehrlichkeiten klar auf der Hand. Wie ein Rauschgiftsüchtiger lechzte das Irrenhaus des Konsums nach immer mehr „Stoff" in Form von Rohstoffen. Wenn es sich um den medizinischen Fortschritt und dabei vor allem um die Entwicklung neuer Medikamente für eine maximal leistungsfähige Bevölkerung in hochindustrialisierten Volkswirtschaften drehte, dann stand die anhaltende Ausbeutung von Menschen auf einem ganz eigenen Blatt. Wo Bestimmungen und Gesetze selbst Tierversuche empfindlich einschränkten, musste man eben andernorts aktiv werden, gerne in fernen Ländern, die einstmals Kolonialgebiete gewesen waren – ohne ausreichende Kontrollinstanzen, mit willfährigen beziehungsweise korrupten Regierungen und Persönlichkeiten, empfänglich für Geldzuwendungen. Bei Bedarf stand dort selbst Menschenversuchen nichts zwingend im Weg.

Bonifacius sah sich jeden der acht Persönlichkeiten auf dem Gemälde eingehender an. Zeitlebens hatten diese sich als Produkt und Nutznießer des preußischen Erbes betrachtet. Die hervorragende Bildung verdankten sie schließlich einem beispiellosen Bildungssystem, das mit Einführung der allgemeinen Unterrichtspflicht im Jahr 1717 seinen Anfang genommen hatte. Der Universitätsprofessor der Chemie Erich Beck, auf dem Gemälde unmittelbar links neben dem Kamin stehend – von kleiner zierlicher Statur mit wallendem weißen Haupthaar und ernst durch eine kleine runde Brille blickend – hatte sich noch darauf stützen können, dass die weltweit maßgeblichen Bücher der Chemie in deutscher Sprache verfasst waren. Direkt neben ihm war der jüdische Jurist Dr. Heinrich Rosenthal verewigt. Dem erfolgreichen Mitinhaber einer Anwaltskanzlei – nicht größer als der Professor aber dafür beleibter und mit dunklem Haarkranz – war sein Temperament anzusehen. Üppiger Schnauzbart und stechende kleine Augen, ebenfalls hinter einer Brille, unterstrichen den Eindruck. Er hatte in seinem Beruf von einem beispiellosen Rechtsstaat profitieren können. Gewaltenteilung zwischen Parlament, Reichskanzler und Justiz, das Bürgerliche Gesetzbuch von 1900, welches aufgrund der Ausgewogenheit und Effizienz nach und nach von zahlreichen Staaten in großen Teilen übernommen worden war. An Größe überragt wurden die beiden von einer blondhaarigen, schlanken Gestalt hinter ihnen. Es war der Verleger Armin Konstantin. Als Herausgeber auch regierungskritischer Schriften und Artikel zur Innen- und Außenpolitik, hatte dieser sich auf weitreichende Presse- und Informationsfreiheit verlassen können – für seine spitze Feder ein unerlässlicher Verbündeter. Sogar einen Gerichtsprozess gegen Kaiser Wilhelm II., geführt wegen Majestätsbeleidigung und Verleumdung, hatte er gewonnen. Als Nächstes identifizierte Bonifacius den jugendlich erfolgreichen Kaufmann Werner Schönbrunn, den international renommierten Erfinder Friedrich August

Weber sowie den adligen Kunstmäzen Karl Tiberius Freiherr von der Tannen. Komplettiert wurde die illustre Gemeinschaft durch einen kaiserlichen Diplomaten namens Konsul Ernst Graf Schliefen und den Generalleutnant Karl von Seitz, beide verdient und im Jahr 1907 bereits außer Dienst. Mit der Geheimgesellschaft „Wächter der Schöpfung" hatten diese Persönlichkeiten ein gewichtiges Vermächtnis hinterlassen.

Die unaufgeregte Stimme mit Respekt gebietendem Unterton wirkte wie ein Gong zur nächsten Runde: »Hier bist du also. Genau wie ich dachte. Irgendwann werde ich es dir noch schenken.«

»Besser nicht. Womöglich komme ich dann nicht wieder«, erwiderte der Gesuchte noch immer in Gedanken und wandte sich mit ernster Miene der sich nähernden Sicherheitschefin zu, die ihre 65 Lebensjahre anmutig vor sich hertrug.

Nach einem flüchtigen Blick auf das Gemälde steuerte Katrin Kaster zügig auf den Zielort zu. Bonifacius beeilte sich, sie einzuholen.

»„KK", wie wär's zur Abwechslung mal mit einer Haartönung?«, frotzelte er.

»Die Farbe der Weisheit aufgeben? Nein danke, aber wie wär's zur Abwechslung mal mit richtigem Humor?«, parierte sie trocken, und beide grinsten zufrieden.

In einem geräumigen Konferenzraum begrüßte der Verleger und Urenkel des Verlagsgründers Armin Konstantin, Andreas Konstantin, seinen Agenten mit festem Händedruck. Er gehörte dem aktuellen Rat der Acht an und würde die Patenschaft für die bevorstehende Mission innehaben. Zu den Aufgaben gehörte auch das Briefing vorab. Drei Umschläge mit einschlägigem Material lagen auf dem Sitzungstisch bereit. Auf dem Weg dorthin nahm Bonifacius sich noch eine Flasche Fruchtsaft von einem Beistelltisch.

Die Unterlagen wurden von allen entnommen, und Konstantin verlor keine Zeit: »Wie Sie aus der Presse wissen, ist in Benin vor vier Wochen eine unbekannte Seuche ausgebrochen, die sich innerhalb weniger Tage ausgebreitet hat. Wir haben es mit einem Krankheitserreger zu tun, der die Gefährlichkeit von Ebola bei Weitem übertrifft.«

Sein Agent blätterte suchend in den Papieren. »Woran machen Sie das fest?«

»Folgender Vergleich: Als tödlichster Vertreter unter den Ebolaviren gilt bisher das Zaire-Ebolavirus, beziehungsweise sein Unterstamm „Mayinga“ mit einer statistischen Sterblichkeitsrate von 90 Prozent.

In Benin sprechen wir aktuell von einem Superkiller, der unseren Quellen zufolge mit einer Wahrscheinlichkeit von annähernd 100 Prozent tödlich verläuft. Hinzu kommt, die Inkubationszeit für Ebola liegt normalerweise bei zwei bis 21 Tagen, und nach Ausbruch der Krankheit sind die Opfer dann nach spätestens 16 Tagen tot – geschwächt durch Dehydrierung, gestorben an schweren inneren und äußeren Blutungen sowie Kreislaufkollaps. Jetzt unser Superkiller: Dieser soll eine Inkubationszeit von maximal sechs Tagen haben. Sterben tun die Opfer nach Ausbruch der Krankheit innerhalb von acht Tagen. Der Krankheitsverlauf entspricht zum Teil dem des herkömmlichen Ebola – hohes Fieber und wässriger Durchfall plus die schweren Blutungen. Allerdings treten keine schweren Kopf- und Muskelschmerzen auf. Und anstelle der Bläschen und Ausschläge zeigt sich noch ein ganz neues Krankheitsbild. Ab dem dritten Tag bilden sich an Armen, Beinen und Hals offene Wunden, eitrig und übelriechend, die sich schnell ausbreiten und zu Gewebeverlust führen. Das Opfer wird regelrecht aufgefressen.«

Mit Hilfe eines Tischprojektors warf die Sicherheitschefin ein Foto an die Wand, welches ein weibliches Opfer im Endstadium dieser verheerenden Krankheit zeigte. Die Augen glasig und leer, war der ganze Körper eine einzige Wunde aus sich zersetzendem Fleisch. Nur langsam und mit weichen Knien war „Shango" imstande, sich zu erheben. Der Anblick war nichts, was er auch nur annähernd je gesehen hätte – nicht im realen Leben. Und eben das ließ ihn schaudern. Er hatte es zwei Nächte zuvor in seinem Traum gesehen, genau das, inmitten von Hexen, Amazonen und dunkelster Magie. Ein Zufall? Wohl kaum.

»Ein biologischer Kampfstoff?«, stellte er spontan in den Raum.

Daraufhin schauten sich die Sicherheitschefin und das Ratsmitglied kurz an, bevor Andreas Konstantin die Schlagzahl erhöhte: »Gut möglich. Eine biologische Waffe geschaffen aus Ebola plus unbekannt. So könnte es sein, zumal eine weitere wichtige Information die ist: Als das Ebolafieber 1976 zum ersten Mal nahe des kongolesischen Flusses Ebola ausbrach, wurde man der anschließenden Epidemie kaum Herr. Nach vielen Recherchen stellte man endlich fest, dass mangelndes Desinfizieren und Sterilisieren sowie ausbleibende Quarantäne in einem Krankenhaus die

Katastrophe ausgelöst hatten. Unter Einbeziehung dieser Erkenntnisse ist Ebola seither erfolgreicher einzudämmen gewesen. Aber was wir jetzt in Benin vorfinden, lässt sich auf die Art nicht erfolgreich eindämmen. Wie es aussieht, wird dieses Virus nicht nur über Körperflüssigkeiten und direkten Körperkontakt, sondern auch durch Tröpfcheninfektion weitergegeben. Und offenbar geben es auch infizierte Personen weiter, die selber noch gar keine Symptome aufweisen. Das würde kurz gesagt bedeuten, Ärzte- und Katastrophenteams vor Ort haben so gut wie keinen Reaktionsspielraum mehr. Der neue Erreger ist zu schnell.«

Die Art und Weise, wie sich der Vortragende in seinen Sessel zurücksinken ließ, zeugte von Alarmstimmung, gab dem Agenten jedoch auch das Gefühl, dass Entscheidendes noch immer zurückgehalten wurde.

Nun ergriff Katrin Kaster das Wort: »Wir denken, es ist absolut verständlich und richtig, dass alle Involvierten von Regierung bis Weltgesundheitsorganisation das Ausmaß der Epidemie herunterspielen. Eine weltweite Massenpanik hätte unvorhersehbare Folgen.«

Bonifacius nickte nur verhalten. »Wenn es eine konkrete zeitnahe Chance gibt, die Seuche örtlich zu begrenzen oder zurückzudrängen, dann ja. Gibt es die?«

»Damit kommen wir genau zu dem Teil der Geschichte, der uns hellhörig werden ließ«, fuhr Konstantin fort, als hätte er auf diesen Einwurf bereits gewartet. »Als Glück im Unglück scheint sich nämlich das Ausbruchsgebiet zu erweisen. Betroffen ist der Nationalpark von Pendjari – ein UNESCO-Biosphärenreservat zwischen der Atakora-Bergkette und der Grenze zu Burkina Faso –, außerdem noch angrenzende Jagdgebiete und Ackerbauflächen. Die ersten Opfer in diesem dünn besiedelten Gebiet waren die Landbevölkerung, Wildhüter, Ökotouristen und Hobby-jäger. Vermutlich durch Jäger und Touristen gelangte der Krankheitserreger bis nach Natitingou, der Hauptstadt des Departement Atakora mit 35.000 Einwohnern. Dass das betroffene Departement eine geringe Bevölkerungsdichte hat und darüber hinaus geografisch abgelegen ist, half sicher dabei, den Supergau zu verhindern.«

Komm schon, Mann, ich will nicht wissen was hilfreich wahr, sondern was so zwingend ist, dass die „Wächter der Schöpfung" mich da runterschicken. Vielleicht ist es ja sogar der Schlüssel zu meiner Traumbotschaft.

»Für uns entscheidend ist aber das sehr schnelle Eingreifen des US-Pharmaunternehmens ERHC, das sich in Afrika bereits seit über 20 Jahren auf dem Gebiet der Krankheits- und Arzneimittelforschung engagiert. Deren offizielles Leitmotiv ist es, dort zu forschen, zu testen und zu entwi-ckeln, wo entsprechende Medikamente den betroffenen Menschen auch helfen sollen. Dieser Grundsatz ist im Übrigen auch in den Buchstaben ERHC enthalten: „Environ-mental Research for Human Care", also übersetzt so viel wie „Erforschung der Umwelt zum Wohle des Menschen". Diese Leute haben strengste Quarantäne-Bestimmungen im nördlichen Teil des Departements durchgesetzt, die von beninischem und französischem Militär umgesetzt werden. Alle Zugangswege einschließlich des Luftraums wurden hermetisch abgeriegelt. Nun zum spannendsten Teil: Die

ERHC hat einen experimentellen Impfstoff eingesetzt, der noch nach Krankheitsausbruch wirksam zu sein scheint. Die Quarantäne soll so lange bestehen bleiben, bis keine Neuerkrankungen mehr gemeldet werden und alle verbliebenen Opfer frei vom Erreger sind.«

Kaster und Konstantin sahen zu, wie ihr ausgewählter Agent erneut aufstand und sich schließlich mit dem Rücken an eine der Wände lehnte. Abwechselnd suchte er Blickkontakt zu den beiden. »Es dauert Monate, bis man genügend Impfstoff kultivieren und herstellen kann, vorausgesetzt man hatte vorher ausreichend Zeit, um Herkunft, Charakter und Wirkungsweise des Erregers zu erforschen. Im Fall der ERHC würde das also heißen, man hätte schon viel länger von der Existenz exakt dieses Erregers gewusst. Und dann ginge es in Benin nicht um eine neue Krankheit. Und warum greift diese Seuche gerade dort um sich, wo verhältnismäßig wenig Menschen leben und kaum Bevölkerungsaustausch stattfindet? Das Departement Atakora ist ja nicht gerade ein internationaler Verkehrsknotenpunkt. Außerdem, ohne Experte zu sein, ich würde so eine Krankheit eher im Regenwaldgebiet des Kongobeckens vermuten – Demokratische Republik Kongo, Kamerun, …«

»… oder Gabun«, führte der Verlagschef zu Ende. »Ja, genau das hat uns auch beschäftigt. Und siehe da, unser Netzwerk in Benin hat Informationen geliefert, wonach die ERHC nicht nur eine Afrikazentrale in Benins Wirtschaftszentrum Cotonou unterhält, sondern auch kleinere Niederlassungen und Büros in Ländern des Kongobeckens – nicht unter der Firmierung ERHC, wohlgemerkt. In einer halboffiziellen Unternehmensinformation heißt es knapp, man sei

dort bereits vor drei Jahren auf dieses neuartige Virus
gestoßen. Vor Ort sei man außerdem in der Holzwirtschaft
aktiv, quasi als stiller Teilhaber. So wolle man die Chance
nutzen, in neu erschlossenen Gebieten nach unbekannten
tropischen Heilpflanzen und Krankheitserregern zu forschen
…«

»Mit Verlaub, das stinkt doch zum Himmel«, fiel
Bonifacius ihm höhnisch auflachend ins Wort. »Zum Wohle
der Afrikaner rodet ein US-Pharmariese afrikanischen
Regenwald. Wer kauft denn so was?!«

»Na zunächst einmal jeder, der davon profitiert«,
übernahm Katrin Kaster das Wort. »Folgenden Vorfall
haben wir recherchiert: In einem der Holzfäller-Camps tief
in den Regenwäldern Gabuns – die Einheimischen nennen
das Gebiet Bienenwald und meiden es, weil angeblich nie
ein Mensch von dort zurückgekehrt ist – ist der geheimnisvolle Erreger erstmals ausgebrochen. Alle Infizierten sind
damals noch vor Ort verstorben. Aufgrund der akuten und
absolut tödlichen Ansteckungsgefahr hat man Leichen und
Camp restlos verbrannt und das Gebiet zur Todeszone
erklärt – inklusive Nachrichtensperre. Zuvor hatte die ERHC
wohl noch Blut- und Gewebeproben entnommen, um mit
der Erforschung beginnen zu können. - Wir haben die
Geschichte mit unseren Kontaktleuten in Benin und Zentralafrika abgeglichen. Es ist tatsächlich passiert, und die ERHC
hat diese Information unter dem Eindruck der aktuellen
Krisensituation auch so an die Regierung Benins sowie an
die WHO kommuniziert – als Geheimdossier.«

Andreas Konstantin wartete ab, bis sich „Shango" wieder
gesetzt und den Rest seines Fruchtsaftes ausgetrunken hatte.

In der Tat schien alles an diesem Pharmaunternehmen koscher zu sein. Aber alles, was in einer Krise zu perfekt daherkam, ließ auch ihn zweifeln. Nichtsdestotrotz waren Zweifel zunächst nur Vermutungen.

»Fakt ist, mit der Unternehmensinfrastruktur und einem Zeitfenster von drei Jahren hätte man einen wirksamen Impfstoff herstellen können. Und der Krankheitserreger könnte durchaus natürlichen Ursprungs sein. Nicht umsonst sagen Experten dieses Jahrhundert als das der unbekannten Krankheiten voraus. Schauen wir uns doch die fortschreitende Regenwaldvernichtung an. Mit dem Eindringen in unberührte Urwaldgebiete nimmt das Phänomen zwangsläufig zu.«

»Trotzdem sitzen wir hier zusammen«, ließ sich Bonifacius nicht beirren.

Darüber musste das Ratsmitglied schmunzeln. »Sehr richtig, das tun wir. - Weil sich die ERHC gerade so erfolgreich als alleiniger Lebensretter und Heilsbringer inszenieren kann, wird sie niemand in Frage stellen. Aber Pharmariesen streben letztlich immer nach Gewinnmaximierung. Diese Zunft hat schon erfolgreich die Lebensmittelindustrie unterwandert und erobert, und die mehr als fragwürdige Arzneimittelforschung an lebenden Testpersonen in Ländern Schwarzafrikas ist ein offenes Geheimnis. Weshalb sollte der nächste Schritt also nicht sein, Menschen gezielt krank zu machen, um sie anschließend mit exorbitantem Profit wieder zu heilen? Ein Szenario wie jetzt in Benin gibt der ERHC jedenfalls alle Trümpfe in die Hand. Was könnte sie davon abhalten, die biologische Bombe als Nächstes in Cotonou, Kapstadt, Kairo oder überall auf der

Welt zu zünden? Beste Reputation lässt sie über jeden Zweifel erhaben erscheinen.«

»Verstehe. Und was sonst noch?«

Der Missionspate sah nur zur Sicherheitschefin hinüber, um ihr so das letzte Wort zu überlassen. Ein Spiel, welches beide bestens beherrschten.

»Innerhalb der letzten zwei Jahre sind zwei leitende Angestellte von „ERHC Afrika" sowie ein hoher Beamter des beninischen Gesundheitsministeriums ums Leben gekommen. Der Regierungsbeamte war für alle ausländischen Unternehmen und Organisationen zuständig, die in Benin im Gesundheitsbereich tätig sind – also auch für die ERHC. Eine weitere Verbindung sind die mysteriösen Todesumstände. Der Regierungsmann sprang aus seinem Bürofenster im sechsten Stockwerk, kurz nachdem er gutgelaunt eine Besprechung mit Repräsentanten verschiedener Firmen verlassen hatte. Er stand kurz vor der Nominierung für ein höheres Regierungsamt, war beliebt und galt als unbestechlich. Laut Sekretärin war niemand bei ihm im Zimmer, als es geschah. Der erste Angestellte unseres Pharmaunternehmens brach urplötzlich mit Schmerzen im Bauchbereich zusammen. Während der Fahrt in eine Privatklinik hat er sich unter Krämpfen die eigene Zunge abgebissen. Kurz darauf ist er verstorben. Zur Todesursache konnte oder wollte das Klinikpersonal keine genauen Angaben machen. Dann der zweite ERHC-Angestellte, der dem Wahnsinn verfallen sein soll. Es begann wohl damit, dass er nur noch mit imaginären Wesenheiten sprach. Er wurde schreckhaft und nervös, bekam Schweißausbrüche und zitterte. Nach wenigen Tagen war seine Sprache für niemanden mehr verständlich. Am Ende fand ihn seine Ehefrau Tod und unnatürlich verkrampft auf dem Schlafzimmerboden.«

Solche Geschichten waren dem Kongolesen mütterlicherseits nicht fremd. Die Angst davor gehörte speziell in Westafrika zum alltäglichen Leben. Von seinem beninischen Adoptivvater wusste Bonifacius, dass man hinter vorgehaltener Hand auch von der „Afrikanischen Krankheit" sprach. Doch was hatten Aberglaube und spirituelle Kräfte mit einem westlichen Pharmaunternehmen und einer tödlichen Seuche zu tun?

Mit dem an die Wand projizierten Foto einer äußerst charismatischen Schwarzafrikanerin, sicherte sich Kaster seine weitere Aufmerksamkeit. »Das ist Dr. Djayéola Biassou. Sie hat in Deutschland Mikrobiologie und Virologie studiert und arbeitet für das beninische Gesundheitsministerium. Genau wie du gehört sie außerdem einer Geheimgesellschaft an. Mit ihr wirst du zusammenarbeiten.«

Es war ein natürliches Gesicht, frei von sichtbarer Kosmetik, mit harten Zügen wie aus Ebenholz gefertigt. Die Augen, katzenhaft geschwungen und groß, entfalteten selbst auf dem Foto hypnotische Wirkung und hinterließen den Eindruck, als hätten sie schon weitaus mehr gesehen, als das, was ein einzelnes Menschenleben herzugeben im Stande war. Zusammen mit der schmucklosen Kurzhaarfrisur löste der Anblick ein Déjà-vu-Erlebnis in ihm aus, das er nicht zuzuordnen wusste.

»Eine Kriegerin«, entfuhr es ihm, ohne zu wissen weshalb.

Für einen Augenblick war auch die Sicherheitschefin der „Wächter der Schöpfung" verwirrt, die jedoch nicht weiter darauf einging. »Deine Führerschaft ist dringend erwünscht. Für unsere Partner in Benin ist deine Rolle eine spirituelle Notwendigkeit, um die göttliche Ordnung wieder herzustellen. Deshalb wird dir Dr. Biassou als Juniorpartnerin untergeordnet sein. Morgen fliegst du nach Cotonou.«

Auf dem Weg aus den geheimen Eingeweiden des Konstantin Verlages war es an der Zeit, sich endlich auch musikalisch auf die gefahrvolle Mission vorzubereiten. Einem unverzichtbaren persönlichen Ritual folgend, wählte Bonifacius ein Stück aus seiner Favoritenliste aus. Kurz darauf erklang Curtis Mayfield mit „Right on for darkness" in seinen Ohren. - Oh ja, wenn eine gebildete Oberschicht an der Spitze der Pyramide sich mit gierigen Fingern daran machte, die Rechte auf körperliche und seelische Unversehrtheit Schutzloser zu amputieren, war massive Gegenwehr angesagt. Das hatte 1973 zu Zeiten dieses politischen Soul-Funk-Leckerbissens ebenso gegolten, wie es auch gegenwärtig noch gelten musste.

Ankunft in Cotonou –
Dr. Djayéola Biassou

Der „Cadjehoun International Airport Cardinal Bernardin Gantin" von Cotonou befand sich inmitten der Hauptstadt, wenngleich gut fünf Kilometer vom Stadtzentrum entfernt. Die weiße Fassadenarchitektur des Hauptgebäudes, aus dem Bonifacius Kidjo gerade trat, wirkte mit ihrer dezenten Glasfront und der asymmetrischen Formensprache ansprechend modern. Dass das Dutzend Kübelpflanzen unter dem minimalistisch funktionalen Vordach nicht viel mehr war als ein spärlicher Farbtupfer in Grün – geschenkt. Und den trist grauen Parkplatz gegenüber kannte man auch von anderen internationalen Flughäfen auf der ganzen Welt. Außerdem gab es ja noch den wunderbaren Abendhimmel mit seinen funkelnden Sternen.

Dem Journalisten ging der Namensgeber des wichtigsten Flughafens Benins im Kopf herum, ein vor Jahren verstorbener Würdenträger der römisch-katholischen Kirche. Der Mann war nicht nur Erzbischof von Cotonou gewesen, auch in Rom hatte er eine bemerkenswerte Karriere hingelegt, war im Jahr 1977 von Papst Paul VI. zum ersten dunkelhäutigen Kurienkardinal ernannt worden. Das ließ den Agenten unweigerlich schmunzeln. Ein Sohn Benins, aus dem Schoß des Voodoo, hatte Karriere im

Vatikan gemacht. Tja, wie sein Adoptivvater zu sagen pflegte: ‚Am Tag mögen die Menschen vielleicht eine Kirche oder Moschee besuchen, doch nach Sonnenuntergang gehören sie ganz ihren noch älteren Göttern.' – Man war tolerant und flexibel genug, wenn es darum ging, beides zu leben.

Genießerisch nahm er alle Sinneseindrücke in sich auf. Es war wie die Umarmung eines geliebten und lange vermissten Familienmitgliedes.

Viele Male war Bonifacius schon in dem westafrikanischen Land gewesen. Das entscheidende Mal mit seinem zweiten Vater, kurz nachdem der damals 16-Jährige die leiblichen Eltern durch ein Zugunglück verloren hatte. Bei seiner Ersatzfamilie, in einem Dorf nordwestlich der Stadt Abomey, hatte seine Seele trauern können und er den tiefen Sinn sowie die Bedeutung des Todes zu verstehen gelernt. Den Traditionen entsprechend, hatte man ihn den Ahnen der Familie vorgestellt und um Aufnahme des neuen Familienmitgliedes in die Gemeinschaft gebeten. In Gedenken daran hielt der „Wächter der Schöpfung" das damals erhaltene Amulett um seinen Hals fest umklammert. Er war kein praktizierender Anhänger etwa des Voodoo, war nicht in alle Aspekte eingeweiht. Nichtsdestoweniger respektierte er die Traditionen seiner zweiten Familie, hatte Hochachtung vor der Jahrtausende alten Geschichte dahinter.

Es hatte keinerlei Überwindung oder außerordentlicher Anpassung bedurft, war er doch selbst ein spiritueller Mensch, ohne dabei im Korsett einer einzelnen Religion gefangen zu sein.

Von der unsortierten Ordnung oder auch disziplinierten Unordnung einer afrikanischen Großstadt spürte man in unmittelbarer Flughafennähe wenig. Die Anzahl an Passanten hielt sich in überschaubaren Grenzen, gedeckte Töne statt Farbenpracht, gelassene Ruhe anstelle des hektischen Pulsierens. Und so fiel es Bonifacius auch nicht schwer, die avisierte Missionspartnerin auszumachen, welche ihn aus einiger Entfernung beobachtete. Als hätte Dr. Djayéola Biassou seine Gedanken die ganze Zeit über mitgelesen, schien sie geduldig abzuwarten, um ihm Zeit zu lassen. Aber naheliegender war wohl, dass sie sich ein erstes Bild von „Shango" machen wollte, so wie er sich von ihr jetzt. Selbst auf einem der überfüllten Märkte hätte man diese Frau nicht übersehen können. Ihr Alter entsprach wohl in etwa dem seinen. Mit annähernd einem Meter achtzig überragte sie vermutlich die meisten Männer Benins. Das hell erdfarbene Kleid aus feiner Naturfaser, welches weit geschnitten auch Schultern und den größten Teil ihrer Oberschenkel bedeckte, wurde komplettiert von einem breiten ledernen Gürtel in Braun mit kunstvoll graviertem Verschluss aus Gold. Um Füße und Waden schmiegten sich leichte aber robuste Schnürsandalen.

Und es war nicht nur dieser tiefe Ernst, der ihre einzigartige Aura ausmachte. Keiner der offensichtlich Einheimischen blickte sie direkt an oder wagte es gar sie anzusprechen. Vielmehr wurde überraschend großer Abstand gehalten.

Als Dr. Biassou schließlich mit aristokratischer Würde auf ihn zuschritt, hatte der Agent und Journalist erneut das unbestimmte Gefühl des Wiedererkennens.

»Willkommen in Benin, „Shango", es ist mir eine Ehre«, fiel die Begrüßung mit Beugen ihres Hauptes und Senken des Blickes knapp und ohne jede Spur von Herzlichkeit aus.

Er nahm es sportlich, machte aus seiner Faszination kein Geheimnis, was ein gewinnendes Lächeln noch unterstrich: »Die Ehre ist ganz auf meiner Seite.«

Doch die herbe schwarzafrikanische Schönheit entsprach ganz dem spröden Eindruck der Fotografie.

Seine Charmeoffensive lief entgegen aller gewohnten Erfahrungen mit dem weiblichen Geschlecht ins Leere: »Wir fahren ins Hotel. Es liegt in der Nähe des Pharmaunternehmens ERHC. Das spart uns morgen Zeit im Verkehr. Für den Vormittag ist dort ein Interviewtermin mit dem Geschäftsführer und eine Laborbesichtigung vorgesehen. Ich begleite dich ganz offiziell als Mitarbeiterin des Gesundheitsministeriums, die dir für deine journalistischen Recherchen zur ausgebrochenen Epidemie zur Seite gestellt ist.«

Du bist wirklich eine harte Nuss, was? Na wenigstens sind wir gleich beim Du gestartet, wenn du schon kein Lächeln zustande bringst. Ist es dir in deiner Organisation vielleicht verboten, menschliche Gefühle zu zeigen? Man könnte fast meinen, du wärst eine … – Nein, das ist nicht wahr, oder?! Aber klar, du könntest glatt aus meinem Albtraum entsprungen sein. Eine Amazone? Ich glaube, langsam schnappe ich über. Die sind doch schon vor einer Ewigkeit zu Staub zerfallen. - Komm schon, Bonifacius, vergiss den Quatsch. Vielleicht gehört Herzlichkeit nur nicht zum Repertoire von Frau Doktor. Oder du bist einfach nicht ihr Typ.

Während die promovierte Mikrobiologin das robuste SUV souverän durch den chaotischen Verkehr der Innenstadt steuerte, nutzte der Beifahrer die Chance, sie weiter zu betrachten. Die Sache mit der Amazone ließ ihm einfach keine Ruhe.

»Was willst du mich fragen?«, eröffnete die neue Partnerin das Gespräch, ohne die Augen von der Straße abzuwenden.

In dem Moment wurde ihm klar, dass diese Frau rein gar nichts beiläufig oder unbeabsichtigt tat. »Ja, will ich tatsächlich. Du kennst meinen Codenamen. Selber scheinst du keinen zu haben. Jedenfalls ist er mir nicht bekannt. Finde ich ungewöhnlich für die Angehörige einer Geheimgesellschaft im Außeneinsatz.«

»Mein geheimer Name ist mein Intimbesitz. Wer ihn kennt, hat eine machtvolle spirituelle Waffe gegen mich in der Hand. Ich müsste diese Person für immer zum Schweigen bringen.«

Seine Antwort darauf war der Reflex eines Mannes zwischen Unsicherheit und Unglauben, da er einen humorvollen Hintergrund wohl getrost ausschließen konnte: »Alle Achtung, eine Meisterin der klaren Ansage.«

Ihr flüchtiges, kaum wahrnehmbares Lächeln verwirrte ihn vollends. Das Gesagte machte ja durchaus Sinn. Für die Priester und Zauberer des Voodoo war der persönliche Eigenname eines Menschen besonders lebenskrafthaltig, somit gleichsam ein Einfallstor für Magie. Zum Schutz vor Schaden genoss die Privatsphäre deshalb insgesamt einen sehr hohen Stellenwert im Machtbereich des Voodoo. Nur selten wurde Gästen und selbst Nachbarn Einlass in die privaten Wohnräume gewährt. Der bevorzugte Ort für

Gastfreundschaft war vor der Behausung. Auch näherte sich niemand mit ehrlichen Absichten einem Haus unbemerkt – ein Tabu. Bonifacius wusste um diese Fragen der Spiritualität und Etikette.

»Du kennst die Bedeutung deines Codenamens „Shango"?«, wollte die Fahrerin wissen.

Der Angesprochene nickte bereitwillig. »Der Voodoo-Gott des Donners. Er beschützt seine ehrbaren Anhänger und bestraft Menschen, die sich gegenüber der Gemeinschaft schuldig gemacht haben. Leicht reizbar und gewalttätig. Wenn keine Reue gezeigt wird und keine Wiedergutmachung erfolgt, tötet er auch schon mal, um der Gerechtigkeit Genüge zu tun.« Ein schelmisches Grinsen huschte über sein Gesicht. »Hochprozentiger Alkohol als Opfergabe soll ganz nach seinem Geschmack sein.«

»Und kennst du die Bedeutung bezogen auf deine Person?«

Was Bonifacius dazu im Kopf herumging, ließ auch ihn die Leichtigkeit ablegen. »Eine Tante sagte mir vor Jahren, ich stünde in direkter Beziehung zu Shango. Ich würde seinen Charakter in mir tragen.«

Zum ersten Mal während der Autofahrt sah Djayéola ihn direkt an. »Und, was denkst du darüber?«

Er lächelte matt: »Na ja, bis auf den Alkohol und das Töten …«

»Deine Tante hat weise gesprochen«, kam es postwendend zurück. »Shango gebietet über die Naturgewalten, er wirkt durch auserwählte Menschen.« Wieder sah sie ihn durchdringend an. »Du warst schon immer getrieben von einem tiefen Gerechtigkeitssinn, dem Drang, Unschuldige und

Schwache zu beschützen. Du glaubst an die Gemeinschaft und verabscheust rücksichtslosen Egoismus. Da ist auch deine Leidenschaft für körperliche Auseinandersetzung, für den Kampf. Gegen deine Feinde gehst du unerbittlich und ohne Angst vor. Du gehst den Weg des Kriegers.«

Ein Kommentar erübrigte sich, so zutreffend war er soeben beschrieben worden. »Und du, gehst du den Weg der Kriegerin?«

»Ich kenne mein Schicksal seit ich denken kann und wurde von klein auf darauf vorbereitet. Es ist untrennbar mit der Geschichte meines Landes verbunden. Eine Geschichte, die mir und meinesgleichen Grenzen im Handeln setzt. Grenzen, denen du nicht unterliegst.«

»Weshalb ich bei dieser Mission die Führerschaft übernehmen soll, korrekt?«

»Unsere Priester und Wahrsager haben das Fa-Orakel befragt. Die Zeichen waren eindeutig.«

Ihm war die überlieferte Macht des Fa-Orakels halbwegs vertraut. Ein Voodoo-Priester, „hounon" genannt, konnte über das Orakel mit den Ahnen und Göttern in Verbindung treten, um Rat und Entscheidungen für die Lebenden einzuholen. Ein „bokonon", also ein Wahrsager der Voodoo-Religion, nutzte das Orakel, um die verborgenen bösen Machenschaften von Hexen und Zauberern zu offenbaren oder um in die Zukunft zu blicken. „Fa" war die Gottheit des Schicksals, die sich als Kugel oder Ölpalme manifestieren konnte. Symbolisch bedeutsam waren daher auch je acht Schalen von Ölpalmnüssen, die an zwei Schnüren hingen. Fallen gelassen, konnten diese 256 Zeichen ergeben, die es mit Hilfe großer Erfahrung, entsprechender Orakelsprüche sowie anhand von Mythen und Legenden zu deuten galt. Es war das umfangreichste und komplizierteste je von Menschen genutzte Weissagungssystem und beinhaltete das ganze Wesen der Voodoo-Religion sowie der darauf basierenden Kultur.

Bereits eine nächste Frage auf den Lippen, kam Djayéola ihm zuvor: »Was du sonst noch über mich wissen musst, wirst du erfahren. Wenn es an der Zeit ist.«

Also hielt Bonifacius seine Ungeduld im Zaum und gab sich dem bunten Treiben auf den abendlichen Straßen Cotonous hin. Dort dominierten eindeutig die Fortbewegungsmittel auf zwei Rädern – zum einen Motorräder und Mopeds, von denen die Taxis an den gelben T-Shirts ihrer Fahrer zu erkennen waren, zum anderen Handkarren, die nicht selten so hoch mit Ware vollgepackt waren, dass man sich fragen musste, wie damit überhaupt jemand Kurs halten konnte. Überall am Straßenrand standen Händler, die unversteuertes Benzin aus Plastikkanistern an dankbare Abnehmer verkauften. Das Schmuggelgut aus Nigeria wurde je nach Bedarf noch vor Ort mit Motoröl gemischt. Um das allgemeine Wirrwarr perfekt zu machen, überquerten überall routinierte Fußgänger die Fahrbahn, um unisono die lokale Wirtschaft anzukurbeln, wie es schien – als Händler mit Lebensmitteln und Textilien in Plastiksäcken auf dem Kopf oder als Konsumenten mit vollen Tüten in Händen. Während Fahrzeuge aller Art links wie rechts an Bonifacius und Djayéola vorbeizogen oder von diesen überholt wurden, jagte vor ihnen ein Spurwechselmanöver das nächste, ohne dass das ungeübte Auge imstande gewesen wäre, ein Regelsystem zu erkennen.

Der Journalist beim Konstantin Verlag drehte die Radiomusik lauter. Gerade war das Tanzstück eines einheimischen Musikers zu hören, getragen von brasilianischen Rhythmen. Davon inspiriert, nahmen die Gedanken des Weltbürgers eine neue Richtung: Einst gelangten Musik und Voodoo durch die Verschleppung von Westafrikanern auf die Zuckerrohrfelder und Tabakplantagen der sogenannten Neuen Welt. Über Generationen verselbständigt und verändert, kehrten diese einstigen Repräsentanten afrikanischer Kultur schließlich als neue Einflüsse zu ihrem Ursprung zurück. Besonders prominentes Beispiel für die Auswirkungen der adaptierten Voodoo-Religion, welche sich unter anderem zu Candomblé in Brasilien, Santéria auf Kuba oder Vodou auf Haiti entwickelt hatte, war das Phänomen der Zombies. Zombies waren das Ergebnis böser Absichten und missbrauchter Gifte aus Mutter Natur, insbesondere praktiziert auf Haiti. Die Ursprünge des Voodoo waren gewissermaßen außer Kontrolle geraten, die Erklärung dafür denkbar einfach. Bei der Auswahl des zu verschiffenden Menschenmaterials hatten die europäischen Sklavenhändler Voodoo-Priester bewusst ausschließen wollen. Die Angst vor einer Fortführung der Voodoo-Traditionen und des damit einhergehenden, ungebrochenen Widerstandswillens unter den Sklaven, war enorm gewesen. Doch weder konnte jeder „hounon" identifiziert werden, noch eine animistische Religion unterdrückt werden, die über Jahrtausende gereift war. Auf dem amerikanischen Kontinent und den karibischen Inseln wurde ihnen das Christentum zwar gewaltsam aufgezwungen, doch im Geheimen beteten die Voodoosi weiter zu ihren Göttern und sie zelebrierten ihre Rituale. Weil die Voodoo-Kultur jedoch traditionell keine schriftlichen Aufzeichnungen kannte und nur wenige ausreichend qualifizierte Voodoo-Priester die Neue Welt erreicht hatten, musste aus Erinnerungen und Halbwissen geschöpft werden. Zudem trafen verschiedene Volksstämme mit unterschiedlichen Sprachen und durchaus abweichenden Traditionen aufeinander. Im Verlauf ihrer Teilassimilation nahmen die afrikanischen Neuankömmlinge außerdem christliche Symbolik und Heilige in ihre Kulte auf. Somit war die unausweichliche Entwicklung hin zu einem Zerrbild des Ursprünglichen vorgezeichnet gewesen.

Dem Agenten kam ein bedeutender historischer Name in den Sinn – François-Dominique Toussaint. Als Toussaint L'Ouverture sollte jener Mann als Symbol der berechtigten Angst weißer Sklavenhalter und Machthaber vor der Macht des Voodoo einst in die Geschichte eingehen. Anno 1743 als Sklavensohn auf Haiti geboren, war er Nachkomme eines afrikanischen Königsgeschlechts im damaligen Dahomey gewesen. Nach dem Tod des Vaters hatte sich der Voodoo-Priester Pierre Baptiste Simon seiner angenommen, ihn in Französisch und Latein unterwiesen sowie in die Geheimnisse und Traditionen des Voodoo eingeführt. Bereits ein freier Mann schloss Toussaint sich 1791 dem größten Sklavenaufstand der Menschheitsgeschichte unter Führung einiger schwarzer Generäle wie Georges Biassou bis hin zur haitianischen Revolution an …

Schlagartig fand Bonifacius zurück in die Gegenwart: »Djayéola, du hast nicht zufällig einen berühmten Vorfahren mit Namen Georges Biassou?«

Wie ihr überraschtes Gesicht verriet, lockte er sie damit endlich aus der Reserve. »Ja. In der Karibik kämpfte er vor 200 Jahren gegen die Franzosen, für die Abschaffung der Sklaverei. - Ich bin beeindruckt.«

Zufrieden tauchte er wieder in die Historie ab. Nahezu eine Million westafrikanischer Sklaven waren im 18. Jahrhundert alleine für die Zuckerrohrplantagen Santo Domingos – später bekannt als Haiti und Dominikanische Republik – herangeschafft worden. Und es war der einflussreiche Voodoo-Priester Boukman gewesen, der den entscheidenden Sklavenaufstand ausgelöst hatte, an dessen Ende 1793 die Abschaffung der Sklaverei stand. - Zunächst als Kräuterarzt aktiv, hatte sich François-Dominique Toussaint dank spiritueller Führung, herausragender Intelligenz und gerechter Menschenführung schließlich zu einem großen Führer entwickelt. Nachdem sich der auch als „schwarzer Spartakus" gerühmte ehemalige Sklave 1794 siegreich in den Dienst der Franzosen gestellt hatte, gelang ihm – im Rang eines französischen Brigadegenerals – bis 1801 die Vertreibung Englands und Spaniens aus der Karibik, und das als militärischer Oberbefehlshaber aller französischen Truppen in der Karibikregion. Toussaint L'Ouverture war zweifellos ein haitianischer Freiheitsheld, ohne den die erste schwarze Republik im Jahr 1804 nicht denkbar gewesen wäre. In dem einen oder anderen Geschichtsbuch wurde er seither sogar als „schwarzer Napoleon" tituliert. In Bonifacius' Augen nicht zu Unrecht. Ein Brigadegeneral der französischen Armee, einstmals Sklave und mit westafrikanischen Wurzeln, hatte immerhin drei europäische Großmächte in die Knie gezwungen, einschließlich den großen Bonaparte. Dieser hatte zähneknirschend hinnehmen müssen, dass sein Protegé sich eigenmächtig zum Generalgouverneur von Haiti auf Lebenszeit ausgerufen und eine auf Autonomie ausgerichtete Verfassung proklamiert hatte. Als der als unbesiegbar geltende Franzose ihm dazu noch in einer verlustreichen Schlacht unterlag, ließ er Toussaint eine unrühmliche Falle stellen, basierend auf falschen Versprechungen. Damit entehrte sich Bonaparte selbst, während er seinen größten Widersacher in der neuen Welt mit dessen Tod zum Märtyrer auf ewig krönte. - Bonifacius räumte gerne ein, dass ein solcher Lebenslauf nur schwerlich ohne den spirituellen Einfluss des Voodoo erklärbar war.

Sein Auflachen zog den Blick der Fahrerin auf sich. Gerade ihr wollte er eine Erklärung nicht schuldig bleiben: »Ich musste an den haitianischen Freiheitshelden Toussaint L'Ouverture denken.«

Djayéolas Nicken signalisierte ihr Wissen um jene Persönlichkeit, gleichwohl ließ sie den Beifahrer kommentarlos weitersprechen.

»Ich hätte zu gerne die fassungslosen Gesichter der spanischen, englischen und französischen Obrigkeit gesehen, als sie von einem afrikanischen Spartakus vom Sockel der Überlegenheit gestoßen worden sind. Der Mann hat die geopolitische und rassenideologische Faktenlage seiner Zeit komplett auf den Kopf gestellt. Wahrlich ein dunkles Sahnestück der Geschichte.«

Abgründe des Voodoo

Die gemütliche Hotelbar war an diesem späten Abend gut besucht. Unter dem Einfluss seiner langjährigen Spezialausbildung schätzte Bonifacius Kidjo jeden der überwiegend geschäftsmäßigen Gäste beiläufig ab, während er sich auf seine Missionspartnerin zubewegte.

Die erwartete ihn an der dezent beleuchteten Theke in Fensternähe. Eine gute Wahl hatte man von dort aus doch einen optimalen Überblick.

Während sich Bonifacius den Luxus einer kalten Dusche und frischer Kleidung in Form einer eleganten dunklen Hose mit darauf abgestimmtem Abacost-Hemd hatte gönnen können, saß Djayéola umständehalber in unveränderter Garderobe auf dem Hocker, was ihr in seinen Augen nicht zum Nachteil gereichte. Wieder fiel ihm ihre einschüchternde Wirkung auf andere Afrikaner auf – der vermiedene Blickkontakt, die körperliche Distanz. Ansonsten war er angetan von dem Hotel bescheidener Größe, das eine dezent geschmackvolle Eleganz ausstrahlte und sogar auf einen Barpianisten mit anspruchsvollem Jazz-Repertoire Wert legte.

Entspannt gesellte er sich zu seiner eigenwilligen Partnerin. »Was trinkst du da?«

»Wasser.«

»Hält dein Gefäß rein, nehme ich an«, spöttelte der Agent. »Gut, ich denke, ich schließe mich an.«

Zu ihrer Ernsthaftigkeit gesellte sich eine herablassende Note: »Du weißt einiges über Spiritualität, Voodoo, unsere Kultur. Deine Wurzeln liegen in Afrika, du bist von der Gottheit Shango auserwählt und willens zu kämpfen. Trotzdem ziehst du ins Lächerliche, was du nicht akzeptieren willst. Ein Gefangener der eigenen Zweifel.«

Als hätte das einen inneren Schalter umgelegt, fielen Zuwendung und Galanterie von Bonifacius ab, dem die gefühlt selbstgerechte Überheblichkeit bitter aufstieß: »Wenn Götter und Priester mich für würdig und fähig erachten, die Mission zu einem Erfolg zu führen, dann solltest du das vielleicht auch tun. Anstatt meinen Charakter in Zweifel zu ziehen, hältst du besser Schritt, berätst mich in Fragen der Mission und schützt meine Flanken. Mehr steht dir nicht zu, so gut kennen wir uns noch nicht. So, und jetzt will ich nur noch über die Mission sprechen, wenn es recht ist.«

Djayéolas nahezu schwarze Augen funkelten bedrohlich, doch sie neigte gleichwohl ihr Haupt und senkte den Blick vor seiner zwingenden Autorität, nicht jedoch vor dem Mann, denn das lag nicht in ihrer Natur. - Insgeheim war er heilfroh, sie auf seiner Seite zu wissen und nicht gegen sich.

Nachdem die Sitzplätze für ein spätes Abendessen inmitten des Hotelgartens eingenommen und die Bestellungen aufgegeben waren, kam „Shango" ohne weitere Umschweife auf den Punkt, getragen von unterkühlter Sachlichkeit: »Gib mir mehr Details zum mysteriösen Tod der beiden leitenden

ERHC-Angestellten und des hohen Beamten aus deinem Ministerium.«

»Die wissenschaftliche Erklärung der „yovó"? Der Ministerialrat ist aus dem Fenster gesprungen, weil er unter dem Burnout-Syndrom gelitten hat. Eine bevorstehende Beförderung soll den Selbstmord ausgelöst haben. Manager Nummer Eins bei der ERHC verfiel dem Wahnsinn – vermutlich erblich vorbelastet. Und Manager Nummer Zwei – der brach mit Krämpfen zusammen, biss sich rein zufällig die Zunge ab und verstarb in der besten Klinik des Landes unter den Händen versierter Chirurgen. Dort zog man es vor, keine Erklärung dafür zu haben.«

»Yovó?«

»So nennen wir die Weißen.«

Sein Gesicht hellte sich auf. »Sieh an, wer hätte das für möglich gehalten.«

»Bitte?«

»So fremd sind dir Spott und Ironie also doch nicht«, ergänzte er genüsslich, was seine Juniorpartnerin mit einer verständnislos starren Miene quittierte.

»Schon gut. - Jetzt mal zu deiner Erklärung für die Todesfälle.«

Die Mikrobiologin trank einen Schluck Wasser, bevor sie auch dieses Wissen mit ihm teilte: »Es ist das Ergebnis von Zauberei.«

Argwöhnisch suchte sie anhand seiner Gestik und Mimik nach dem erwarteten Zweifel. Als der sich nicht entdecken ließ, fuhr sie fort: »Seit Tausenden von Jahren begleitet die Voodoo-Religion und deren Wurzeln die Menschen hier. Mehr als 50 Millionen Westafrikaner praktizieren diese

Naturreligion offiziell. In Benin dringt Voodoo den Menschen aus jeder Pore. Wir saugen ihn schon mit der Muttermilch auf.

Ohne würde keine Dorfgemeinschaft funktionieren, könnte keine Rechtsprechung erfolgen, ja nicht einmal ein Staatspräsident gewählt werden. Er durchdringt selbst die höchsten gesellschaftlichen Kreise und beherrscht die politische Elite als ordnende Hand, die alles zusammenhält. Aber wo es Ordnung gibt, da gibt es auch Unordnung. Gut und Böse nähren sich gegenseitig.

Und aktuell ist eine sehr böse Kraft am Werk. Schwarze Magie findet Anwendung. Die Seele des Verantwortlichen ist vergiftet, seine magischen Fähigkeiten und sein Wille sind besonders zerstörerisch. Mit Schadenszauber hat dieser jemand nicht einmal vor Mord zurückgeschreckt. Er wird sich weiter im Verborgenen bewegen, uns bei jeder Gelegenheit zu täuschen versuchen. Und die Angriffe werden sich direkt gegen uns beide richten, wenn wir seinen Weg kreuzen.«

»Schadenszauber und Hexenflüche werden doch auch gegen Bezahlung praktiziert. Könnte es sich um einen Auftragsmörder handeln?«, stellte der nunmehr angespannte „Wächter der Schöpfung" in den Raum.

»Undenkbar«, verneinte sie entschieden. »Ein Auftragsmörder verrichtet seine Arbeit leidenschaftslos, möglichst schnell und schmerzlos. Im Einflussgebiet des Voodoo ist das nicht anders. Der herbeigeführte Tod eines Menschen ist schon an sich gottlos genug. Und für einen Auftraggeber, der hier jemanden quälen oder bestrafen lassen will, wäre Mord nicht die logische Konsequenz. Nein, unser Mörder verfolgt ein rein persönliches Motiv. Er hat gequält, und er hat gemordet – mindestens dreimal.«

Angestrengt grübelnd strich sich Bonifacius über den Kopf. »Nehmen wir die beiden Opfer bei der ERHC. Einer konnte vor seinem Tod nicht mehr verständlich sprechen, der andere biss sich selbst die Zunge ab. Beide waren in Schlüsselpositionen tätig und hatten so vermutlich Zugang zu geheimen Informationen. Sie könnten etwas Brisantes erfahren haben, oder womöglich wollten sie mit brisanten Informationen an die Öffentlichkeit. In dem Fall hätte der Mörder auch ein symbolisches Zeichen gesetzt. Wer plaudern will, wird mit dem Tod bestraft.«

Von seiner Leidenschaft angesteckt, weiteten sich urplötzlich Djayéolas Augen: »Vor zwei Jahren, nur zwei Tage, nachdem der Ministerialrat aus dem Fenster gesprungen war, starb der erste ERHC-Mitarbeiter. Im Gesundheitsministerium hatte es die Tage zuvor noch ein Vier-Augen-Gespräch zwischen ihnen gegeben. Das alleine wäre noch nicht verdächtig genug. Viele Repräsentanten ausländischer Unternehmen und Organisationen gehen bei uns ein und aus. Aber der zweite ERHC-Mann starb vor drei Wochen. Und er hatte die Position des anderen nach dessen Tod übernommen. - Du hast recht mit dem symbolischen Zeichen. Es verbindet die drei Opfer. Nichts im Verlauf eines Schadenszaubers ist zufällig.«

»Okay, also wenn wir die Angst vor Geheimnisverrat zugrunde legen, gibt es folgende Möglichkeiten: Der Voodoo-Mörder arbeitet gegen, für oder mit der ERHC. Es kann eigentlich nur um die derzeitige Seuche und den neuen Impfstoff gehen, wie auch immer das zusammenpasst«, resümierte er.

»Morgen Vormittag werden wir ausreichend Gelegenheit haben, den Geschäftsführer Sam Watts mit Fragen zu konfrontieren«, merkte die Beninerin an, deren Anflug von Emotionalität sich auch schon wieder verflüchtigt hatte.

Es war höchste Zeit für das Abendessen, und dieses wurde nicht eine Minute zu früh serviert. Langusten, Meeresfrüchte und Salat mundeten beiden gleichermaßen. Wo Bonifacius sich einen lieblichen Rotwein gönnte, blieb sie unverändert bei Wasser.

»Also wie glaubst du, wurden die Männer getötet?«, nahm er den Gesprächsfaden während des Essens wieder auf.

Die umgehende Antwort darauf legte nahe, dass sie sich bereits eingehend mit dieser Frage beschäftigt hatte. Und wie nicht anders zu erwarten, war ein fundiertes Hintergrundwissen in puncto Voodoo-Magie vorhanden: »Zwei Wege sind denkbar, Kontaktmagie und Analogiezauber. Der unmittelbare Kontakt wird durch direkte Berührung oder Augenkontakt hergestellt. Das Verabreichen magischer Substanzen durch Einreiben oder Untermischen in Essen und Getränke ist genauso möglich. Häufig werden persönliche Gegenstände entwendet, die bevorzugt Schweiß oder Blut des Opfers enthalten. Körperflüssigkeiten enthalten besonders viel Lebenskraft, perfekt für Schadenszauber. Nachdem auf die Gegenstände rituell eingewirkt worden ist, werden sie wieder in der Nähe des Opfers deponiert. Dort können sie die gewünschte Zauberkraft entfalten. Kontaktmagie hängt sowohl von magischen Formeln und Gegenständen ab, als auch von Kräutern, Pulvern und Tinkturen, die aus der Natur gewonnen werden.«

Bonifacius befielen Zweifel darüber, wie eine Religion ausschließlich dem Guten verpflichtet sein konnte, wenn sie andererseits Instrumente des Bösen derart perfektionierte.

»Man darf natürlich nie außer Acht lassen, dass die Kräfte der Natur neutral sind – weder gut noch böse. Die Voodoo-Religion ist ausschließlich dem Guten verpflichtet. So ist das Wort „Voodoo" aus der Fon-Sprache abgeleitet. „Wo bo du" heißt übersetzt in etwa: „Lehne dich zurück und hole aus der Natur jene Kraft, welche zum Zweck der Erhebung deines Geistes zu Gott notwendig ist." – Strebt der Mensch also zu Gott, wird er die Gaben der Natur im Sinne des Voodoo zur Heilung und gegen Hexenzauber und Schadensmagie einsetzen. Andernfalls kann er wie in unserem aktuellen Fall viel Unheil über die Menschen bringen«, ergänzte die kundige Partnerin passgenau zu seinen Zweifeln, was es erst richtig unheimlich machte.

Dass die Kräfte der Natur neutral waren, widersprach interessanterweise der Auffassung, wie sie in afrikanischen Kulturen mit zivilisatorischem Anspruch lange vorherrschend und fest verankert gewesen war, nämlich, dass die Natur eine ständige Bedrohung für die menschliche Zivilisation darstellte. Demnach hatten Aktivitäten wie die Bestattung von Toten oder der Geschlechtsverkehr auf kultiviertem Boden zu erfolgen. Wald und Busch waren hingegen tabu, galten sie doch als Inbegriff des Bösen, wo Hexerei und Magie herrschten.

So war auch mit allen Mitteln zu verhindern, dass etwas von dort in die zivilisierte Welt eindringen konnte. Die Volksgruppe der Mossi im heutigen Burkina Faso zum

Beispiel umschrieb Albträume von jeher als den „sich heranschleichenden Busch". - Indem Bonifacius eben das durch den Kopf ging, gewann er die Erkenntnis, dass der Voodoo eine erstaunliche Entwicklungsgeschichte vorzuweisen hatte.

Unter dessen Einfluss hatten Westafrikaner gelernt, der Natur einem Katalysator gleich die Kräfte zu entnehmen, welche in der menschlichen Gemeinschaft Gutes bewirkten. Nur leider gab es genauso auch diejenigen, welche eigenmächtig den dunklen Pfad beschritten.

Also ein Abtrünniger, der sich von der menschlichen Gemeinschaft abgewendet hat, sich aller Regeln und Gebote des Göttlichen entledigt hat, treibt sein hemmungsloses, sein perfides Spiel. Wieso habe ich das Gefühl, dass Wahnsinn und Tod unsere Begleiter bleiben werden und wir längst unter Beobachtung dieses Unbekannten stehen?

»Einer der Männer wurde durch Kontaktmagie zu Hause in den Wahnsinn getrieben. Aber der Begriff Wahnsinn im westlichen Sinn trifft die Realität nicht im Entferntesten. Das, was er vor seinem Tod gesehen haben muss, was ihn nur noch in einer unverständlichen Sprache hat sprechen lassen und die Krämpfe in ihm ausgelöst hat, waren böse Geister, die ihn von innen wie außen attackiert haben. Zu diesem Zweck hat die eingesetzte Schadensmagie die Barriere zwischen Diesseits und Jenseits aufgehoben, also dem Bösen den Zugriff auf das Opfer ermöglicht. Aber was den Mann betrifft, der im Krankenhaus gestorben ist, dazu habe ich dir etwas mitgebracht.«

Schon entnahm die promovierte Wissenschaftlerin zusammengerollte Röntgenaufnahmen aus einem eng am Körper getragenen Beutel, die sie nacheinander präsentierte. Ihr Gegenüber verschlang die Aufnahmen regelrecht. Darauf waren deutlich Arme und Beine sowie der Bauchbereich eines Menschen zu erkennen. Während die Gliedmaßen eine große Zahl von Nägeln zu enthalten schienen, zeigte die Aufnahme der Bauchpartie verschiedene Gegenstände wie eine zerbrochene Schere, Nägel sowie Objekte, die durchaus Glasscherben sein konnten.

»Das ist nicht, was ich glaube, oder?! Er starb an inneren Blutungen? Hast du gesehen, wie die Objekte entfernt wurden?«, fragte er fassungslos, daraufhin einen großen Schluck Rotwein hinunterstürzend.

Das war nichts, was seine zweite Familie ihm je an Realität nahegebracht hatte. Kein Wunder, denn es war die Art blutiger Makel, den keine Kultur oder Religion sich begeistert oder freigiebig ans Revers heften würde.

»Man kann nicht sehen, was nicht da ist – jedenfalls nicht materialisiert. Während der Obduktion hat man keine Gegenstände gefunden. Es gab auch keine sichtbaren inneren Verletzungen. Trotzdem ist er genau daran gestorben, innerlich verblutet. Die Röntgenaufnahmen sind authentisch, keine Fälschung. Ich hatte zu allem Zugang, auch zu den Ärzten.« Die Initiierte beugte sich weit vor und sprach das Folgende flüsternd aus: »Dieser Mann wurde Opfer des „tchakatou".«

»Aber hätte man keinen Voodoo-Heiler hinzuziehen können?«, stammelte „Shango" mit trockenem Mund, dem noch immer schauderte.

»Auch ein „azongbeto“ benötigt Zeit für die Heilung von Schadenszauber. Eine mehrwöchige intensive Therapie kann nötig sein. Der Zauberer, den wir suchen, ist zu mächtig.« Wieder verfiel sie ins Flüstern: »Auch den Regierungsbeamten hatte er mit einem verbotenen Zauber belegt – „sekpoli“. Ein Analogiezauber, also ganz ohne Körperkontakt aus der Entfernung wirksam. Der Fenstersturz wurde wahrscheinlich mit Hilfe einer Fetischfigur ausgelöst. Dabei musste intensiver gedanklicher Kontakt zum Opfer hergestellt werden. Beim „sekpoli“ passiert Folgendes: Die geistige und körperliche Kontrolle über die Zielperson wird übernommen, sie handelt wie eine Marionette. Das funktioniert auch aus größerer Entfernung. Die Fetischfigur, ein sogenannter „bochio“, macht den Zauberer bei seinem Wirken vollkommen unabhängig von einem rituellen Ort oder Tempel. Kurz gesagt, unser Mörder kann jederzeit und von jedem Ort unerkannt zuschlagen.«

»Wie muss denn so ein „bochio“ aussehen?«

»Es sind kleine Objekte oder Figuren, die Geistkräfte enthalten. Für einen bösen Zauber wird häufig eine eigens geschnitzte Holzfigur verwendet, die mit Nägeln gespickt ist«, erläuterte Djayéola, deren Gesicht geheimnisvolle Züge annahm. »Deshalb sollten Touristen aus aller Welt nie sorglos afrikanische Fetischfiguren erwerben. Man kann nie wissen, was einen tatsächlich nachhause begleitet.«

War das etwa ein versteckter Anflug von Humor gewesen? Bonifacius hätte nicht darauf schwören wollen. Aber egal, ihm gefiel die Vorstellung. Vielleicht abergläubisch, aber er wollte sein Schicksal nicht in die Hände einer Missionspartnerin legen müssen, die über keinerlei Humor verfügte.

Das Wesentliche war zunächst besprochen, und der Abend im Gartenrestaurant des Hotels klang langsam aus.

Abseits der speisenden Hotelgäste und auch unbemerkt von dem ungleichen Zweierteam verbarg sich eine Gestalt im Schutz der Dunkelheit. Sie verharrte reglos, beobachtete nur. An diesem Abend würde sie noch nicht ins Schlaglicht treten, jedoch die tiefe Nacht für sich nutzen.

Die Traumbotschaft schien die geöffnete Balkontür als Einladung zu begreifen – ein Bote der Vergangenheit, welcher die Gardinen inmitten einer salzigen Brise sanft in Bewegung versetzte, herangeführt vom hellen Mondlicht. Schnell bedeckte Schweiß die Haut des Auserwählten, dessen Gesicht unruhig zuckte:

Eine frische Meeresbrise lässt die Mittagshitze erträglich erscheinen, obgleich man an jenem Ort vergeblich nach Menschen Ausschau hält. Bonifacius steht vor einem Tor von rotbrauner und weißer Farbe. Die hinter ihm hinaufführenden weißen Stufen machen das Portal zu einem Monument, einem Wahrzeichen. Bei den acht tragenden Pfeilern – darauf jeweils paarweise kniende und gefesselte Sklaven beiderlei Geschlechts in Reliefs hervorgehoben – mit einem alles überspannenden Querblock, welcher einen Sklaventreck in zwei Zügen dichtgedrängt in die Ferne marschierend verewigt, handelt es sich unverkennbar um die „Pforte ohne Wiederkehr" am Strand von Ouidah. Doch das erst in der jüngeren Vergangenheit errichtete Mahnmal steht in zeitlichem Widerspruch zu den drei nahe der Küste ankernden Segelschiffen, europäischen Sklavenschiffen aus der ersten Hälfte des 18. Jahrhunderts, als die Bezeichnung Sklavenküste noch grausamer Realität entsprach.

Der Träumende ist verwirrt, schaut sich suchend um. Noch immer ist er allein. Nicht einmal Vögel kreisen über ihm oder dem Strand. Selbst das Meeresrauschen versagt den Dienst. Die Atmosphäre ist gespenstisch. Dann packt ihn das pure Grauen. Von der Pforte geht Bewegung aus, die Reliefs beginnen zu bluten. Schließlich ergießt sich ein ganzer Vorhang dunklen Blutes auf das staubige Betonfundament. Bonifacius schreckt zurück, schaut an sich herab. Seine naturbelassene Leinenkleidung ist noch immer unbefleckt. Die über ihn hereingebrochenen Emotionen weichen der Neugier, als aus der Ferne Geräusche zu vernehmen sind. Auf dem breiten Lateritweg, der aus der Stadt Ouidah bis an den Strand führt, erkennt er in der Ferne eine Prozession. Unnatürlich schnell nähert sich der Tross. Was er sieht, treibt ihm Tränen der Wut und Verzweiflung in die Augen. Entsprechend der Reliefs auf dem Mahnmal, werden gefangene Afrikaner in zwei Linien den Weg zum Strand entlanggetrieben, mitunter beschimpft und getreten. Spärlich bekleidete und auch nackte junge Männer, Frauen und sogar Heranwachsende versuchen sich der Übergriffe ihrer Peiniger flehend und mit gebundenen Armen zu entziehen.

Ein unbeugsamer Mann von hünenhafter Gestalt stirbt unter Peitschenhieben, gefesselt an einen Baum und längst ohnmächtig, der Rücken eine einzige Wunde aus freigelegtem Fleisch. Die Peiniger sind keine Europäer, es sind mit Steinschloss-Musketen bewaffnete Afrikaner.

Übergangslos bietet sich eine neue Traumsequenz dar. Am Ende des Weges, unweit des noch immer entsetzten Beobachters, geht es festlich zu. Ein wohlbeleibter König sitzt bestens gelaunt auf einem überdimensionierten Thron und hält Hof mit zahlreicher Anhängerschaft. Gold und prachtvolle Kleidung stellen Reichtum und Macht zur Schau. Die Sklaven sind Teil der Inszenierung. Alles wirkt wie eine innerafrikanische Angelegenheit. Doch unter amüsiertem Beifall der Festgäste auf einem Sammelplatz vorgeführt, übernehmen europäische Sklavenkapitäne und Ärzte die routinierte Begutachtung der nunmehr durchweg nackten menschlichen Ware. Ohne jedes Schamgefühl werden Zähne entblößt, Muskeln angepackt, der Schweiß per Zunge auf den Gesundheitszustand geprüft. Trotz all der Tortur sind Stolz und rebellischer Geist noch immer nicht gänzlich ausgelöscht, das ist etlichen Gesichtern deutlich abzulesen. Die Sklaven sind eigens für den Verkauf zurechtgemacht – geschnittene Haare und Nägel, Wunden behandelt, die Haut eingeölt. Sobald ein Kauf zustande kommt, wird den Männern das Zeichen des neuen Besitzers in die Brust eingebrannt, den Frauen in die Schulter. Das nicht verkaufte „Menschenmaterial" wird fortgeführt. Jene finden ihr Ende in einer tiefen Grube, die wie ein weit aufgerissener, gieriger Schlund anmutet. Einmal hineingestoßen, werden die nutzlos gewordenen Opfer früher oder später unter der Last und Verzweiflung der Leidensgenossen begraben – erstickt, zerquetscht oder beides. Ohrenbetäubende Schmerzensschreie und herzzerreißendes Flehen sind die Begleitmusik zu dem Treiben. Keiner der Vollstrecker wagt es indes, in diese Höllengrube hinabzublicken, so als würden die Todgeweihten ihre Henker auf ewig brandmarken und verfluchen können.

Zwischen Ankunft und Verkaufsprozedur wartet ein bewachtes Freiluftgehege auf viel zu viele Menschen, die nach und nach zur weiteren Vorbereitung hinausgeführt werden. Letzte Station vor den Schiffen ist der „Baum des Vergessens". Die Versklavten müssen einen hoch aufragenden, massiven Baumstamm mehrmals umrunden. Es soll ihnen bewusst werden, dass die vertrauten Bindungen unwiderruflich verloren sind – Stammesgemeinschaft, Religion, Heimat.

Der Blick hinüber zur Festgesellschaft offenbart noch mehr aufwühlendes. Um den König herum haben Amazonen Position bezogen. Diese stellen seine Leibgarde und nehmen das Schauspiel ohne Gefühlsregung hin. Unter Anwendung des Fa-Orakels ermittelt die Voodoo-Priesterschaft unter den Sklaven einzelne Männer, die daraufhin von den Amazonen vorgeführt werden. Jene Männer tragen selbst die Insignien des Voodoo. Auf Befehl des Königs erfolgt an Ort und Stelle deren Enthauptung, wiederum ausgeführt von der weiblichen Leibgarde. Innerhalb der Gästeschar macht Bonifacius zeitgleich eine kleine Gruppe von Männern aus. Zum einen heben sie sich durch ihre schlichten Gewänder ab, zum anderen verfolgen sie das blutige Treiben als einzige mit unverhohlener Ablehnung durch stumme Reglosigkeit. Die königliche Voodoo-Priesterschaft zeigt sogleich auf eben diese Sonderlinge, welche sich ohne Gegenwehr ergreifen lassen. Es erfolgt keine öffentliche Hinrichtung, jedoch der Zwang, dem Abtransport der Sklaven in vorderster Reihe beizuwohnen. Plötzlich teilt sich die Zuschauerschaft, gibt den Weg frei für einen weiteren Protagonisten. Die verhüllte Gestalt wird gebannt angestarrt. Lediglich die Amazonen beugen zur Ehrerbietung ihre Häupter mit gesenktem Blick. Und noch jemand, der sich abseits hält und dessen Gesicht nicht zu erkennen ist, tut es ihnen gleich – allem Anschein nach ein weiterer königlicher Voodoo-Priester. Die so geehrte Gestalt, deren Gesicht unter Umhang und Kapuze verborgen gehalten wird, schaut in Richtung der Sklaven, um sich kurz darauf demonstrativ abzuwenden. Einzig der selbstzufrieden grinsende König sowie die Europäer lassen sich davon nicht beeindrucken. In einem surrealen Schauspiel gehen die Verlorenen an rasselnden Ketten Richtung Sklavenschiffe ins Meer, verschwinden spurlos in den Wellen.

Die verhüllte Gestalt ist verschwunden. Bonifacius glaubt in ihr das grausame Schattenwesen aus dem Albtraum zuvor wiedererkannt zu haben, genauso, wie er auch die Amazonen wiedererkannt hat. Nur scheinen die Rollen sich verkehrt zu haben, die Attribute von Gut und Böse umgekehrt zugewiesen zu sein …

Der Sonnenaufgang ließ noch auf sich warten. Doch an Schlaf war nicht mehr zu denken. Der „Wächter der Schöpfung" stand auf und ging ins Bad. Das kühlende Wasser auf Gesicht und Nacken tat ebenso wohl wie das im Glas, mit dem er sich auf den kleinen Balkon seines Hotelzimmers setzte. Aber so sehr der Golf von Guinea ihn auch mit Meeresrauschen und im Schein des Mondes glitzernden Wellen zu berauschen versuchte, es verfing nicht. Viel zu sehr beschäftigten ihn die beiden Träume, deren Botschaften, Widersprüche und Gemeinsamkeiten. Der Agent wusste instinktiv, dass seine Missionspartnerin ihm bei der Entschlüsselung helfen konnte. Aber aus einem unerfindlichen Grund wollte er sie erst hinzuziehen, wenn der anstehende Besuch bei dem US-Pharmaunternehmen ERHC absolviert war.

Wie viel Zeit er grübelnd auf dem Balkon zugebracht hatte, hätte er nicht beziffern können, doch mit der ersten zaghaften Morgenröte und dem Verblassen des reichen Sternenhimmels kehrten die verlässlichen Lebensgeister mit Macht zurück. Das prächtige Farbenspiel der Natur konnte ihn schließlich doch noch für sich einnehmen.

Ein Pharmaunternehmen lässt bitten

Dem Anruf aus der Hotellobby war Bonifacius Kidjo umgehend gefolgt. Um kurz nach 9 Uhr früh erwartete ihn Doktor Djayéola Biassou in einem orangegelben Business-Kostüm und perfekt darauf abgestimmten offenen Schuhen mit halbhohen Absätzen. Eine flache Ledertasche für Akten und Schreibutensilien trug sie unter dem Arm.

Was das optische Auftreten anging, so war seine Partnerin wahrlich kaum wiederzuerkennen. Selbst die durchdringend einschüchternden Augen wirkten hinter einer leicht getönten Brille lediglich geschäftsmäßig und versiert.

Er selbst trug einen cremefarbenen Sommeranzug zu einem schwarzen Hemd. Als ausländischer Journalist konnte er ruhigen Gewissens auf eine Krawatte verzichten und die beiden obersten Hemdknöpfe offen lassen, was angesichts der zu erwartenden Temperaturen und seiner persönlichen Vorlieben einen Segen darstellte.

Die Fahrt zur Afrika-Zentrale des US-Pharmaunternehmens ERHC genoss der Beifahrer in vollen Zügen, konnte er sich doch auf die Fahrkünste und Ortskenntnisse Djayéolas verlassen. Auch zwang sie ihm kein Gespräch auf, sondern überließ ihn seinem Seelenleben. Was zu sagen gewesen wäre und für den Termin relevant sein konnte, war zwischen beiden bereits erörtert worden.

Vom Hotel aus, welches im Stadtviertel Plakodji auf der rechten Uferseite der Cotonou-Lagune unmittelbar am Meer lag, ging die Fahrt nach Norden. Schon jetzt war der Straßenverkehr beachtlich, und Fußgänger säumten in großer Zahl die Strecke. Die vorderen Fenster des geländegängigen SUV waren komplett geöffnet, was die kühlende Brise des nahen Gewässers durchs Fahrzeuginnere streichen ließ. Hin und wieder lenkte die Fahrerin seine Aufmerksamkeit auf Sehenswertes, wie die weiß und rot gestreifte Kathedrale Notre Dame de Cotonou. Über die nächstgelegene Brücke, welche ihn wegen des Namens „Pont Konrad Adenauer" schmunzeln ließ, führte der Weg auf die linke Uferseite. Das Stadtviertel Akpakpa begrüßte das Duo linker Hand mit einem unübersehbaren Friedhof, dessen Schönheit, Weitläufigkeit und ehrwürdiges Alter schon aus dem Fahrzeug zu erahnen war. In zügigem Tempo ging die Fahrt wieder Richtung Süden. Die Häuser wurden flacher, doch die Fassaden lechzten auch dort nach einem frischen Anstrich. Oberflächlich betrachtet erschien die Anordnung von Gebäuden, Geschäften, Pflanzenbewuchs und sonstiger städtischer Infrastruktur überall so willkürlich und unorganisiert wie der Verkehr. Doch auf befreiende Weise fand alles zu einer gewissen Harmonie zusammen, was nicht zuletzt deshalb Menschen aus aller Welt anzog. Es war ein besonderer Pulsschlag des Lebens, wie er etliche Metropolen Afrikas auszeichnete. Da sortierten Ladeninhaber ihr Sortiment, immer darauf aus, geschwätzige Kontaktpflege mit Kunden und Passanten zu betreiben. Wohin man auch sah, geschäftige Bewegung und Aktivität ohne hektische Blicke auf die Uhr waren Trumpf. Jetzt fuhren beide durch das vergleichsweise verschlafene „Village sur la mer", ein Stadtviertel geprägt von sanftem Tourismus, Museen, Künstlerateliers und einer bunten Vielfalt von Cafés und Restaurants. Es wies mit weitläufigen Stränden auch den Weg auf eine Landzunge, wo sich final das Meer mit der Lagune vereinte. Zum Ende hin wirkte das Viertel wie ein Außenposten menschlicher Zivilisation, von wo aus die asphaltierte Straße in ein verwaistes Gebiet mit spärlicher Vegetation führte.

Eine langgezogene Erhebung zur Rechten verhinderte die freie Sicht auf einen Teil der Landzunge. Ein aufwendiger, zweifellos menschengemachter Erdwall, der schließlich nahtlos von einem hohen Sicherheitszaun abgelöst wurde. Das Befahren des Privatgrundstücks der ERHC war nur durch ein einziges Einfahrtstor möglich, gesichert wie ein Hochsicherheitsgefängnis. Die großzügige Wendemöglichkeit davor markierte das Ende der öffentlichen Straße. Djayéola fuhr bis zum uniformierten Wachpersonal vor und gab sich als Mitarbeiterin des beninischen Gesundheitsministeriums zu erkennen. Der gängigen Routine folgend, wurde sie um Namen und Ausweisdokumente gebeten, außerdem das Kennzeichen notiert. Gerade kehrte eine Hundestaffel von der Zaunpatrouille zurück. Bonifacius registrierte auch die beweglichen Kameras hoch oben an den Lichtmasten, welche gleichermaßen Firmengelände und öffentliche Straße überwachten. Auf einem Schild neben dem Tor prangte in großen Buchstaben der Name des Unternehmens: „ERHC – Environmental Research for Human

Care", gefolgt von dem Leitspruch „Wir forschen zu Ihrem Wohl" in französischer Sprache. - Einem kurzen Telefonat des Mannes im Wachhaus folgte das Öffnen des Tores. Die befestigte, leicht abschüssige Straße führte durch gut überschaubares Gelände bis zu einem zylindrisch geformten, sechsstöckigen Gebäude. Es mutete wie der futuristische Glaspalast aus einem Science-Fiction-Film an. Wie Module waren zweistöckige Gebäudeeinheiten in glänzend metallischem Gewand nach hinten weg daran angedockt, welche wiederum die Verbindung zu einem vierstöckigen Quergebäude herstellten. Der aufmerksame Agent tippte bei letzterem auf die Forschungs- und Produktionsstätte, während das runde Gebäude vorne vermutlich den repräsentativen Besucher– und Verwaltungsbereich darstellte. Der weitläufige ERHC-Gebäudekomplex befand sich ganz am Ende der Landzunge, welche die Lagune beinahe vom Meer trennte. Sinnigerweise gehörte auch eine großzügig ausgestaltete Bootsanlegestelle dazu, ebenfalls durch einen Zaun und Lichtmasten gesichert. Wer immer die Lagune vom Meer aus anlaufen wollte oder umgekehrt, musste es unter den Augen des Pharmaunternehmens tun. Von „Shangos" professioneller Warte aus schwang die Tür erfreulicherweise in beide Richtungen. Denn wer einen so exponierten Firmensitz unterhielt, konnte genauso leicht auch selber ausgespäht werden.

Auf dem Gästeparkplatz vor dem Haupteingang wurden die beiden bereits von einem geschäftsmäßigen Anzugträger erwartet, der sich als persönlicher Referent des Geschäftsführers vorstellte und sogleich obligatorische Ansteckschilder mit Besuchernamen überreichte. Die Fahrt in einem gläsernen Fahrstuhl durch eine ebenfalls gläserne Röhre bis hoch in die sechste Etage, gewährte freie Sicht in jedes vorbeiziehende Stockwerk. Durchweg herrschte das lichtdurchflutete Ambiente eines Treibhauses. Währenddessen bemühte sich der Begleiter um Smalltalk, wobei sein freundliches Gehabe eine Spur zu aufgesetzt daherkam. Oben angekommen, konnte erst der Rundumblick auf Stadt, Lagune und den Golf von Guinea den Journalisten des Konstantin Verlages wirklich begeistern. Wie hätte man das Unternehmen nicht von dort oben aus regieren wollen – einfach herrlich.

Man betrat einen überdimensionierten Sitzungsraum, dem genau wie dem Rest des Gebäudes erst dank Zierpflanzen in formvollendeten Bodenkübeln, afrikanischer Kunstobjekte auf Sockeln und zeitgenössischer Gemälde an der Wand Lebendigkeit eingehaucht wurde. Ein dunkelhaariger Mann um Mitte fünfzig inmitten einer bereitstehenden Personengruppe schickte sich an, die offizielle Begrüßung zu übernehmen. Der Referent hingegen zog sich dezent zurück.

»Doktor Biassou, ich freue mich sehr, Sie bei uns begrüßen zu dürfen. Bislang hat Ihr Gesundheitsministerium Sie uns zu meinem großen Bedauern ja vorenthalten. Sam Watts, Geschäftsführer von „Environmental Research for Human Care“ auf dem afrikanischen Kontinent.«

Die Überschwänglichkeit des weltgewandten Mannes, der ähnlich leger gekleidet war wie sein männlicher Interviewpartner aus Deutschland, wirkte überzeugend und unaufdringlich, was sich auch gegenüber dem Journalisten nicht änderte: »Herr Kidjo, wir sind schon sehr gespannt auf

Sie. Der exzellente Ruf des Konstantin Verlages eilt Ihnen voraus.« Aufmunternd blickte er sich zu den Männern an seiner Seite um. »Man steht dort nämlich für beispiellos engagierte und unbestechliche Recherchearbeit und Artikel. Wissen Sie noch, meine Herren, diese Verschwörung im Osten des Kongo vor einiger Zeit? Unglaublich, die Sache mit dem Blutcoltan. Aber der Konstantin Verlag und allen voran Herr Kidjo haben das journalistisch bravourös begleitet.« Dem nächsten Satz verlieh Sam Watts eine besonders empörte Note: »Ausbeutung und Versklavung im 21. Jahrhundert, eine Schande! - Nun ja, über die schreckliche Seuche, die den Norden Benins heimgesucht hat, werden wir Ihnen jedenfalls nach bestem Wissen und Gewissen Auskunft erteilen.«

„Shango" hörte dem Unternehmenslenker sehr wohl zu, heuchelte sogar Interesse für das belanglose Blabla, doch lag seine wahre Aufmerksamkeit längst bei den beiden übrigen Männern.

Schon wurden die Besagten in Szene gesetzt: »Darf ich Ihnen zwei meiner engsten Mitarbeiter und Berater vorstellen. Herr Djimon Savalou Boukman. Als beninischer Berater und gleichsam Repräsentant vertritt Herr Boukman unsere Interessen hier und auf dem gesamten afrikanischen Kontinent. Wie Sie sich sicher vorstellen können, ist uns sehr daran gelegen, einen möglichst engen und vertrauensvollen Kontakt zu den afrikanischen Autoritäten zu unterhalten. - Herr Geoffrey Coles ist der Sicherheitsbeauftragte unseres Unternehmens. Das umfasst unsere Zentrale hier in Cotonou und die übrigen Büros und Unternehmungen auf dem Kontinent. Geheimhaltung und Sicherheit sind Garanten unseres Erfolgs, Sie verstehen.«

Bonifacius konnte sich nicht helfen, für einen Unternehmensrepräsentanten empfand er den zierlichen Boukman als zu zurückhaltend und wenig charismatisch.

Andererseits konnte bescheidenes Auftreten ja durchaus das Vertrauen fördern. Dazu die westlich konservative Kleidung, die neben der dezenten Krawatte sogar noch ein korrespondierendes Einstecktuch umfasste.

Dagegen wirkte der Sicherheitsbeauftragte mit seinem zerfurchten Gesicht und den imposanten Körpermaßen wie ein Preisboxer, den man in einen feinen Anzug gezwungen hatte. Doch ein Blick in die Augen sowie Umgangsformen und Eloquenz offenbarten schnell, dass es sich um eine intelligente und mitnichten grobschlächtige Persönlichkeit handelte.

Gastgeber und Besucher setzten sich an einem stattlichen Sitzungstisch einander gegenüber. Eine Auswahl heißer und kalter Getränke stand ebenso bereit wie landesübliches Obst und Gebäck.

Der Geschäftsführer eröffnete die Gesprächsrunde: »Was genau möchten Sie in Erfahrung bringen?«

Lächelnd legte der Journalist Notizheft und Kugelschreiber vor sich auf den Tisch. »Bevor wir auf die näheren Umstände der Epidemie zu sprechen kommen, wüsste ich gerne mehr über die Ziele Ihres Unternehmens. Beispielsweise das Motto „Wir forschen zu Ihrem Wohl" – also so sehr ich das auch glauben möchte, die ERHC ist ein Pharmaunternehmen und außerdem Tochterunternehmen eines Pharmakonzerns mit Stammsitz in den USA. Was bedeutet, dass Sie an erster Stelle dem Profit und nicht dem Wohle der

Menschen verpflichtet sind. Wie stehen Sie zu einer solchen Einschätzung?«

Der Angesprochene nickte verständnisvoll. »Ich freue mich über Ihre Direktheit. Meine Gelegenheit, mit einem gerne bemühten Pauschalurteil aufzuräumen. Sehen Sie, Herr Kidjo, in Jahrzehnten auf dem afrikanischen Kontinent haben wir viel Kraft und Zeit darauf verwendet, berechtigten Vorurteilen und zweifelhaften Aktivitäten anderer Unternehmen unserer Branche entgegenzuwirken. Glauben Sie mir, niemand weiß besser als wir, welcher unchristlichen Methoden man sich da schon bedient hat. Ja, Gewinnmaximierung bestimmt nun mal die Weltwirtschaft und beeinflusst natürlich auch die Aktivitäten der ERHC. Trotzdem, in unserem Haus übernehmen wir die Verantwortung dafür, dass der Zweck nicht jedes Mittel heiligt. Der Pharmabereich ist ein besonders sensibler. Hier darf man keinesfalls am Wohl der Menschen vorbeiagieren.«

»Bitte, erzählen Sie uns von diesen unchristlichen Methoden. Ich könnte mir vorstellen, Doktor Biassou und das Gesundheitsministerium sind daran auch sehr interessiert.«

Wie eine einstudierte Wahlrede, spulte Sam Watts seine Sicht auf die Dinge weiter souverän ab: »Während man in Europa und den USA eifrig und mit Nachdruck Menschenrechte und den Schutz des Lebens per Gesetz durchsetzt, betreiben international operierende Pharmaunternehmen fernab immer wieder heikle Medikamentenforschung am lebenden Objekt, vorzugsweise in Afrika. Das Ziel sind häufig Heilmittel zum Verkauf in wohlhabenden Industrieländern. Infolge der Giftigkeit vieler Substanzen und der

Unberechenbarkeit zugrunde liegender Erreger für Probanden und Öffentlichkeit, sind Feldversuche in den Heimatländern der forschenden Unternehmen in aller Regel verboten. In etlichen Ländern Afrikas ist das anders. Rechtliche Bestimmungen und ethische Standards gibt es entweder gar nicht oder sie werden auf dem Altar der staatlichen Korruption geopfert.«

Beinahe tat dem Journalisten sein Argwohn leid, so überzeugend war sein Gegenüber. Irgendwie musste er ihn auf die Probe stellen: »Sie zeigen sich sehr mitfühlend. Können Sie ein Beispiel für solche fragwürdigen Tests an Afrikanern benennen?«

»Sicher, gerne«, ging der ERHC-Chef ohne Zögern darauf ein. »In den 90er Jahren kam es in Nigeria zu einer schweren Epidemie durch bakteriologische Meningitis. Ein Pharmakonzern wollte die Gelegenheit nutzen, ein zuvor in Europa und den USA als bedenklich eingestuftes Medikament dennoch zu testen und bot seine Hilfe bei der Bekämpfung der Seuche an. Das Ärzteteam wählte vor Ort 200 erkrankte Kinder und Jugendliche aus. Die eine Hälfte erhielt das experimentelle Präparat, die andere Hälfte das offiziell zugelassene, wirkungsvolle Medikament eines Mitwettbewerbers – allerdings gezielt in viel zu geringer Dosis. So wollte man um jeden Preis die Überlegenheit des eigenen Produktes demonstrieren. Das Ergebnis war verheerend. Trotz anhaltender Fieberkrämpfe und weiterer Symptome wurden Eltern mit ihren Kindern als geheilt fortgeschickt. Die meisten der unfreiwilligen Probanden wurden in der Folge blind oder taub, litten unter Lähmungen oder unheilbaren Hirnschädigungen. Einige starben auch. Und das ist nur ein Beispiel von vielen. - Dass Vorfälle dieser Art es nur selten in die breiten Nachrichten schaffen, hat verschiedene Ursachen: eine milliardenschwere Propagandamaschinerie, Armeen von Unternehmensanwälten, Vertuschung durch wohlwollend gestimmte Behörden – suchen Sie sich was aus.«

Grandioser Heuchler oder reine Weste, das war hier die Frage, welche zu beantworten Bonifacius noch immer nicht imstande war.

Und der eloquente US-Amerikaner war noch nicht durch mit seinem Vortrag: »Das Problem ist komplex und hat viele Facetten. Gerade Schwarzafrikaner müssen herhalten als Versuchskaninchen bei der Bekämpfung von Wohlstandsleiden in Industriegesellschaften. Was das Ganze dabei noch tragischer macht: die komplett unterschiedlichen Lebensumstände – geografisch, klimatisch, nahrungsbedingt und kulturell plus über Jahrtausende ausgebildete körperliche Besonderheiten, Resistenzen, Unverträglichkeiten – führen mit einer hohen Wahrscheinlichkeit zu nicht zielführenden Testergebnissen. Oder anders gesagt, ein Präparat, das einem Menschen aus Malawi helfen würde, muss längst noch keinem Norweger oder Texaner helfen. - Ganz anderes Beispiel, die Eroberung der Nahrungsmittelindustrie durch Pharmaunternehmen. Man nutzt die Folgen einer langjährigen Fehlentwicklung im Nahrungsmittelsektor aus oder hat sie gar initiiert – da scheiden sich die Geister. Wie auch immer, ein an sich skandalöser Mangel an natürlichen Inhaltsstoffen wird mit künstlichen Laborzusätzen ausgeglichen und das Ergebnis dreist als Techno-Food angepriesen. Nahrungsmittelprodukte mit artfremder Beimischung von angeblich gesundheitsfördernden Zusatzstoffen werden zum Function-Food hochgeadelt. - Wir von der ERHC tun dies alles nicht, dennoch sind auch wir pauschal gebrandmarkt, eben weil wir ein Pharmaunternehmen sind – das verteufelte Kollektivschuldprinzip. Was wir tatsächlich tun ist, nach neuen natürlichen Wirkstoffen zu forschen, gewonnen aus Pflanzen vom afrikanischen Kontinent, zum Wohle der Menschen hier in Afrika und in Kooperation mit eben diesen Menschen. Parallel suchen wir vor Ort nach bisher unbekannten Krankheiten, entdecken sie, lernen sie zu verstehen und entwickeln Medikamente dagegen. Nur daran sollten wir gemessen werden. Der Profitgedanke und das Wohl der Menschen gehen bei uns Hand in Hand. Jede Krankheit, die ihren Ursprung in Afrika hat und die wir hier schon besiegen können, ist ein Triumph für die gesamte Menschheit. Denn eines ist nun mal Fakt, in Zeiten fortge-schrittener Globalisierung reisen Krankheitserreger schnell. Innerhalb von Stunden können sie jeden bevölkerungs-reichen Punkt auf der Erde erreichen.«

Natürlich, kein überzeugter Lügner würde seine Karten offen auf den Tisch legen, doch der Fairness halber musste „Shango" einräumen, dass Watts' Ausführungen durchaus glaubwürdig klangen. Es half nichts, er würde deutlich provokanter zu Werke gehen müssen. »Wissen Sie, was mich als investigativer Journalist aufhorchen lässt? Wenn jemand gleichzeitig die Macht über Gesundheit und Krankheit in Händen hält. Aus sprudelnden Einnahmen hat Ihre Branche mächtige Lobbyinstitutionen geschaffen und auf die Art mehr und mehr Einfluss auf Politik und Medien gewonnen. Namhafte Experten schlagen schon seit Jahren

Alarm und geben zu bedenken, dass sich unter dem Schutz von Meinungs- und Informationsmanipulation ein Pharmakartell herausgebildet hat, das Krankheiten nicht mehr besiegen will, sondern maximalen Profit aus der Existenz und Verbreitung von Krankheiten im Sinn hat. Die Logik dahinter ist klar: Wer genesen ist, benötigt keine Medikamente mehr. Wer hingegen weiter krank bleibt oder zumindest an Folgesymptomen leidet, bezahlt auch weiterhin teures Geld für Medikamente. Was würde wohl passieren, wenn nur ein Unternehmen den Schlüssel zur Heilung einer hochinfektiösen, tödlichen Krankheit in Händen hielte?«

»Dann bräuchte dieses hypothetische Unternehmen den Krankheitserreger nur noch in geeigneten urbanen Ballungsräumen unter die Menschen zu bringen und könnte die Opfer der Epidemie marktwirtschaftlich betreuen«, beendete Watts den Gedankengang, wobei er nicht mehr ganz so gelassen wirkte. »Darauf wollten Sie doch hinaus, richtig? Herr Kidjo, ich muss Ihnen sagen, wenn ich nicht so viel Verständnis für Ihren beherzten Journalismus aufbringen würde, könnte ich das leicht als böswillige Unterstellung verstehen.«

Der „Wächter der Schöpfung" nahm den Fehdehandschuh allzu gerne auf, denn endlich hatte sein Gegenüber gezuckt: »Sie haben Verständnis für mich? Schön, dann brauche ich mich ja nicht zu entschuldigen.«

Die sich zuspitzende Dramaturgie aus gekreuzten Klingen nahm Djayéola zum Anlass, sich vorerst weiter zurückzuhalten.

Sie sollte nicht enttäuscht werden.

»Ob Sie es hören wollen oder nicht«, legte der Geschäftsführer gereizt nach, »wir fahren keine Kampagnen gegen die Anwendung von Naturheilverfahren oder vernachlässigen die Erforschung der exotischen Pflanzenwelt auf heilende Wirkstoffe. Andere schon, wir tun das Gegenteil. Genau diesem Umstand verdanken die Menschen im beninischen Departement Atakora, dass sie nicht nur nicht sterben, sondern auch wieder vollständig genesen.«

»Ja richtig, ein gutes Stichwort«, gab sich Bonifacius nachdenklich, während er etwas in sein Notizheft schrieb. »Ihr Unternehmen hat atemberaubend schnell gehandelt. Sie konnten in null Komma nichts ein Impfserum in großer Menge gegen eine bis dahin unbekannte Krankheit zur Verfügung stellen. Und Sie konnten der Regierung von Benin ein maßgeschneidertes Quarantäne-Konzept vorlegen und es zudem noch durchsetzen. Also nach meiner unmaßgeblichen Meinung grenzt das an ein Wunder.«

Sam Watts sah sich jetzt einem lauernd fordernden Augenpaar ausgesetzt. Ihm fiel es zunehmend schwer, nicht die Beherrschung zu verlieren. »Um das ganz unmissverständlich klarzustellen, und Ihre fachkundige Begleiterin wird das sicher bestätigen können, haben wir der Regierung von Benin und insbesondere dem hiesigen Gesundheitsministerium umfassend dargelegt, dass der identifizierte Krankheitserreger uns nicht unbekannt war. Im Rahmen unserer Aktivitäten im zentralafrikanischen Regenwaldgebiet sind wir bereits vor drei Jahren auf ihn gestoßen. Seither erforschen wir dieses Virus. Was unseren Einfluss auf die Regierung von Benin angeht, so verdanken wir das unserem Repräsentanten Herrn Boukman.«

So zurückhaltend Djimon Savalou Boukman bis dahin auch gewesen war, jetzt schien das Auftreten des weißhaarigen, zierlichen Mannes mit dem gepflegt gestutzten Vollbart davon beseelt zu sein, den ERHC-Chef zu entlasten: »Ich danke Ihnen, Exzellenz. - Die vertrauensvolle Zusammenarbeit mit den Behörden beruht auf dem Wissen, dass sich die höchsten Instanzen im Land von der Voodoo-Religion leiten lassen. Benin ist übrigens das einzige Land der Welt, in dem der Voodoo als Staatsreligion offiziell anerkannt ist. Wenn Sie erlauben, Herr Kidjo, möchte ich Ihnen zum besseren Verständnis gerne einen kurzen spirituellen Einblick geben.«

Der angenehm ruhige Klang der Stimme löste bei Bonifacius geradezu ein Verlangen aus, mehr zu erfahren, was keineswegs gegen Boukman sprach. Allerdings ließ es ihn auch nicht mehr so unscheinbar wirken wie zuvor.

»Bitte«, ermunterte der Journalist den Westafrikaner freundlich.

»Ich danke Ihnen. - Das Universum wird als eine zweigeteilte Kalebasse betrachtet, die ein geschlossenes System darstellt. Eine Hälfte enthält Himmel und Jenseits, die andere Erde und Diesseits. Aber es gibt keine strikte Trennung zwischen beiden Hälften, sie wirken ineinander. Es gibt kein oben und unten, Leben und Tod existieren miteinander. Menschen können mit den Geistern und Verstorbenen kommunizieren, die Götter unmittelbar in das Leben der Menschen eingreifen. Nichts, was je in diesem System existiert hat oder was darin getan wurde, geht verloren. Vielmehr kehrt es früher oder später zu den Lebenden zurück. Böse Taten führen unweigerlich zu

Bestrafung. Die Seelen der Verstorbenen kehren nach Generationen als Inkarnation zurück. Paradies und Hölle als ein zeitversetztes Belohnungs- und Bestrafungsprinzip gibt es nicht. Der Mensch muss sich noch während seines irdischen Lebens vor den Voodoo-Göttern verantworten. Zwingende Gründe, weshalb Christentum und Islam unsere tief verwurzelte animistische Religion nie hatten verdrängen können. Für unsere früheren Herrscher waren Christen nie mehr als geschäftliche Verbündete gewesen, die man nie wirklich verstand und denen man zunehmend misstraute. Die fremden Weißen bezeichneten unsere Praktiken und Rituale als Zauberei und Teufelswerk, zeigten sich intolerant und herablassend.«

Weshalb erzählst du mir das? Willst du mich damit auf etwas Bestimmtes stoßen? Du bist nicht einfach nur ein Kenner des Voodoo oder irgendwann einmal auf Geheiß deiner Familie initiiert worden, oder?! Nein, hinter deinem sachlichen Ton verbirgt sich eine intensive Leidenschaft. Und weshalb diese zurückhaltende Art? Nur Teil deiner Persönlichkeit oder die Absicht, unbedingt harmlos und ehrenwert zu erscheinen? Ich denke, du bist viel mehr, als es den Anschein hat, Djimon Savalou Boukman.

Gedankenverloren wanderte Bonifacius' Blick für einen Augenblick zur Seite. Hätte er es nicht besser gewusst, wäre seine Partnerin auch problemlos als filigranes Kunstwerk durchgegangen, so reglos war ihre ganze Aufmerksamkeit weiterhin auf Boukman gerichtet: Die sinnliche Linienführung des länglichen Gesichtes mit markanter Kinn- und

Stirnpartie, mit den vollen Lippen und hohen Wangenknochen, dazu die katzenhaft großen Augen und das alles erstarrt zu einem leidenschaftslosen Gesichtsausdruck.

»Der Schöpfergott Mawu Lissa hat eine Vielzahl von Haupt- und Nebengöttern hervorgebracht, die Menschen beschützen aber auch bestrafen können«, referierte der Unternehmensrepräsentant unterdessen weiter. »Jedes Unglück, das den Menschen widerfährt, ist eine spirituelle Herausforderung. Auf Geheiß der Götter und Ahnen können die Menschen darauf durchaus flexibel reagieren und neue Wege gehen. Auf dieser Grundlage war es für mich möglich, im Sinne der ERHC schnelles Entgegenkommen und Unterstützung bei den Regierungsbehörden zu erreichen.«

»Verzeihen Sie meine Unkenntnis, aber was genau haben die Götter des Voodoo oder ein spirituelles Weltbild mit der aktuellen Seuche zu tun?«, hinterfragte der Interviewer verständnislos.

Boukman lächelte nachsichtig. »Einer Legende zufolge wurde die Gottheit Sakpata einst von einer anderen Gottheit namens Legba verspottet. In ihrem Ärger darüber wirbelte sie gewaltige Mengen von Staub auf und verteilte so Erreger aller Seuchen und Krankheiten über die ganze Welt. Als nun vor etwa 100 Jahren tatsächlich eine tödliche Pockenepidemie ausbrach, entstand der Sakpata-Kult. Man nahm diese reale Seuche als eine Bestrafung für menschliche Sünden an. Über das Fa-Orakel wurde den Menschen aber auch ein Ausweg übermittelt. Verschiedene strikte Anweisungen sollten befolgt werden, mit deren Hilfe eine weitere Ausbreitung der Krankheit dann auch wirklich aufgehalten werden konnte. Seither wird dem Gott Sakpata als Seuchengott zeremoniell gehuldigt. Gesundheit und soziale Gerechtigkeit sind seine Gegenleistung. Im Zeitalter von AIDS warnt die Gottheit in Trance-Botschaften sogar vor dieser Gefahr und gibt Handlungsanweisungen. Voodoo-Priester als höchste spirituelle Instanz sind dabei das Binde-glied zwischen Gottheit und Menschen. - Ich hoffe, das ist Ihnen Erklärung genug, Herr Kidjo.«

Seine Worte sorgten für Stille im Raum. Einzig Djayéola Biassou zeigte sich unbeeindruckt und nun ihrerseits ähnlich provokant wie der Missionspartner: »Herr Watts, wie stehen Sie und die ERHC zur Allmacht der Götter.«

Für einen flüchtigen Augenblick flackerte Unsicherheit in den Augen des Angesprochenen – lange genug, um von den beiden Gesprächsgästen bemerkt zu werden.

»Keine einfache Frage. Selbstverständlich gehört zu unserer Unternehmensphilosophie auch der Respekt vor der einflussreichsten hiesigen Religion, verehrte Frau Doktor Biassou. Aber als westlich geprägtes Unternehmen teilen wir den Glauben an das Spirituelle in der Form nicht. Vielmehr bringen wir alles auf eine sachlich rationale Ebene. Es ist doch so: Die Menschen hier praktizierten eine Art Voodoo-Kult schon zu Zeiten der alten Ägypter. Innerhalb dieser langen Zeitspanne konnten Mythen, Legenden und konditi-onierte Verhaltensweisen sich derart im Unterbewusstsein festsetzen, dass Trancezustände, Bewusstseinserweiterung und die manische Angst vor Hexenzauber fester Bestandteil des täglichen Lebens wurden. Das mag für Außenstehende zwar faszinierend sein und lässt einige Begebenheiten bisweilen sogar unerklärlich erscheinen. Aus unserer Sicht entspringt letztlich aber alles vermeintlich Übersinnliche einer kollektiven Gruppenhysterie. Alleine die Vermutung, Opfer eines bösen Zaubers zu sein oder zu werden, kann die Menschen hier körperlich krank machen. Die Ursachen sind rein psychosomatisch. - Sie haben sicher auch schon von der „Afrikanischen Krankheit" gehört, Herr Kidjo. Selbst angesehene Voodoo-Autoritäten haben uns bestätigt, dass Scharlatanerie ein großes Problem in der Voodoo-Gemeinschaft ist. Genau wie der Katholizismus in Europa war diese Religion für die Herrschenden und Mächtigen schlussendlich immer auch ein gerne bemühtes Mittel zum Machterhalt.«

»Dann halten Sie den Einfluss des Voodoo für Ihre Arbeit hier also nicht für hilfreich? Das klang aus dem Mund Ihres Repräsentanten gerade noch anders«, konstatierte die offizielle Mitarbeiterin des Gesundheitsministeriums.

»Ganz im Gegenteil, ich schätze den unzerstörbaren Willen, mit dem man sich die letzten Jahrhunderte über erfolgreich gegen alle religiösen Anfeindungen behaupten konnte. Der Voodoo-Kult gibt den Menschen Kraft und Zuversicht. Er macht Drogen, Alkohol, Spielsucht oder Psychotherapeuten sehr viel bedeutungsloser als beispielsweise in meinem Land. Wovon die ERHC in sehr hohem Maße profitiert, ist das umfassende Wissen von Priestern, Heilern und Zauberern über die Wirkung von Pflanzen, Kräutern und Mineralien. Darin liegt auch das ganze Geheimnis der Magie. Nichts Übersinnliches, nur Wissen und Methodik, was wiederum erlernbar ist. Verschiedene Rezepturen machen krank oder heilen, vergiften oder entgiften. Dieses Wissen um die Gaben der Natur erschließen wir uns auch durch die Zusammenarbeit mit der Voodoo-Gemeinschaft, um wirkungsvolle Medikamente in großen Mengen für weite Teile Afrikas herzustellen. Es ist ein fruchtbares Miteinander aus traditionellem Wissen und modernen technologischen Verfahren.«

Bonifacius grinste süffisant. »Die Erklärung eines Wissenschaftlers auf dem Boden der Schulmedizin und rationalen Vernunft. Aber für einen Nutznießer der Spiritualität auch sehr zweidimensional.«

Das frostige Schweigen bestärkte den Agenten in seiner Angriffslust. Es war nun mal der einfachste Weg, um Freund oder Feind zu identifizieren: »Ich möchte gerne mehr über Ihre erste Begegnung mit dem Virus und Ihre generelle Beteiligung am Eindringen in tropische Regenwälder wissen.«

Doch bevor Sam Watts überhaupt darauf reagieren konnte, übernahm zur Überraschung aller Djimon Savalou Boukman die Wortführerschaft: »Herr Kidjo, sind Sie ein religiöser Mensch? Glauben Sie an Gott?«

»An das Göttliche ja, aber nicht an Religionen.«

»Weil Sie der Führung durch Menschen misstrauen?«

»Sagen wir einfach, ich bevorzuge den direkten Draht und setze daneben auf die Kraft des eigenen Verstandes.«

»Sie geben also keiner Religion den Vorzug?«

Dass Boukman seine Spiritualität ergründen wollte, ließ Bonifacius argwöhnisch aufhorchen. »Nur was Menschen erschaffen, braucht einen Namen. Innerer Glaube sollte darüber erhaben sein, meine ich.«

Vom fordernden Blick des Vorgesetzten angetrieben, setzte sich endlich auch der Sicherheitsbeauftragte Geoffrey Coles in Szene. Er wirkte selbstbewusst und zugleich bemüht, die angespannte Atmosphäre vergessen zu machen: »Um auf Ihre Frage nach der Herkunft des Virus und unserer Rolle in der Holzwirtschaft zurückzukommen, es gibt da einen unmittelbaren Zusammenhang. Unkontrollierte Abholzung tropischer Regenwälder geschieht vorzugsweise in unzugänglichen Gebieten. Damit wird die sprichwörtliche Büchse der Pandora geöffnet. Gefährliche Krankheitserreger können entfesselt werden, die die Natur nicht für den Kontakt mit dem Menschen vorgesehen hatte. Im Allgemeinen gehört es nicht zum biologischen Programm eines Virus, seinen Wirt schwer zu schädigen oder zu töten. Vielmehr wird eine Balance zwischen ausreichender Schwächung des Infizierten und seiner weitgehenden Gesunderhaltung geschaffen. Denn einerseits soll die Bildung von Antikörpern gehemmt werden, damit eine Vermehrung des Krankheitserregers gewährleistet ist, aber andererseits muss der Infizierte agil genug bleiben, um die Verbreitung sicherzustellen.«

»Das Problem dabei ist, dass die Anpassung an eine komplexe Spezies wie den Menschen viel Zeit erfordert. Eine hohe Sterblichkeitsrate wie beim Ebolafieber ist ein Hinweis darauf, dass eine Anpassung noch immer nicht abgeschlossen ist«, brachte die Mikrobiologin und Virologin es nüchtern auf den Punkt. »Hinzu kommt die Gefahr von Mutationen.«

»Exakt, danke. Sie sind eine ausgewiesene Expertin, Doktor Biassou. Wenn Sie also noch etwas ergänzen möchten …«

Sie betrachtete den hünenhaften Coles eingehend.

Zumindest würde sie das Wesentliche zweifellos schneller zusammenfassen können. »Der klassische Infektionskreislauf bei vergleichbaren tropischen Viruserkrankungen ist der, dass zunächst baumlebende Affen und Kleinsäuger die Krankheit in sich tragen. Durch blutsaugende Insekten, die ebenfalls in den Bäumen beheimatet sind, wird der Erreger innerhalb der Population weitergegeben. Räuberische Säugetiere wie Schimpansen wiederum infizieren sich am blutigen Fleisch der verspeisten Tiere. So gelangt das Virus auch auf den Waldboden. Der Verbreitungsradius bleibt überschaubar, da es sich um einen isolierten ökologischen Lebensraum handelt – bis der Mensch eindringt und seinen nahen Artverwandten verspeist oder Bäume fällt und durch Insektenstiche zum Krankheitsfall wird.«

»Und im Kongobecken befindet sich immerhin der zweitgrößte tropische Regenwald der Welt ...«, hakte Geoffrey Coles ein, nur um von dem nach wie vor stichelnden Journalisten unterbrochen zu werden.

»... der mit wertvollen Hölzern lockt. - Der Teufelskreis ist doch allgemein bekannt. Die internationale Nachfrage für Tropenhölzer begünstigt organisierte Kriminalität. Die angestammten Völker werden hintergangen und beraubt, was mit einem perfiden Netz aus Korruption einhergeht. Den betroffenen Staaten entgehen dringend benötigte Steuereinnahmen, während von den fernen Auftraggebern die bewährte Praxis aus Tochterunternehmen und Offshore-Bankkonten bemüht wird. Und dann eben noch die durch Abholzung freigesetzten Krankheitserreger. Man könnte das ja als gerechte Strafe begreifen, wenn es nicht die schuldlose lokale Bevölkerung treffen würde. - Aber wie genau passt denn jetzt die ERHC zu diesem skrupellosen Spiel?«

Das ungeschminkt Brachiale in der Formulierung hemmte die Interviewpartner zunächst, und womöglich war die betretene Wortlosigkeit sogar Ausdruck einer Schuld. Zumindest aber war Bonifacius unbequem. Er schürte Unsicherheit, und genau darum sollte es gehen. Er wollte diesen scheinheiligen Überzug aus Selbstgefälligkeit und Eigenwerbung durchbrechen.

Es räusperte sich Geoffrey Coles, bestrebt, seine zugewiesene Aufgabe weiter zu erfüllen: »Um neue Waldgebiete nutzbar zu machen, müssen Fahrzeugpisten hineingetrieben werden, was in aller Regel mit der Unterstützung der Weltgemeinschaft und dem Segen afrikanischer Regierungen geschieht. Über diese Schneisen folgen den Holzarbeitern dann auch leicht Wilderer, Waffenhändler, Prostituierte und andere. Neben der Vertreibung und Dezimierung seltener Wildtierbestände führt das erfahrungsgemäß auch zum Verzehr von infiziertem Wildfleisch durch den Menschen. Durch das Fällen der Baumriesen geraten dazu noch die blutsaugenden Insekten in direkten Kontakt mit den Menschen – wie Doktor Biassou gesagt hat. Epidemien bis in urbane Gebiete sind Tür und Tor geöffnet, Pandemien nicht auszuschließen.«

Die einzige Telefonanlage im Raum stand auf dem Sitzungstisch und machte sich dezent summend bemerkbar. Sam Watts nahm das Gespräch sich vorab entschuldigend entgegen. Seinen Worten nach zu urteilen, war dessen Inhalt für das Interview belanglos. Allerdings übernahm er kurzentschlossen wieder die Gesprächsführung: »Wir können menschliche Unvernunft und maßlose Profitgier nicht verhindern. Was wir tun können, ist die Auswirkungen dieser Ignoranz abzufedern. Die ERHC kann mit den gewonnenen Erkenntnissen aus der Holzwirtschaft den Regierungen neue Konzepte für Umweltverträglichkeit und Sicherheitsstandards vorlegen. Wir nutzen die Chance, mit als erste in neue Gebiete vorzudringen und eine Bestandsaufnahme der vorhandenen Pflanzen- und Tierwelt vorzunehmen. Für die Erforschung neuer Pflanzenwirkstoffe und Krankheitserreger bedeutet das einen wertvollen Zeitgewinn. Wir erschließen die größte natürliche Apotheke der Welt. Die Menschheit muss das Angebot annehmen, anstelle es zu vernichten. Zum Beispiel wachsen 70 Prozent aller Pflanzen mit Krebs bekämpfenden Eigenschaften nach heutigem Wissensstand in tropischen Regenwäldern. Trotzdem wurden bisher gerade einmal fünf Prozent der bekannten tropischen Flora auf ihre medizinische Wirksamkeit untersucht. Unser Unternehmen ändert das. Und wir tun noch mehr. Wir bekämpfen Biopiraterie, setzen auf faire und vertrauensvolle Zusammenarbeit mit den ortsansässigen Dorfgemeinschaften, nicht auf eigennützige Ausbeutung ihrer Kompetenz. Dieses Konzept wird es uns ermöglichen, Heilmittel gegen das Ebolafieber, HIV oder Alzheimer zu finden. Nehmen Sie nur die tropischen Blutegel. Aus ihnen wird bereits ein komplexes Protein mit gerinnungshemmender Wirkung gewonnen. Oder Vampirfledermäuse, deren Speichel enthält einen Wirkstoff, der zur Vermeidung von Herzinfarkt genutzt wird.«

Diese Leute waren wirklich gut, ihre Argumente bestechend. Dennoch, etwas ließ „Shango" weitergraben: »Die ERHC ist beteiligt, wenn breite Schneisen in den

Urwald geschlagen werden. Sie sorgen also mit dafür, dass tödliche Krankheitserreger den Weg in die Zivilisation finden können. Wollen Sie uns ernsthaft erklären, Ihr Pharmaunternehmen hofiert den Tod, um das Leben zu schützen?«

»Nein, das will ich damit ganz und gar nicht sagen. Nochmal – die Beteiligung an der Holzwirtschaft und unsere Gewinne daraus dienen ausnahmslos der Erforschung und Entwicklung, was für schnellere Verfügbarkeit lebenswichtiger Medikamente sorgt und unsere Verkaufspreise zu reduzieren hilft.«

»Als Sicherheitsbeauftragter bürge ich persönlich für schärfste Sicherheitsvorkehrungen«, sprang Coles seinem Chef unterstützend zur Seite. »Niemand verlässt das jeweilige Einschlaggebiet unkontrolliert. Nahrung wird ohne Ausnahme von außerhalb bezogen. Auch nach Abschluss der wirtschaftlichen und wissenschaftlichen Aktivitäten bleiben solche Gebiete zunächst noch Sperrzone und werden zeitnah renaturiert.«

»Auch die besten Sicherheitsvorkehrungen können keinen verlässlichen Schutz vor aggressiven Krankheitserregern garantieren. Das haben Sie vor drei Jahren in Gabun selber erlebt. Als Gutachterin des Gesundheitsministeriums muss ich mir die Frage stellen, ob Sie dort nicht grob fahrlässig gehandelt und eventuell sogar wissentlich den Tod von Menschen in Kauf genommen haben«, konterte Djayéola.

Das wollte ihr Gegenüber nicht auf sich sitzen lassen, der nun deutlich aggressiver auftrat: »Das klingt ja, als würden Sie uns für Todesengel halten. Als Nächstes rücken Sie uns noch in die Nähe eines Josef Mengele. - Wir haben alles in unserer Macht Stehende getan, um Mitarbeiter und Partner zu schützen. Die Alternative wäre eine Einstellung unseres Regenwaldprogramms mit allen nachteiligen Konsequenzen für Afrika und die Weltgemeinschaft gewesen. Das kann ja wohl nicht ernsthaft in Ihrem Interesse liegen – oder womöglich doch?!«

Bonifacius sah seine Partnerin schon den zweifellos kampfstarken Geoffrey Coles über den Tisch hinweg anfallen. Deutlich nahm er wahr, wie sich die Muskeln ihres Körpers anspannten, wurde Zeuge, wie der Berater Djimon Boukman dezent vom Gefahrenherd wegrückte. Doch es geschah nichts. Ihm wurde bewusst, dass der vollzogene Sinneswandel einzig den Erfordernissen der gemeinsamen Mission geschuldet war.

»Was ist denn vorgefallen in Gabun?«, überspielte er die heikle Situation um Sachlichkeit bemüht.

Unter Vermeidung jedes weiteren direkten Blickkontaktes mit der offensichtlich einschüchternden Djayéola Biassou, antwortete der irritierte Coles kleinlaut: »Ja, ähm, das ist schnell erzählt. Das besagte Einschlaggebiet liegt in der nördlichsten Provinz Woleu-Ntem. Es vergingen etwa drei Wochen, bevor der erste Holzfäller zusammenbrach. Ab diesem Zeitpunkt durfte niemand mehr das Areal verlassen. Die ERHC hat für eine solche Situation immer eine Spezialausrüstung dabei – Quarantäne-Zelte, luftdichte Spezialanzüge, medizinische Ausrüstung. Allerdings haben uns die extrem kurze Inkubationszeit und die sehr schnelle Ausbreitung des Virus überfordert. Von 64 Männern starben 49. Alle, die zuvor infiziert worden waren. Uns blieb nur der Abbruch des Projektes. Die Leichen wurden wegen des

Infektionsrisikos noch vor Ort verbrannt und vergraben. Auch Ausrüstung und Infrastruktur wurden weitestgehend verbrannt. Alles folgte einem festgelegten Krisenprozedere. Bis heute verhindert ein Sicherheitsteam jedes unbefugte Betreten – in Abstimmung mit den gabunischen Behörden, selbstverständlich.«

»Unter den Verstorbenen waren nur Holzarbeiter?«

»Zu unseren Sicherheitsstandards während solcher Projekte gehört es auch, das Personal nach Aufgabengebieten zu trennen. So wurden unsere Wissenschaftler nicht infiziert und konnten die anderen versorgen, außerdem Blut- und Gewebeproben sicherstellen.«

»Die Verbreitung wurde trotzdem nicht verhindert, wie es aussieht«, stellte die Mikrobiologin und Virologin in den Raum.

Der Journalist an ihrer Seite nickte beipflichtend: »Ist es nicht abwegig, dass ein Tropenvirus aus dem Nirgendwo erst drei Jahre später wieder aktiv wird, ausgerechnet in einem Gebiet ohne vergleichbare Bedingungen und mit nur geringer Bevölkerungsdichte?«

Der Geschäftsführer stellte gerade seine Kaffeetasse ab. »Nein, es ist durchaus möglich. Wie vorhin von Doktor Biassou selbst erwähnt, kann ein Virus mutieren, sich an neue Bedingungen anpassen. Die Natur findet immer einen Weg. Wir nennen es den unberechenbaren Faktor. Entscheidend ist letztlich nur, wie reisefreudig der befallene Wirt ist. Glücklicherweise erwies sich die Mutation als gering genug, um die aktuelle Seuche erfolgreich einzudämmen.«

»Liegt es im Bereich des Möglichen, dass einige der

gabunischen Viruskulturen aus Ihrem Labor entwendet worden sind?«, brachte Bonifacius einen neuen Gedanken ins Spiel. »Hat es einen Einbruch gegeben?«

Das neuerliche Schweigen ließ vermuten, dass er einen Volltreffer gelandet hatte, was Sam Watts nur zögerlich und mit deutlich gedämpfter Stimme zur Gewissheit werden ließ: »Also gut. Was ich Ihnen beiden jetzt anvertraue, ist für die ERHC äußerst unangenehm. Ich bitte daher dringend um Diskretion. Sollten Sie mit dieser Information an die Öffentlichkeit gehen, werden wir es abstreiten. - Tatsächlich gibt es den Verdacht, dass einer unserer leitenden Mitarbeiter Proben des Virus gestohlen hat. Wir wollten die Angelegenheit zunächst intern untersuchen, weil die Beweise nicht zwingend genug waren. Dann verstarb unser Verdächtiger. Seither treten wir auf der Stelle.«

»Und der vermutete Diebstahl geschah ganz sicher, bevor die Seuche in der Provinz Atakora ausgebrochen ist?«

»Ja, davon können wir ausgehen.«

»Geht es um den Mitarbeiter, der dem Wahnsinn verfallen ist?«, mutmaßte Djayéola.

Djimon Boukman reagierte am schnellsten, wobei sein Blick etwas Abschätzendes hatte: »Ja, es geht auch um ihn. Das ursächliche Problem ist aber ein anderes. Ein mächtiger Voodoo-Priester, dessen Name Dah Agbo ist. Für ihn ist die ERHC ein Ärgernis, ein Eindringling, der die Geheimnisse des Voodoo entwenden will. Er ist der Meinung, wir würden die Heilkunst und das Wissen um die Gaben der Natur verweltlichen, würden die spirituelle Ebene mit Füßen treten. Man muss ihn als religiösen Extremisten betrachten, der um den Verlust seiner Vormachtstellung fürchtet. Wir glauben, dass er für den Tod unserer beiden Mitarbeiter verantwortlich ist. Und jeden in Benin, der uns wohlwollend gegenübersteht, betrachtet er als Feind. Diese Epidemie auszulösen, nur um uns anschließend die Verantwortung dafür zuzuschieben, würde seinem Wesen entsprechen. Dieser machtvolle Mann gebietet über viele geheime Helfer und Vollstrecker. Seien Sie also überaus vorsichtig, falls Sie in seinen Wirkungskreis eintreten wollen.«

Genau das war es, was „Shango" sich nicht nehmen lassen würde. »Wo kann man diesen Dah Agbo finden?«

»Wenn er es nicht will, nirgends. Er ist derjenige, der einen findet. Wenn überhaupt, können Sie es in einem kleinen Voodoo-Tempel auf dem Dantopka-Markt versuchen«, wusste Boukman mit besorgter Miene zu ergänzen.

Von da an ging das Interview zügig seinem Ende entgegen.

Während der bullige Geoffrey Coles sich bereits verabschiedete und den Sitzungsraum verließ, erhielten die Besucher noch eine ausführliche Standortbeschreibung des Tempels. Was die vereinbarte Besichtigung der Forschungs- und Entwicklungsabteilung betraf, so wurde das mit Hinweis auf verschärfte Sicherheitsbestimmungen abgelehnt. Wie auf Bestellung erschien der persönliche Referent des Sam Watts und geleitete das Duo zum Parkplatz zurück.

Ihr habt uns Namen und Adresse dieses angeblich gemeingefähr-lichen Dah Agbo ja geschickt aufgedrängt. Was steckt dahinter: Pflichtbewusstsein, Ablenkung? Und wieso wisst ihr über ein

Es war noch früher Nachmittag, als Djayéola den Wagen anließ. Auf halber Strecke zwischen Gebäude und Einfahrtstor hielt sie überraschend an und kletterte auf die Rückbank.

»Was wird das denn?«

»Ich ziehe mich um. Wir fahren doch zum Tempel, oder?«

»Du scheinst ja einiges zu erwarten. Apropos, was hältst du von der These eines fanatischen Voodoo-Priesters namens Dah Agbo?«

In das Rascheln der Kleidungsstücke mischte sich die trockene Antwort: »Gar nichts. Ich kenne ihn. - Djimon Savalou Boukman beschäftigt mich mehr.«

Duell auf dem Dantopka-Markt

Der schnellste Weg zum Dantopka-Markt führte dieselbe Strecke wieder zurück, zumindest bis zum legendären alten Friedhof. Von dort aus ging es weiter in nördliche Richtung. Die Hauptverkehrsader stand der Gewohnheit folgend vor dem Verkehrsinfarkt. Beton und die in Gelb gekleideten Taxi-Chauffeure dominierten auch jetzt das Stadtbild. Mittlerweile hatte der urbane Smog eine solche Konzentration erreicht, dass Bonifacius innerlich fluchte. Ein Drittel aller Gebrauchtwagen für den afrikanischen Markt wurde in Cotonou entladen, und selbstredend verblieben auch reichlich davon in Benin. Was in den Heimatländern der Autokonzerne längst verschrottet worden wäre, fristete vor Ort dank Not und Erfindungsgeist ein marodes zweites Leben als unsägliche Dreckschleuder. Europa blieb ökologisch sauber, Afrika erstickte derweil umso mehr. Es war schon ein Treppenwitz, was die „Klimaretter“ auf ihrem „Kreuzzug“ so alles ausblendeten. Naivität, Ignoranz, Geschäftssinn? Für Bonifacius spielte alles da rein. - Er ließ den Blick weiter schweifen. Unbarmherzig war die Natur zurückgedrängt worden. Menschen in ihrer farbenprächtigen Kleidung sowie Werbebotschaften auf Plakaten sorgten stellvertretend für Buntheit und Leben. Noch immer befand man sich im zentral gelegenen Viertel Akpakpa.

Dann bog die Fahrerin links ab. Vorbei an einer sehenswerten Moschee überquerten sie die Lagune auf der Brücke „Martin Luther King".

Ihm fiel auf, wie intensiv Djayéola sich Innen- und Außenspiegeln widmete und tat es ihr gleich. »Haben wir Gesellschaft?«

»Drei Motorräder, je zwei Mann.«

Daraufhin drehte sich „Shango" dezent nach hinten um und konnte die „Schatten" im dichten Verkehr ausmachen. »Da ist noch ein dunkelgrüner Pick-up. Zwei in der Kabine und welche auf der Ladefläche. Konstanter Abstand, zu sauber und zu neu für Cotonou. Ziemlich stümperhaft. Wann kommen wir an?«

»Hinter der Brücke rechts.« Sie wies zur anderen Uferseite. »Da hinten, das große Gebäude mit der Aufschrift „Marché Dantopka". Das gesamte Gelände verläuft entlang dem Lagunenufer.«

Das heruntergekommen wirkende Gebäude erhob sich über unzählige verrostete Wellblechdächer und schmutzige Sonnenschirme, welche sich dicht aneinander drängten. - Schnell widmete sich der Beifahrer wieder den Verfolgern. »Zu viele. Die sind nicht auf Beschattung aus.«

»Ja, die warten auf ihre Gelegenheit. Machen wir der Sache ein Ende«, erwiderte sie ohne eine Spur von Nervosität. »Mit den Motorrädern bleiben die immer an uns dran.«

»Bin gespannt, wer uns die Typen auf den Hals gehetzt hat. - Wir brauchen eine geeignete Stelle, wo möglichst wenig Menschen gefährdet sind.«

Die Einheimische sah ihn verdutzt an. »Wenig Menschen? Hier, mitten in Cotonou? - Ich denke, wir können darauf vertrauen, dass die Brüder und Schwestern schnell genug aus der Gefahrenzone verschwinden werden.«

Mangels Alternativen war dem nichts hinzuzufügen. Die Kampfarena würde also irgendwo beim Markt von Dantopka liegen. - Als der Verkehr auf einem kurzen Teilstück tatsächlich etwas mehr Bewegungsfreiheit bot, gab Djayéola unter Hupen und Lichtsignalen Vollgas, was Passanten aller Art in ungeheurem Tempo von der Straße trieb. Die weiter vorne erneut feststeckende „Blechlawine" war schon bedrohlich nahe, als die eigene Vollbremsung Unmengen von Staub aufwirbelte. Eines der sie verfolgenden Motorräder prallte ungebremst gegen das Heck des schweren SUV. Der Fahrer durchschlug die Heckscheibe und blieb leblos im Innenraum liegen. Der Sozius schrammte derweil einer menschlichen Kanonenkugel gleich mitsamt Machete über das Fahrzeugdach. Der tödliche Flug endete am Hinterteil eines ohnehin schon verbeulten Kleinbusses. Der größere Abstand des zweiten Verfolgerteams verhinderte einen direkten Zusammenstoß. Aber umhüllt von Straßenstaub und überrascht vom Manöver des Zielfahrzeugs, zog der Fahrer die Maschine nach rechts. Daraufhin durchpflügte er erst zwei mobile Stände mit Obst und Töpferwaren, um anschließend an einer massiven Mauer entlangzuschrammen. Aufgehäufte Reissäcke machten der Irrfahrt schließlich ein Ende. Der Fahrer wurde unter seinem umstürzenden Gefährt begraben, während sich der zuvor abgeworfene zweite Mann unter Schmerzen aufrappelte. Die ausgerenkte Schulter war dem Mauerkontakt zu verdanken. Noch immer benommen, sah der Auftragsmörder eine große schlanke

Frau auf sich zukommen, die einen Seitenblick auf den verwüsteten Marktstand mit Töpferarbeiten warf. Seine Machete fand er vor sich auf dem Boden liegen, konnte die Hiebwaffe gerade noch zwischen sich und die Gegnerin bringen, nur um trotzdem niedergestreckt zu werden – die Waffe führende Hand gebrochen von einem Tonkrug, ein zweiter Krug kraftvoll auf dem Schädel zertrümmert. Derweil kam sein Partner zu sich, der sich vom ramponierten Motorrad befreite, ohne selbst ernsthafte Blessuren davongetragen zu haben. Nachdem der das Ende seines Komplizen mitansehen musste, nahm er zwei geschärfte Sicheln aus dem Angebot eines Verkaufsstandes an sich – wobei er den lauthals protestierenden Händler niederschlug – und stellte sich der weiblichen Zielperson.

Djayéola Biassou fasste daraufhin mit beiden Händen hinter sich an den Gürtel, und es kamen zwei Messer mit kunstvoll verzierten Goldgriffen zum Vorschein. Damit wurde sie für ihren Gegner augenblicklich zur mythischen Kriegerin vergangener Zeiten. Ihr Körper erstarrte mit breitem Stand, die Waffen ausgerichtet, die Stimme laut und kraftvoll widerhallend: »Stelle dich nicht gegen eine Amazone Dahomeys, wenn du leben willst!«

Seiner Urangst zum Trotz von einer unsichtbaren Kraft getrieben, drang der Widersacher Sichel schwingend auf sie ein. Ihr Kampfgeschrei war markerschütternd, als sie ihn Stich um Stich, Schnitt um Schnitt immer schwerer verletzte. Am Ende brach er tot zusammen, fiel vornüber in den Staub.

Das dritte Motorrad kam auf der Fahrerseite zum Stehen, als „Shango" gerade ausstieg. Der dunkelgrüne Pick-up war ebenfalls nicht mehr weit. Um seiner Mitstreiterin den

Rücken freizuhalten, sprang er mit schnellen Sätzen auf Motorhaube und Dach. Von dort aus folgte ein Sprung mit wuchtigem Fußtritt zum Kopf des Motorradfahrers, dass der außer Gefecht gesetzt vom Sitz geschleudert wurde. Geschmeidig rollte sich der Agent auf dem harten Boden ab, sah sich aber schon im nächsten Augenblick mit einem tückischen Angriff des verbliebenen Sozius konfrontiert. Eine instinktive Ausfallbewegung brachte ihn in günstige Position. Mit dumpfem Knacken brach er das Ellbogengelenk des Angreifers, dessen tödliche Machete nun zu Boden fiel. Der vor Schmerzen Aufschreiende erhielt einen gezielten Handkantenschlag zum Hals, gefolgt von einem eingesprungenen Knietritt zum Solarplexus. Doch dem siegreichen Bonifacius war keine Verschnaufpause vergönnt. Nur dank eines beherzten Hechtsprunges in sprichwörtlich letzter Sekunde, entging er dem heranrasenden Mordwerkzeug auf vier Reifen. Stattdessen wurden das Motorrad und einer der beiden Bewusstlosen überrollt. Vier der sechs Insassen näherten sich ihm mit Hieb- und Stichwaffen, die zwei übrigen folgten seiner Juniorpartnerin. Wie von einem Rudel Wildhunde wurde der „Wächter der Schöpfung" lauernd eingekreist, doch machte er das Überraschungsmoment zu seinem Verbündeten. Zu dem Zweck identifizierte er den vermutlichen Rädelsführer. Sein explosiver Angriff hatte dessen Hand mit der Machete zum Ziel. Mit exaktem Bewegungsablauf erfolgte erst die Entwaffnung, dann eine Wurftechnik. Die gezielten Hiebe in Oberschenkel und Schulter machten den am Boden Liegenden zu einem Schwerverletzten. Aus einer Drehbewegung heraus schlitzte „Shango" die Bauch- und Brustdecke eines heranstürmenden Gegners diagonal auf, wenn auch nur oberflächlich. Der Schock alleine machte den Mann kampfunfähig. Angesichts der Übermacht funktionierte der Einzelkämpfer wie eine Maschine, die alles und jeden zum Überleben nutzte. So ließ ihn eine Bewegung aus den Augenwinkeln zupacken und den paralysierten Verletzten einem Schutzschild gleich herumreißen. Dass der Knüppelhieb den falschen Hinterkopf zertrümmerte, schreckte den verantwortlichen Attentäter nicht ab. Vielmehr setzte dieser zu einer weiteren Knüppelattacke an. Zurückweichend und nunmehr ohne hilfreiche Waffe, wartete Bonifacius auf die richtige Gelegenheit. Der Holzschläger verfehlte ihn, und ein schwungvoller Fußfeger war seine adäquate Antwort darauf. Es blieb gerade noch genug Zeit, den Hinterkopf des zu Fall Gebrachten zweimal wuchtig auf den harten Untergrund zu schlagen, dessen Knüppel an sich zu nehmen und sich zur Seite zu rollen, bevor der vierte Angreifer in der Lage war, ihm ein Messer in den Rücken zu rammen. Ein Zufallstreffer gegen die Schläfe des Mannes läutete das Ende des Kampfes ein, als dieser benommen über dem Komplizen zusammenbrach. Ein ersticktes Stöhnen im Ohr, erfasste Bonifacius ungläubig die Situation: Erst hatte ein Attentäter einen anderen ungewollt erschlagen, und jetzt ein weiterer einen Spießge-sellen ungewollt erstochen.

»Tja, wer sich mit den Göttern anlegt … Guten Ritt in die Hölle, Jungs.«

Djayéola tauchte über ihm auf, begutachtete ihn prüfend.

»Die anderen Strolche?«, fühlte er sich angesichts der blutigen Messer in ihren Händen zu der Frage genötigt.

»Bestraft«, erwiderte sie und wischte die Klingen an der Kleidung eines am Boden Liegenden ab. Anschließend half sie dem Fragenden auf.

Sirenen in der Ferne mahnten zur Eile.

»Wie das Werk eines Voodoo-Priesters kommt mir das Spektakel hier nicht vor«, merkte der Agent auf dem Weg zum Wagen an.

»Das war noch nicht alles.«

Vom Rücksitz entnahm er einem kleinen Rucksack mehrere farbige Ampullen und zwei kleine Injektionsgeräte, wovon er die Hälfte an Djayéola weitergab. »Also falls uns jemand verwirren will, das können wir auch. Dieser Wirkstoff ruft eine Amnesie und Orientierungslosigkeit hervor. Der Zustand wird einige Wochen andauern, ohne Folgeschäden.« Sein Grinsen nahm die hintergründige Ironie vorweg: »Alles rein pflanzlich, wie beim Voodoo.«

Als schließlich die Polizei eintraf, fand diese viele wortkarge Schaulustige, einige nicht zurechnungsfähige Verletzte und Verwundete sowie mehrere Tote vor.

Es gab einen Teil des Dantopka-Marktes, den Touristen und selbst Einheimische im Allgemeinen mieden, die Welt des machtvollen Voodoo fernab jedes Postkartenidylls. Wer hier einen Zauberer oder Heiler beauftragte, bezahlte erst, wenn sich der Erfolg einstellte – was immer man für angemessen hielt. Die zahlreichen Tieropfer des Tages und der Nacht lockten Heerscharen von Fliegen an, und hinter den notdürftig zusammengezimmerten Wänden hörte man gemurmelte Beschwörungsformeln und das Rascheln und Klappern von Gegenständen als Bestandteil verschiedener

Rituale. Als Sonnenschutz dienten allerhand Materialien und improvisierte Konstruktionen, die die engen künstlichen Gassen noch düsterer werden ließen – verblasste Sonnenschirme, zurechtgebogenes Wellblech, zusammengenähte schmutzige Stoffe. Reine Verkaufsstände waren zumindest teilweise einsehbar. An einem wurden lebende Ziegen und Hühner als Opfertiere feilgeboten, daneben Körperteile toter Tiere, die an Schnüren hingen, dann wieder ordentlich sortierte Totenschädel verschiedenster Größe, die einen schaurig angrinsten. Letztere besah sich Bonifacius eingehender. Primaten führten das Sortiment an – vom kleinen Baumbewohner bis hin zum Menschenaffen, die meisten in Benin ganz oder nahezu ausgestorben.

Lediglich Anubispaviane, Husarenaffen und Tantalus-Meerkatzen lebten noch in Schutzgebieten, soweit er wusste. Vermutlich waren auch deren Schädel im Sortiment vertreten. Besonders die eines Schimpansen und eines Gorillas gaben ihm das Gefühl, sich an einer Totenstätte zu befinden.

Es war ein offenes Geheimnis, dass den Körperteilen von Menschenaffen die meiste innewohnende Kraft zugeschrieben wurde. Auch deshalb starben sie überall in Afrika aus. - Der Agent fröstelte, als er unweigerlich an die vielen verschwundenen Kinder in West- und Zentralafrika denken musste. Ganz oben auf der Beliebtheitsskala geopferter Kinder standen solche mit Albinismus, also mit einer extremen Pigmentstörung, was in bestimmten Gebieten des Kontinents gehäuft auftrat. Es waren allen voran Mitglieder der politischen und wirtschaftlichen Machteliten Schwarzafrikas, die mit jenem höchstmöglichen

Blutzoll bedeutende Positionen und Machtfülle zu erlangen, zu erweitern oder zu sichern hofften.

Djayéola trieb zur Eile an.

Auf dem weiteren Weg drangen eigentümliche Gerüche in seine Nase, die den von süßlich metallischem Blut variierten, vermutlich aufgrund von Kräutern, Pulvern und Tinkturen. Wieder blieb er zwanghaft vor einem Verkaufsstand stehen. Dort war man spezialisiert auf Schutzamulette, sogenannte Gris-Gris. Einer der kleinen Lederbeutel sah seinem eigenen recht ähnlich.

»Diese Gris-Gris enthalten geheime Substanzen. Aber sie müssen erst noch den Göttern geweiht werden, sonst können sie nicht wirkungsvoll vor Krankheiten und Unfällen schützen.«

Bonifacius sah die kundige Partnerin wissend an: »Ich trage selbst einen bei mir. - Welche Bedeutung haben Kolanüsse?« Er nahm eine Handvoll aus einem Jutesack.

»Es ist eine bevorzugte Speise der Götter. Diese Nüsse entfalten besondere spirituelle Kräfte. Gegessen während der Zeremonien, erleichtern sie den Kontakt zu Geistern und Göttern. Gäste erhalten sie aus Respekt, Untergebene als Symbol der Wertschätzung. Der gemeinsame Verzehr beider Kerne einer Nuss stärkt Verbundenheit und Freundschaft.«

Als Djayéola wie selbstverständlich eine Kolanuss an sich nahm, schien sich niemand daran zu stören. Überhaupt hatte es für ihn den Anschein, als würde man der wehrhaften Frau vor Ort nicht nur mit respektvoller Unterwürfigkeit begegnen, sondern als versuchte man sich ihr so weit als möglich zu entziehen. Zum wiederholten Mal mieden

Männer wie Frauen den direkten Blickkontakt. Irgendwann würde er seine Verbündete nach dem Grund dafür fragen.

Der nächste Stopp wurde von ihr eingelegt, vor einem Verkaufsstand mit frischen und getrockneten Pflanzen. »Das grüne Gold des Voodoo, aus dem die Pharmaindustrie der Weißen Profit schlagen will. Mehr als 1.000 Heil- und Nutzpflanzen können geweihte Voodoo-Autoritäten wirkungsvoll verwenden, die Hälfte davon findet regelmäßige Anwendung. Wurzeln, Stängel, Blätter, Rinde – alles enthält konzentrierte Kräfte der Natur.«

»Was ist mit der anderen Hälfte?«

»Nicht für den Alltagsgebrauch empfohlen.« In einem Anflug von Begeisterung offenbarte sie eine weitere Kostprobe ihrer Kenntnisse: »Sieh hier, Blüten der „Lantana camara“, des Wandelröschens. Gut gegen Gelbsucht. Oder hier, Blätter und Wurzeln des „Moringa Oleifeira“-Baums. Damit können Typhus und Diabetes behandelt werden. Die „Nerium Oleander“-Pflanze verwenden wir zur Heilung von Krebs, zum Beispiel bei Leukämie. Aber von Zahnschmerzen über Herzrhythmusstörungen bis hin zu Hepatitis kann damit vieles behandelt werden. - Heilung – dafür steht der Voodoo. Und es kann noch so viel Kooperationsbereitschaft mit dem Ausland geben, das entscheidende Wissen wird immer verborgen bleiben. Wissen, das nicht zu Geld zu machen ist. Wissen, das ausschließlich der Spiritualität des Voodoo vorbehalten ist – mündlich von einem auserwählten Initiierten zum nächsten weitergegeben, und das schon seit vielen Generationen.«

Der feuchte Glanz in ihren Augen sprach für ihn Bände. »Und du willst natürlich, dass das so bleibt.«

»Geheimnisse sind die Schutzmacht der traditionellen Wurzeln, der eigenen Existenz.«

Ich weiß genau, was du meinst. Völker, die ihrer traditionellen Wurzeln beraubt wurden oder sich selbst unbedacht von diesen abgewendet haben, waren stets verloren. Sie vegetierten fortan nur noch rückgratlos und beliebig dahin wie ein entgräteter Fisch, schlimmer und schlimmer von Generation zu Generation, bis in die Gegenwart. Ein gefundenes Fressen für Eroberer, Besatzungsmächte, verlogene Vormünder, Alkohol, Drogen oder andere Süchte.

Eine massive Holzskulptur erregte die Neugier des Mannes mit deutschen und kongolesischen Wurzeln.

»Was hat es mit „Papa Legba" auf sich? Was hat gerade er hier zu suchen?«

Die Missionspartnerin folgte seinem Blick. »Papa Legba? Er ist das jüngste Kind des Schöpfergottes Mawu-Lisa. Legba-Fetische findest du überall in Benin. Ihn muss man immer anbeten, bevor man sich an einen anderen Gott wendet. Andernfalls kann er als der Götterbote jeden Kontakt unterbinden. Er war es auch, der den Menschen das Wissen über die Heilkunde vermittelte. Außerdem war er der erste Zauberer auf Erden. Er konnte Krieger unverwundbar machen und die Menschen vor Unfällen schützen. Du siehst also, zwischen all den Heil- und Zauberpflanzen hier ist der geeignete Platz für ihn.«

»Paradox«, entfuhr es ihm. »Der Schöpfergott hat seinen Sohn mit dem Wissen über Heilkräfte ausgestattet, gleichzeitig aber auch den Tod auf die Erde gesandt.«

»Kein Widerspruch, sondern Teil der göttlichen Ordnung.«
Sie ging mit langsamen Schritten weiter. »Ab jetzt müssen
wir auf jedes Zeichen achten. Der Tempel ist nur noch etwa
20 Meter entfernt«, warnte sie eindringlich und mit
gedämpfter Stimme.

»Wenn du nicht glaubst, dass Dah Agbo der Voodoo-Killer
ist, dann ist das wohl auch nicht sein Tempel, oder wie sehe
ich das?«

»So ist es. Ich weiß nicht, wer dort Herr im Haus ist.«
Bonifacius' Führerin zog ihre Kurzarmbluse aus und
klemmte sie seitlich in den Gürtel, an dem hinten auch ihre
beiden Kampfmesser in Lederholstern zum Vorschein
kamen. Das ärmellose Shirt darunter gab den Blick auf ihre
linke Schulter frei, wo ein rundes Brandzeichen prangte. Es
mutete wie in sich verschlungene mystische Symbolik an,
die nur für denjenigen Informationen bereithielt, der diese
zu deuten wusste.

Zum ersten Mal sah „Shango" auch die aufwendig
gearbeitete Halskette, welche in den Farben schwarz, rot
und weiß gehalten war und sich eng um den Hals
schmiegte. Fasziniert sah er zu, wie die charismatische
Kriegerin sich gegenüber aus einem Bastkorb mit rituellen
Kampfstöcken bediente. Die Wahl fiel auf ein Exemplar von
etwa einem Meter dreißig Länge.

In passiver Demutshaltung ließ der Standbesitzer es
geschehen. Auf ihrer rechten Schulter konnte der „Wächter
der Schöpfung" jetzt weitere Symbole erkennen, jedoch in
die Haut eingeritzt und schon lange vernarbt. Diese Frau
kämpfte nicht nur wie eine Kriegerin und trat mit dem
Selbstverständnis einer dazu berufenen Persönlichkeit auf,

sie schien die entsprechende Legitimation sogar kunstvoll am Körper zu tragen.

»Stelle dich darauf ein, dass jener Ort der schwarzen Magie vorbehalten ist. Jemand wird unseren Geist vergiften wollen«, riss sie ihn eindringlich aus seinen Beobachtungen.

Der Tempel lag ruhig und unscheinbar vor ihnen. Ein vorsichtiger Blick durch den Eingang ohne Tür fiel für den Agenten in geheimer Mission überraschend aus. Nicht nur die Außenseite des massiven Steingebäudes mutete schmal und niedrig an, auch der Innenraum wirkte eng und zumindest für westliche Augen schmucklos. Selbst in die Tiefe reichte es nicht sehr weit hinein. Ein letzter Blick zurück offenbarte, dass Leute sie aus allen Richtungen beobachteten – angespannt abwartend, so als würde ein nahendes Unheil in der ohnehin schon bleiernen Luft liegen.

»Falls uns noch einer der Zaungäste hilfreich zur Hand gehen will …«, murmelte er mit eigentümlichem Humor vor sich hin.

Djayéola ging voran. Das knappe Tageslicht als einzige Lichtquelle reichte kaum aus, um auch die hinteren Ecken des Altarraumes zu erhellen. Aufgehäuft an einer Wand lagen Tierschädel. Der eigentliche Altar war bedeckt von verschiedensten Gegenständen – zumeist abschreckend anzuschauende Masken und Standfiguren, Fetische aus Holz, Sand und Stoff, filigran gearbeitet und in verschiedenen Größen. Im Zentrum stand ein runder, blutverkrusteter Schrein. Der Fußboden aus Sand wirkte gleichmäßig und sauber. Keine Fußspuren deuteten auf kürzlichen Besuch hin.

Dennoch gab es zwingende Hinweise auf ein jüngst durchgeführtes Ritual. Der Schädel eines Primaten, gefüllt mit etwas Undefinierbarem und umwickelt mit einer Schnur, lag auf einem Metallgefäß, übergossen mit frischem, noch nicht geronnenem Blut. Das Gefäß darunter fungierte als Auffangschale und war bis zum Rand gefüllt.

»Hier wurde ein tödlicher Schadenszauber heraufbeschworen«, flüsterte die wehrhafte Beninerin. »Im Schädel sind verschiedene Kräuter und zerstoßene Tierknochen eingewickelt. Die Lebensenergie des Blutes löst die Magie aus, so ähnlich wie ein Reagenz. Kannst du den Schnaps riechen? Jemand hat seinen Fetischen damit ein Opfer dargebracht, um sich ihrer Unterstützung zu vergewissern. Die Zielperson soll von ihrem Weg abgebracht und ihrer Gesundheit beraubt werden – bis zum Tod«, interpretierte sie, den blutigen Schädel weiter eingehend betrachtend.

»Und die Tierschädel an der Wand?«

»Die beweisen den angerufenen Geistern die dargebrachten Blutopfer.«

Die Atmosphäre förderte Beklommenheit, und urplötzlich fühlte sich Bonifacius mental attackiert.

Djayéola umfasste ihren Kampfstock fester mit beiden Händen. »Wir sind nicht allein.«

Zwei Schwarze in schmucklosen Gewändern erschienen wie aus dem Nichts und bewegten sich überfallartig auf die beiden zu. Eine dritte Gestalt mutete hingegen wie eine riesenhafte, unwirkliche Präsenz an, die passiv im Dunkeln verblieb und den Agenten paralysierte.

»Nicht das Pulver einatmen!«, rief die Kampfgefährtin noch, bevor sie es fertigbrachte, dem direkten Gegner eine ihr zugedachte flache Schale mit feinem hellen Pulver ins Gesicht zu stoßen.

Gerade noch rechtzeitig kam „Shango" zur Besinnung, um der Pulverattacke des zweiten Angreifers zu entgehen. Anders als seine Partnerin per Stockhieb, nutzte er einen präzisen Fußtritt aus dem Stand, um den Attentäter dessen eigenes Zaubermittel kosten zu lassen. Sekunden später wanden sich zwei zuckende Leiber am Boden, die schnell scheintot liegen blieben.

Verwirrt starrte Bonifacius in die dunkelste Ecke des Altarraumes hinüber. »Wo ist der Dritte, verdammt?! Da stand noch einer, sehr groß, nicht zu übersehen!«

»Ich habe niemanden gesehen. Es betraf nur dich«, erwiderte sie mit stoischer Ruhe. »Ohne göttlichen Schutz wären wir jetzt verloren.«

Sein Gesicht nahm wild entschlossene Züge an. »Wenn jemand den Tanz auf die Art eröffnen will, sollten wir auch gebührend mittanzen!«

Mit diesen Worten hob er den Schrein unter Aufbietung aller Kraft hoch bis über den Kopf und warf das Gefäß exakt dort an die Wand, wo er zuvor die Erscheinung wahrgenommen hatte.

Anschließend wandte er sich atemlos der in Ehrfurcht erstarrten Djayéola zu: »Wir beide müssen uns dringend unterhalten. Ich weiß auch schon wo.«

Offenbarung
am Strand von Ouidah

Die „Pforte ohne Wiederkehr" versprühte während des nahen Sonnenuntergangs eine besondere Strahlkraft. Nur noch wenige Touristen waren um diese Zeit vor Ort, um das Mahnmal bevorzugt als Urlaubsandenken zu verewigen, sich der ganzen historischen Tragweite vermutlich nicht bewusst. So erklärte sich wohl auch deren Verwunderung beim Anblick eines sich davor verneigenden Bonifacius Kidjo. Anschließend schlenderten er und Doktor Djayéola Biassou wortlos am Strand von Ouidah entlang, bevor sie sich spontan im angenehm warmen Sand niederließen. Es waren der richtige Ort und der richtige Zeitpunkt, befand der Journalist, um von seinen aufwühlenden Träumen zu berichten, die so eng mit den aktuellen Ereignissen verwoben zu sein schienen. Wie sich herausstellte, war die Wissenschaftlerin auch eine geduldige Zuhörerin. Zurückgelehnt und mit geschlossenen Augen, die barfüßigen langen Beine ausgestreckt, entging ihr keines der gesprochenen Worte. Als sich ihre Augen schließlich wieder öffneten, wanderte der Blick sogleich aufs Meer hinaus.

»Traumbotschaften werden den Menschen entweder direkt von den Göttern gesandt, oder die Gottheiten beauftragen Voodoo-Autoritäten damit. Die Botschaften an dich betreffen Vergangenheit, Gegenwart und Zukunft – was vor langer Zeit in Abomey und hier in Ouidah geschehen ist, mit welchem Gegner du es aktuell zu tun hast und was zu tun bleibt, um den Menschen ein schreckliches Schicksal zu ersparen.«

»Du meinst, was uns beiden zu tun bleibt«, beeilte er sich klarzustellen.

Es war einer jener seltenen Augenblicke, in denen die unbezähmbare Kriegerin sich von einer deutlich nachrangigen Seite zeigte: »Du bist von den Göttern auserwählt, ich bin dir nur zur Seite gestellt.«

Sein Lächeln verriet große Verbundenheit. »Ohne dich hätte mich im Tempel das Pulver erwischt.«

Jetzt erst gab sie den Blick aufs Meer auf. Ihre Augen bekamen einen Glanz, strahlten eine Sanftheit aus, wie es nur Sekunden währte, dafür aber umso nachhaltiger auf ihn wirkte. »Es ist meine heilige Pflicht.«

Minuten der Stille folgten, in denen man sich den Klängen des Meeres hingab. Minuten, in denen er sich sammelte, seine Gedanken ordnete. »Ich glaube, die ausgebrochene Seuche im Norden war erst der Anfang.«

Deutlich weniger spröde als üblich ging sie darauf ein: »Es verwirrt dich noch immer, dass das Schattenwesen in deinem ersten Traum eine so bösartige und vernichtende Rolle gespielt hat, in deinem zweiten Traum aber Mitleid für die Gequälten und Abscheu vor den Grausamkeiten der Sklaverei gezeigt hat. Setze den zweiten Traum an die erste Stelle. Dann hast du jemanden, der zuerst Grausamkeiten mitansehen muss und erst danach selber Grausamkeiten begeht – aus Rache, als Bestrafung. Ein real existierender

Mensch, der über besondere magische Fähigkeiten verfügt. Jemand, der mit allen Mitteln versucht, seine Identität zu verbergen. So machtvoll, dass er sowohl sterbliche Menschen als auch die Welt der Geister in sein Tun einbeziehen kann. - Wir werden Schlimmeres verhindern, wenn wir die Identität dieser unbekannten Person aufdecken können. Wir müssen den genauen Grund für ihr Handeln erfahren.«

»Ein Orakel bist du auch?«, stahl sich ein freches Augenzwinkern in die Frage.

Djayéola blieb unbeirrt: »Es gibt da eine osteuropäische Legende. Im Mittelpunkt steht ein Fürst, der sein Leben dem Kreuz geweiht hat und zahllose blutige Kriege im Namen und zur Verteidigung der Christenheit geführt hat. Doch als man seiner geliebten Ehefrau aufgrund ihres tragischen Selbstmordes ein christliches Begräbnis verweigern will, entsagt der Fürst voller Trauer und Schmerz seinem Gott. Das macht ihn über den Tod hinaus zum Werkzeug des Bösen, zur grausam unter den Menschen wütenden Plage. Aber selbst er wird schließlich erlöst, weil man den Körper seiner über alles geliebten Ehefrau letztendlich in geweihter Erde begräbt und ihre Seele so die letzte Ruhe finden kann.«

»Fürst Vlad III. Draculea – „Dracula".«

»Es kommt auf die Wahrheit hinter der Legende an.«

»Auf die Realität hinter dem Traum. - Wer oder was bist du wirklich, Frau Doktor?«

Die ihm Unterstellte entschied, dass der von den Göttern Auserwählte sich auch ihres Vertrauens als würdig erwiesen hatte. Er hatte ihr seine Träume offenbart, sich an ihrer Seite als ebenbürtiger Krieger erwiesen. „Shango" sollte endlich erfahren, an welche uralten Traditionen sie gebunden war, welche Aufgabe ihr auferlegt war. Während die blutrote Sonne spektakulär hinter dem Horizont verschwand, weihte sie den Auserwählten ein: »Der südliche Teil des heutigen Benin war einst das Königreich Dahomey mit der Hauptstadt Abomey. Entstanden im 17. Jahrhundert, wurde es durch Eroberung des bedeutenden Königreiches Allada im Jahr 1724 zur dominierenden lokalen Macht. Trotz einer ebenso grausamen wie effizienten Armee und regelmäßigen Beutezügen in angrenzende Territorien, blieb Dahomey ein vergleichsweise kleines Königreich. Es gibt übrigens einige Parallelen zum Königreich Preußen, wie ich während meiner Studienzeit festgestellt habe. Um sich gegen starke Nachbarn zu behaupten und um die latente Unterbevölkerung zu kompensieren, unterhielt nämlich auch Dahomey eine besonders leistungsfähige Armee, bestens ausgebildet und mit europäischen Waffen auf dem neuesten Stand. Gesellschaft und Staat waren äußerst effizient und homogen durchorganisiert. Eine Priesterschaft organisierte und überwachte den Voodoo-Kult. So florierten Dienstleistung und Handel sowohl innerhalb des Reiches als auch im Außenhandel. Eigene Landwirtschaft konnte die Bevölkerung ernähren. Eine Hochkultur entstand. Aber die Könige waren ebenso modern wie machtbesessen. So waren zum Beispiel Geheimbünde erlaubt, solange diese nicht in Verdacht gerieten, die Macht des Königs zu untergraben. Potenzielle Anwärter auf den Thron mussten dauerhaft am Hof leben und wurden in systematischer Abhängigkeit gehalten. Auf die Art konnten sie weder an Macht noch an Einfluss gewinnen.«

Mit einem Seitenblick versicherte sich die Beninerin des Interesses ihres Verbündeten, der sich mit Händen hinter dem Kopf im Sand ausgestreckt hatte und zu den Sternen aufsah.

»Erzähl weiter, ich möchte alles wissen.«

»Als König Adeja im Jahr 1727 auch die Küstenregion um Ouidah eroberte, begann er den exzessiven Verkauf von Sklaven an die Europäer. Es handelte sich um ehemals freie Afrikaner von jenseits des Reiches, die man auf Raubzügen kidnappte oder derer man sich als Kriegsgefangene bemächtigte. Genauso konnte es aber auch Menschen aus Dahomey selbst treffen – Leibeigene oder straffällig gewordene. Der Import von Feuerwaffen und Schießpulver, Metallwaren, Roheisen und Gold, von Stoffen, Kaurimuscheln, Alkohol und Tabak war zu verlockend. Selbst als das britische Parlament 1807 die Abschaffung des transatlantischen Sklavenhandels beschloss und die britische Marine mehr als 1.600 Sklavenschiffe aufbrachte, widersetzte sich Dahomey dem gemeinsam mit anderen afrikanischen Königen. Zeitweise wurde sogar damit gedroht, unverkaufte „Ware“ hinzurichten. Das tat man aber nicht, jedenfalls nicht im großen Maßstab. Denn auch im Dahomey-Reich nahm der Export landwirtschaftlicher Produkte an Fahrt auf, und die entsprechenden Plantagen wurden von eben solchen Sklaven bewirtschaftet. - Viele Vertreter der Dahomey-Gesellschaft haben sich an dem Geschäft mit der Sklaverei mitschuldig gemacht. Die Priesterschaft, die zugelassen hatte, dass die Voodoo-Religion den weltlichen Machtinteressen und der Profitgier von Königen diente, und die der Verschleppung und Ermordung von Unschuldigen keinen

Einhalt geboten hatte. Auch die Amazonen, Leibgarde und gefürchtete Eroberungsstreitmacht der Dahomey-Könige, die die Interessen ihrer Herrscher ohne moralische und religiöse Bedenken verteidigt und durchgesetzt hatten. Aber es hat auch Widerstand gegen die Sklavenwirtschaft gegeben. Voodoo-Autoritäten abseits der königlichen Priesterschaft haben sich in einer – heute würde man sagen – Widerstandsbewegung organisiert. Diese Abtrünnigen haben auf spiritueller Ebene und durch gesellschaftliche Einflussnahme versucht, der Sklavenhaltung im Königreich selbst und auch dem Sklavenexport ein Ende zu setzen. Doch sie sind von der königlichen Priesterschaft entlarvt und von den Amazonen gestellt und größtenteils hingerichtet worden. Nur wenige von ihnen konnten entkommen und aus dem Machtbereich von König Adeja fliehen. Für die ermordeten Würdenträger hätte unter allen Umständen ein besonderes Ritual vollzogen werden müssen, um ihre Seelen dem „djoto", also dem Führer ins Reich der Toten übergeben zu können. Doch der König hat diese spirituelle Notwendigkeit aus blindem Hass und Rachsucht verboten. So konnten die Seelen keine Ruhe finden und waren gezwungen, fortan ruhelos in der Welt der Lebenden umzugehen. Die Frage dabei war niemals ob, sondern wann das erlittene Unrecht und der Frevel sich in Chaos, Zerstörung und Tod Bahn brechen würden.«

»Was wurde aus dem Widerstand – verloren und für immer zum Schweigen gebracht?«

»Nichts geht verloren, nichts kann auf ewig zum Schweigen gebracht werden«, verkündete Djayéola mit einem Urvertrauen, das Bonifacius beeindruckte. »Ein geheimer Orden wurde ins Leben gerufen, bestehend aus unbestechlichen Priestern und abtrünnig gewordenen Amazonen. Die Mitglieder dieses Ordens weihten sich der Bewahrung und dem Schutz der uralten Werte und Traditionen des Voodoo zum Wohle der Menschen in Dahomey und im späteren Benin. Dieser Orden hat sich staatlichen Autoritäten nie unterworfen.«

»Und du gehörst zu dieser noch immer existierenden Kriegerkaste von Amazonen …«

Du stehst in dieser alten Tradition von Geheimbündlern? Immer im Verborgenen, stets bereit Widerstand zu leisten? Mir wird jetzt einiges klar. Jeder im Volk kennt euch, aber niemand spricht offen über euch. Ihr seid Legenden, von denen schon Kindern in überlieferten Geschichten erzählt wird.

Und wo auch immer Amazonen wie du real in Erscheinung treten, ehrt euch das Volk, lassen euch die Menschen den Willen der Götter durchsetzen.

In ihren Augen lag wieder jene hypnotische Intensität, in der ganzen Körperhaltung eine unnahbare Würde, die ihm Bestätigung genug waren.

»Als ganz junges Mädchen bin ich vom Schöpfergott selbst über das Fa-Orakel erwählt und in die Obhut meines Ordens gegeben worden. An einem geheimen Ort wurde ich zu einer Amazone erzogen, über viele Jahre, jeden Tag von Sonnenaufgang bis zum Sonnenuntergang. Kampfkunst, Voodoo und eine asketische Lebensweise sind immer meine Begleiter gewesen. Wir sind ein Mythos, Phantome und doch Realität. Wir bewahren und beschützen das uns heilige

Land Benin.«

»Aber du hast in Deutschland studiert«, sprach Bonifacius einen Punkt an, der auf den ersten Blick widersprüchlich erschien.

»Mein Orden bewahrt und beschützt im Hier und Jetzt, die „Hüter Benins" leben im Hier und Jetzt. Traditionen und Werte zu bewahren bedeutet nicht, sich der modernen Welt ignorant zu verschließen. Vergangenheit und Gegenwart sind aneinander gebunden, bedingen sich gegenseitig, führen gemeinsam in die Zukunft.«

»Wir sind uns viel näher, als ich anfangs dachte. Genauso wie dein Orden und meine „Wächter der Schöpfung".«

»Ja«, räumte sie anerkennend ein, »und uns beiden wurde große Ehre und Verantwortung zuteil. - Deine Traumbotschaften haben die Amazonen von Dahomey sehr realistisch wiedergegeben. Alles an ihnen war furchteinflößend. Sie konnten die meisten Gegenstände zu einer Waffe machen, beherrschten die Macht der Hypnose und verfügten tatsächlich über dolchartige Fingernägel, die sie gnadenlos gegen ihre Feinde einsetzten. Sie verwehrten sich die Attribute einer Frau. Sex und Schwangerschaft waren tabu. Sie lebten ausschließlich für den Kampf. Ihnen ist sogar eine Brust entfernt worden. Es war Teil der Weihe zur Kriegerin und ermöglichte einen noch besseren Umgang mit bestimmten Waffen. Die Amazonen von Dahomey waren erbarmungslose Kampfmaschinen.«

»Eine erschreckende Vorstellung.«

Djayéola gestattete sich einen schelmischen Unterton: »Wie du siehst, hat sich in 300 Jahren manches davon geändert.« Sie verfiel in Nachdenklichkeit: »Auch wenn mein Orden sich der Weisheit und Ethik des 700 Jahre alten Königreiches Allada – der Ur-Mutter aller folgenden beninischen Königshäuser – zugewandt hat, so lastet die alte Schuld von König Adeja auch auf uns. Das ist der Grund, weshalb eine unbelastete Seele mit außergewöhnlichen Fähigkeiten vonnöten ist, um in dieser jüngsten Schlacht die Führerschaft zu übernehmen.«

»Ich werde mein Bestes tun, um dieser Aufgabe gerecht zu werden. - Das auf deinen Schultern, sind das Schutzsymbole und Insignien der Amazonen?«

Seine Partnerin tippte auf die geritzten Symbole: »Das war Bestandteil einer Trance-Zeremonie, der sich jedes auserwählte Mädchen unterziehen muss. Verschiedene vom Schöpfergott Mawu-Lisa gesandte Götter ergreifen dabei nacheinander Besitz von dem menschlichen Körper, während die eigene Seele die menschliche Hülle vorübergehend verlässt und in der spirituellen Welt der Ahnen und Geister Reinigung, Aufklärung und Willenskraft erfährt. Aus dem Gesehenen und dem Gehörten können die Priester ableiten, auf welche zukünftigen Aufgaben die Mädchen individuell vorbereitet werden müssen. In mir erkannten die Priester eine Heeresführerin. Und ich sollte im Ausland Mikrobiologie und Virologie studieren, wenn meine Zeit gekommen sein würde.«

Nun tippte sie auf die andere Schulter mit den eingebrannten Symbolen: »Zum Schutz vor schwarzer Magie und Hexenzauber. Sie verleihen mir eine große Resistenz. Nichtsdestotrotz unterziehe ich mich zweimal pro Jahr einer Reinigungszeremonie, um mich von allem Negativen zu befreien. Wir Amazonen sind wie spirituelle Staubsauger, die böse

Kräfte anziehen und vertilgen.«

Abschließend umfasste sie ihren Halsschmuck: »Du weißt, was es mit den Farben auf sich hat?«

»Ich wurde auch von meiner beninischen Adoptivfamilie sozialisiert, also mal sehen«, vergegenwärtigte Bonifacius sich sogleich die spannenden Lehrstunden im Kreis seiner zweiten Familie. »Es sind sehr bedeutsame Farben im Voodoo. Schwarz gehört in der Anordnung nach unten und steht für den noch nicht beseelten menschlichen Körper. Das Rot in der Mitte symbolisiert Blut mit seiner Lebenskraft, das den menschlichen Körper beseelt. Jetzt erst ist der Mensch in der Lage, die Voodoo-Religion in einer Weise auszuüben, die ihn dem Göttlichen näher bringt. Dafür steht das Weiß, immer oben angeordnet. Test bestanden?«

»Kein Test. Du bist, der du bist, und du weißt, was du weißt. Du bist nicht unwissend. - Wie soll es jetzt weitergehen?«

»Morgen besuchen wir als Erstes ein Café, in dem wir hoffentlich wertvolle Informationen erhalten und auch gleich unsere Tarnung aufpolieren können.«

»Ein Café?«

Ihre Reaktion zeigte Unverständnis.

»Nicht einfach nur ein Café. Ein Ort, wo sich Vertreter der internationalen Presse treffen und austauschen. Dort wird man auf Neuigkeiten zur Epidemie warten. Wird dir gefallen, sicher eine gesellige Runde«, stichelte er gutmütig. Ihr unverändert skeptischer Gesichtsausdruck ließ den Journalisten des Konstantin Verlages auflachen. »Okay, okay. In Kürze will ich auch nach Gabun fliegen, in das ehemalige Holzfällercamp unter ERHC-Quarantäne.«

Es war nicht zu übersehen, dass dieses Vorhaben der Amazone mehr zusagte. »Du willst zum Ursprung der Seuche. Du willst wissen, warum die ERHC dort nach drei Jahren immer noch ein Sperrgebiet aufrechterhält.«

Sie hatte den Nagel auf den Kopf getroffen. Genau deshalb wollte er in den Norden des zentralafrikanischen Landes. Aber den Einsatzplan zu erstellen, würde Zeit brauchen. Djayéolas Geheimorden „Hüter Benins" und seine „Wächter der Schöpfung" mussten sich darüber verständigen. Außerdem wollte er, wenn möglich den zwielichtigen Geschäftsmann und verlässlichen Vertrauten Titus Mandefu mit ins Boot holen. Der Kongolese hatte ihm während seiner Blutcoltan-Mission in der Demokratischen Republik Kongo unschätzbare Dienste erwiesen. Dessen Markenzeichen waren erstklassige Kontakte, loyales Personal, Beschaffungs-talent. Und wenn es um das Bespielen eines korrupten afrikanischen Beamtenapparates ging, gab es keinen Besseren. Kurz gesagt, Mandefu war beileibe kein Engel, gleichwohl unterhielt er die Art von Organisation, welche man bei heiklen Missionen in Schwarzafrika gerne auf seiner Seite wusste. Unterm Strich war besagter Mann einem Engel deutlich ähnlicher als einem Teufel, was in einer Welt aus dunklen Grautönen bereits einer Auszeichnung gleichkam.

Café du Monde –
wo die Weltpresse tratscht

Das morgendliche Frühstück nahmen Bonifacius Kidjo und Djayéola Biassou in seinem Hotel ein. Die Ereignisse des Vortages hatten bewiesen, dass beide schon jetzt im Fadenkreuz eines oder mehrerer mächtiger Akteure standen.

Es konnte als sicher gelten, dass das Pharmaunternehmen ERHC direkt oder indirekt involviert war, schließlich hatte das Interview in deren Unternehmenszentrale unmittelbar vor den Attentatsversuchen stattgefunden. Ungeachtet dessen ging das Beisammensein des Zweierteams unaufgeregt vor sich.

Einem Gedanken folgend sah Bonifacius dabei zu, wie seine Partnerin Obst schälte und in mundgerechte Stücke schnitt. »Dieser Ministerialrat im Gesundheitsministerium, der sich vor zwei Jahren aus dem Fenster gestürzt hat – unmittelbar davor hatte er doch noch Vertreter internationaler Unternehmen empfangen, oder?«

»Ja.«

»Hat sich jemand mit denen beschäftigt? Ich meine, welche Unternehmen tatsächlich vor Ort waren, welche Personen, deren Hintergrund?«

Sie sah auf. »Niemand hat einen Zusammenhang zwischen Besuchern und Fenstersturz hergestellt. Also nein.«

»Was denn, du auch nicht?« Mit neutraler Miene schenkte er ihr Fruchtsaft nach. »Du selbst hast mir doch von diesem verbotenen Analogiezauber „sekpoli" erzählt. Dass dabei kein direkter Körperkontakt nötig ist und das Opfer nur Kraft der Gedanken und mit einer Fetischfigur zur willenlosen Marionette gemacht werden kann. Der Mörder hätte demnach also gar nicht in einem Raum mit seinem Opfer sein müssen.«

»Du vermutest, der den wir suchen hat sich ganz in der Nähe unter den geladenen Unternehmensvertretern befunden?«

Nachdenklich wägte Djayéola die Wahrscheinlichkeit ab.

»Keine Ahnung wie, ob Blickkontakt oder Körperkontakt, mit oder ohne Fetischfigur, aber aus der Nähe funktioniert geistige Kontrolle doch bestimmt verlässlicher als aus der Ferne. Außerdem hätte sich unser Täter so ein persönliches Bild von seinem Opfer machen können«, folgte der Agent dem aus seiner Sicht Naheliegenden.

»Er hätte sogar einen persönlichen Gegenstand an sich nehmen können.« Vielsagend betrachtete sie das hochgehaltene Glas mit Fruchtsaft. »Eigentlich willst du doch nur wissen, ob auch eine Delegation der ERHC an der Besprechung teilgenommen hat. - Gut, ich kümmere mich darum.«

Der Boulevard de La Marina, eine aufwendig modernisierte Prachtstraße inmitten eines mondänen Stadtgebietes in Cotonou, präsentierte sich wie eine idyllische Insel inmitten stürmischer See. Mehr Begrünung und luxuriöse Autos bei deutlich weniger Verkehr ließen erahnen, dass hochpreisige Hotels, das Internationale Kongresszentrum oder auch das

Regierungsviertel nebst diverser Botschaften nicht weit waren. In jener illustren Nachbarschaft lag – für den Journalisten des Konstantin Verlages nicht überraschend – auch das Café du Monde. - Sie hatten das westliche Ende des Boulevard beinahe erreicht, als Djayéola etwa in Höhe der US-Botschaft und des Amerikanischen Kulturzentrums nach links abbog, bezeichnenderweise in Richtung eines Strandabschnittes namens „Obama Beach". Ihr Beifahrer drehte das nächste Musikstück lauter, Afro-Jazz bester Machart, der ihn selbst im Sitzen in verzückte Bewegung versetzte. Seine Partnerin zeigte sich hingegen ungerührt. Er fragte sich, ob die Amazone sich wirklich alle profanen Gefühlsregungen verkniff, selbst wenn sie unbeobachtet war. Ob sie überhaupt fähig war, ausgelassenen zu tanzen? Bonifacius ließ den Blick über ihre sich abzeichnenden Rundungen gleiten, musste sich zwingen, diesem Gedankenpfad nicht weiter zu folgen. Bald darauf hatten sie den Treffpunkt der Weltpresse erreicht. Gerade fuhr der Shuttlebus eines Fünf-Sterne-Hotels vom Gästeparkplatz.

Die Inneneinrichtung des Café du Monde war gediegen. Dunkles Holz für Möbel, diverse Accessoires, Fenster und Zierbalken ging eine gefällige Symbiose mit cremefarbenen Wänden und Bodenfliesen ein. Die große Anzahl von Pflanzen erschien Bonifacius mehr als Notwendigkeit denn als ästhetisches Moment angesichts der Tatsache, dass in den Räumen ungehemmt geraucht werden durfte. Eine schlechte Angewohnheit, der weder die Frau an seiner Seite noch er frönten. Insgesamt verströmte der weitläufige Gästebereich einen Charme wie aus einer vergangenen Zeitepoche, was wohl auch an den zahlreichen Telefonseparees lag. Dabei gab es sehr wohl auch Internet-Arbeitsbereiche. Doch an diesem Vormittag waren noch nicht viele Gäste zugegen, die das Angebot hätten nutzen können. Zielstrebig steuerte der deutsche Journalist auf den größten Tisch zu, an dem sowohl Männer als auch Frauen saßen und angeregt diskutierten. Das Palaver verstummte, als die Neuankömmlinge in Augenschein genommen wurden.

Ein schwergewichtiger Mann mit Bürstenschnitt und polternder Bassstimme brachte sein gutgelauntes Interesse zum Ausdruck. Der Südstaatenakzent identifizierte ihn unschwer als US-Amerikaner: »Welche Profession und Nationalität gehören wohl zu diesen neuen Gesichtern? Vorsicht mit der Antwort, wir bitten nicht jeden in unseren Zirkel.«

Der Angesprochene stimmte in das allgemeine Gelächter ein: »Bonifacius Kidjo, Konstantin Verlag Berlin. Und das hier ist Doktor Djayéola Biassou. Sie wurde mir freundlicherweise vom beninischen Gesundheitsministerium zur Seite gestellt.«

Damit enthüllte er lediglich die halbe Wahrheit, einen Tür öffnenden kleinen Teil davon, woraufhin die Betreffende knapp in die Runde nickte.

Ein dunkelhäutiger Mann und eine Blondine mit langem geflochtenen Zopf, beide unübersehbar die Jüngsten am Tisch, rückten einladend zwei Stühle zurecht. Sie stellten sich als Sylvestre Buyo aus Côte D'Ivoire und Anika Wiese aus der Schweiz vor.

Am anderen Ende der Altersskala rangierte ein Mann mit rötlicher Haut und schütteren rotblonden Haaren, der sich ebenfalls lautstark einbrachte: »Ein Preuße und eine einheimische Voodoo-Prinzessin fehlen noch in unserer kosmopolitischen Journalisten-Runde. - André van der Merve aus Südafrika und außerdem von edelstem burischen Geblüt. Was wollt Ihr trinken?«

Der Einstieg war geschafft, nun hieß es Vertrauen aufzubauen und zielführende Informationen abzugreifen. Wie sich herausstellte, war das US-Schwergewicht der italienischstämmige Remo Paluzzi aus Houston, Texas. Eine weitere Journalistin aus den Vereinigten Staaten war die zierliche aber nicht minder durchsetzungsstarke Sheila St. George aus New York City.

Aus Europa stellten sich noch der sportlich auftretende Niederländer Huub Nijkerk sowie die hessische Frohnatur Frank Reins vor.

Komplettiert wurde die Gruppe von der ebenso charmanten wie wortgewandten Jacqueline Dormelle aus Straßburg im Elsass, die auch gleich mit der nächsten Frage aufwartete: »Mitarbeiterin im hiesigen Gesundheitsministerium, das ist gerade sehr interessant.« Sie grinste Djayéola smart an. »Und was machen Sie da genau?«

»Ich bin Mikrobiologin und Virologin.«

Das ließ alle Anwesenden aufhorchen und die Elsässerin umso breiter grinsen, wobei sie mit dem Rest ihrer Zigarette auf die Beninerin wies. »Sie stehen unserem Kollegen aus Berlin in Sachen Epidemie mit Rat und Tat zur Seite?«

»Wir unterstützen uns gegenseitig«, erfolgte die schmallippige Antwort mit ebenso knappem Lächeln.

Remo Paluzzi erkannte, dass es dazu vorerst nicht mehr zu erfahren gab und platzte wenig zartfühlend dazwischen:

»Bevor Ihr angekommen seid, hatten wir über einen Spaltpilz der Geschichte diskutiert.« Geheimnistuerisch zog er an seiner Zigarre, die Augen wurden schmal. »War es legitim, Deutschland die Hauptschuld am Ersten Weltkrieg aufzubürden und ein in die Zukunft gerichtetes Kollektivschuldprinzip vertretbar?«

Scheinbar ungerührt trank Bonifacius von seinem frisch servierten Kaffee, während die Spannung um ihn herum merklich zunahm. Zwar vertrat er klare Standpunkte, verspürte aber wenig Lust, aktuell in eine längere Debatte darüber einzutreten. Somit lag sprichwörtlich in der Kürze die Würze: »Nein und nein.«

»Soso«, hielt der Zigarrenraucher inne, »etwas genauer?«

Wie ließ sich am besten antworten, ohne allzu sehr auszuschweifen?

So oder so, ganz ohne Antwort ging es wohl nicht. »Alle beteiligten europäischen Mächte traf nachweislich große Kriegsschuld. Das Friedensdiktat von Versaille war somit kalkuliertes Unrecht. Aus Protest dagegen verließ der Ökonom John Maynard Keynes sogar die britische Verhandlungsdelegation. Im Jahr 1921 hat er dazu geschrieben: ‚Es ist barbarisch, ein Schuldanerkenntnis mit der Folter nach Art der mittelalterlichen Inquisition zu erpressen. Trotzdem haben die Verbündeten das deutsche Volk mit Hunger und Bajonett zu seiner tiefsten Erniedrigung gezwungen.‘ – Zum Kollektivschuldprinzip ist zu sagen, dass es in modernen und als zivilisiert geltenden Rechtssystemen juristisch nicht existent ist, aus gutem Grund. Nur individuelle Schuld darf relevant sein, und die ist von Fall zu Fall nachzuweisen.«

Ein nachdenklicher Huub Nijkerk zitierte den damaligen niederländischen Premierminister De Savornin Lohman: »‚Eine politische Ordnung, die sich auf Unrecht gründet, gleicht einem Bau auf schwankendem Boden.‘«

Der Südafrikaner burischer Abstammung, André van der Merve, klopfte ihm auf die Schulter. »In der Tat, eine anhaltende Kollektivschuld würde die meisten am Tisch in Bedrängnis bringen. Im Zuge des Burenkrieges 1901 hat die britische Armee meine Leute in den weltweit ersten Konzentrationslagern interniert und sterben lassen – hauptsächlich Frauen und Kinder. Und was ist mit den USA und deren Tradition der Sklavenhaltung und Rassendiskriminierung, gar nicht zu sprechen vom Genozid an den Ureinwohnern?! Mit der Apartheid haben wir weißen Südafrikaner ebenfalls eine hundsmiserable Figur gemacht. Das zaristische Russland und seine kommunistischen Nachfolger haben Hunderttausende in Arbeits- und Todeslagern gequält und umgebracht. Nicht zu vergessen der geisteskranke Größenwahn Napoleon Bonapartes, der weite Teile Europas bis nach Moskau in Brand gesetzt hat. Zum Glück hatte der noch keine Schnellfeuerwaffen, Panzer und Bomber.«

»Wie ist es deiner Meinung nach zum Ersten Weltkrieg gekommen?«, wollte es die New Yorkerin Sheila St. George genau wissen, die sich gegenüber Bonifacius ungemindert wissbegierig zeigte.

Der musste anerkennen, dass man sich mit allzu kurzen Antworten an diesem Tisch nicht aus der Affäre ziehen konnte.

»Mal bildhaft gesprochen: Das Deutsche Kaiserreich hat in leicht entflammbarer Atmosphäre ein Streichholz entzündet,

Österreich das Dynamit geliefert und Russland die Lunte ans Feuer gehalten. Frankreich und England haben die Flamme mit genügend Sauerstoff versorgt und die USA schützend die Hände über dem Ganzen ausgebreitet. Niemand der Beteiligten fühlte sich berufen, die brennende Zündschnur zu kappen.«

»Hört, hört!«, verkündete ein zustimmender Südafrikaner van der Merwe und schickte sich an, die nächste Getränkerunde zu übernehmen.

»Kommt gar nicht in Frage, Freunde, jetzt bin ich mit der Einstiegsrunde dran«, legte der Journalist des Konstantin Verlages lautstark sein Veto ein und versuchte winkend, die Aufmerksamkeit des Café-Personals zu gewinnen. »Erzählt mir lieber, was Ihr über die aktuelle Epidemie im Atakora-Gebiet wisst. Die großspurige Hilfestellung des Pharma-unternehmens ERHC stinkt doch zum Himmel.«

Seit ihrem Eintreffen beobachteten zwei männliche Gäste in eleganten Anzügen Djayéola vom Barbereich aus – einer schwarz, der andere weiß. So geschmackvoll deren Garderobe auch war, Charakter und Manieren waren offen-kundig unterentwickelt. Das Beobachten wurde mehr und mehr zum Starren. Sie tuschelten und heizten sich feixend an. Bonifacius konnte nicht einschätzen, ob seine Partnerin das bewusst wahrgenommen hatte, denn sie ließ sich nichts anmerken. Er selbst zog es vor, die Schmutzfinken nicht zur Rede zu stellen. Die Mission ging vor, jedes unnötige Aufsehen konnte von Übel sein. Allerdings änderte sich die Situation grundlegend, als seine Begleiterin sich entschul-digte, um auf die Toilette zu gehen. Kaum war sie aus dem Sichtbereich verschwunden, erhob sich der kräftige weiße

Europäer, US-Amerikaner oder was auch immer von seinem Barhocker und folgte ihr unter den ausgelassenen Anfeuerungsgesten des schwarzen Kollegen. Solange es bei dem einen Mann blieb, würde sich der Missionsverantwortliche da heraushalten. Notfalls wusste sich die Amazone ja bestens zu verteidigen.

Verächtlich auflachend ging die zierliche Sheila St. George derweil auf seinen Themenwechsel Richtung Epidemie und Pharmaunternehmen ein: »Die „Environmental Research for Human Care" – glatt und robust wie Teflon, aber nicht so sauber. Das Humanisten-Image lassen die sich einiges kosten. Warum wohl?! In Ländern wie Benin, landwirtschaftlich geprägt und aufgrund einer lähmenden Auslandsverschuldung aufs Rad der westlichen Entwicklungshilfe geflochten, fällt es solchen Blutegeln wie der ERHC leicht, Einfluss zu gewinnen. Hohe Beamte in Regierung und Justiz werden gekauft, mit karitativem Engagement gewinnt man das Vertrauen der Bevölkerung. Internationale Medienvertreter wurden schon eingeschüchtert, anonym selbstverständlich, oder unter fadenscheinigem Vorwand offiziell des Landes verwiesen – nur, weil sie am Image der ERHC gekratzt haben. Was wir über die Vorgänge in der Atakora-Provinz erfahren, ist nur das, was die beninische Regierung an Informationen freigibt, souffliert von der ERHC.«

Dem Journalisten aus Houston entlockte diese Einschätzung eine aufschlussreiche Ergänzung: »Wenn man etwas über die wahren Geschäftsziele der ERHC erfahren will, braucht man sich nur die Konzernmutter genauer anzusehen. Der „United Human Care Trust" mit Stammsitz in den USA, kurz UHCT, beschäftigt Legionen von Anwaltskanzleien, um Kritiker mit Gerichtsprozessen und Schadensersatzklagen mundtot zu machen. Und dabei geht es immer um dasselbe Thema: Moderner Kolonialismus. Über das Konzerngeflecht wird in Ländern Südamerikas, Afrikas und Asiens mit unsäglichen Methoden bestes Land für die Nahrungsmittelproduktion aufgekauft, während gleichzeitig im großen Stil Gen-Patente für Nutzpflanzen erworben werden. Lebensmittel- und Pharmakonzern in einem, um mit allen Mitteln den Weltmarkt zu beherrschen.«

»Sieh an, und das Tochterunternehmen will damit punkten, solche Geschäftspraktiken angeblich abzulehnen«, trug Bonifacius zum Informationsaustausch bei. »Im Interview war die ERHC sehr bemüht, sich als eigenständiges Unternehmen abzugrenzen.«

»Aber sicher doch«, wusste auch der Hesse Frank Reins etwas beizusteuern, der sich bis dahin auf den Genuss seines Weißweines beschränkt hatte. »Es halten sich hartnäckige Gerüchte, die UHCT würde enge Kontakte zum US-Verteidigungsministerium pflegen. Es soll um biologische Kriegsführung gehen. Mal ehrlich, von so einer „Mutter" würde sich doch wohl jeder distanzieren.«

Im Hintergrund tauchte Djayéola wieder auf, als wäre nichts Außergewöhnliches vorgefallen. „Shango" konzentrierte sich auf den schwarzen Anzugträger an der Bar, der sichtlich nervös vom Hocker aufstand und Richtung Toilette starrte.

Der bislang ebenfalls zurückhaltende Ivorer Sylvestre Buyo erhellte die Runde mit einem anderen Aspekt afrikanischer Realität: »Zuerst waren es Menschen, dann Bodenschätze, jetzt ist fruchtbares afrikanisches Ackerland das Objekt der Begierde. Länder wie Äthiopien oder die Republik Kongo erhoffen sich eine Agrarreform durch Wissenstransfer, technisches Know-how und widerstandsfähiges Saatgut. Am Ende liegen die Vorteile einer solchen Agrarwirtschaft aber nur auf der anderen Seite. Der Rest sind leere Versprechungen und ein Heer vertriebener Kleinbauern, noch mehr Hungersnöte, noch mehr Wasserknappheit. So sieht die viel gepriesene Globalisierung für uns Afrikaner aus. Als ob der hausgemachte Wahnsinn rund um vertriebene weiße Farmer nicht schon verheerend genug wäre.«

Endlich kam auch der Weiße im feinen Zwirn von der Toilette zurück. Mehrere Dinge sprangen sofort ins Auge. Der Mann konnte nicht mehr gerade laufen und sein Gesicht wies linksseitig tiefe blutige Kratzer auf. Außerdem war es ziemlich wahrscheinlich, dass die Nase gebrochen war, denn sie blutete stark und war angeschwollen. An der Bar angekommen, musste er am Tresen Halt zu suchen. Wie es aussah, quälten den Kerl üble Schmerzen. Genau wie Bonifacius, so hatte auch Sheila St. John dem Nebenkriegsschauplatz von Anfang an Beachtung geschenkt, die sich nun einen spöttischen Kommentar an die Adresse der gerade wieder Platz nehmenden Tischgenossin erlaubte: »Da hat wohl ein Arschloch teures Lehrgeld für Respektlosigkeit bezahlt.«

Damit war das Interesse aller am Tisch geweckt und man sah kollektiv dabei zu, wie das erniedrigte Herrenduo aus dem Café schlich, einer gestützt vom anderen. Wie nicht anders zu erwarten, rückte nunmehr die resolute Beninerin in den Mittelpunkt des Interesses. Zudem war sie kompetente Ansprechpartnerin zu innenpolitischen und gesellschaftlichen Fragen bezüglich ihres Landes. Und die Chance, von einer versierten Wissenschaftlerin die Expertise zur aktuellen Epidemie mit bereits 500 Toten oder mehr einzuholen, ließen sich professionelle Journalisten nicht entgehen.

„Shango" nutzte die kurze Verschnaufpause, um sich über die Mission Gedanken zu machen. Nach dem Café-Besuch würde er sich von Djayéola ins Hotel fahren lassen, und sie konnte sich dann um die erforderlichen Recherchen kümmern. Eine möglichst detaillierte Landkarte von Benin brauchte er außerdem. Urplötzlich kam ihm der Unternehmensrepräsentant Djimon Savalou Boukman in den Sinn. Vielleicht wussten die Journalistenkollegen ja mehr über den zu berichten. Sein Instinkt beschwor ihn, diesem Mann Bedeutung beizumessen. Es konnte nicht schaden, sich unauffällig an Boukmans Fersen zu heften. Aber wie am besten?

Irgendwann stieg Bonifacius wieder ins Gespräch ein: »Wer kann mir was über Djimon Boukman erzählen? Er soll ein wichtiger Berater der ERHC für Benin und ganz Afrika sein.«

Jacqueline Dormelle geriet darüber in Verzückung: »Ich habe ihn einmal getroffen, auf einem Wohltätigkeitsempfang des … – ach herrje, dieser Wust an Ministerien, wer soll da auch durchblicken … – äh, das Ministerium für Familie und Kinder war es wohl. Auch so eine afrikanische Krankheit, Ministerien als Arbeitsbeschaffungsmaßnahme für die eigene Sippe und verdiente Parteisoldaten. Die kommen und gehen, werden umbenannt, Ressorts werden hin und her geschoben wie beim Hütchenspiel … – Aber Herr Boukman, ja, ein sehr gebildeter und charmanter Mann. Das perfekte Aushängeschild für die ERHC. Ich glaube, der könnte sogar Eiswürfel an die Eskimos in Grönland verkaufen.«

Remo Paluzzi pflichtete ihr bei: »Alles, was wir der ERHC gerne an Schlechtigkeit unterstellen wollen, passt so gar nicht auf diesen Boukman. Er strahlt eine ganz besondere Aura des Vertrauens und der Zurückhaltung aus. Absolut integer, der Mann.«

Der Kommentar von Sylvestre Buyo passte so gar nicht in dieses Bild: »Der Teufel wandelt mit Verführungskunst auf der Erde, solange er die Menschen täuschen und verderben will. Dasselbe gilt für seine Dämonen.«

Bei den Boukman-Befürwortern sorgte das wiederum für stummes Unverständnis.

»Okay, weiß jemand Näheres aus dem Privatleben dieses freundlichen Herrn zu berichten? Oder was hat er vor seiner Tätigkeit für die ERHC gemacht?«

Die fragenden Gesichter servierten „Shango" die erwartete Antwort. Das Leben des Djimon Savalou Boukman – im Grunde ein weißes Blatt Papier, so unbefleckt wie inhaltsleer.

Mordanschlag im Hotel

Auf der Fahrt ins Hotel beschäftigte den „Wächter der Schöpfung" nur ein Name: »Wir müssen mehr über diesen Boukman in Erfahrung bringen. Vor allem will ich wissen, wo er wohnt.«

»Da bist du nicht der Erste. Sein Leben ist ein Geheimnis, weil er es versteht, daraus eines zu machen«, erwiderte Djayéola Biassou wissend.

Sein Seitenblick fiel umso fordernder aus. »Schon mal darüber nachgedacht, warum dieser liebenswerte und allseits geschätzte Typ ein Geheimnis aus seinem Leben machen muss? Und weshalb ihm das offenbar so exzellent gelingt?

Womit haben wir es denn zu tun – hier mit einem Mann, der mit allen Wassern gewaschen ist und sein Leben akribisch abschirmt, dort mit einem rücksichtslosen Voodoo-Killer, der auch nur im Verborgenen agiert. Wer hat uns den Tipp mit dem Dantopka-Markt gegeben? Woher wusste das Todeskommando, dass wir dorthin fahren würden und wann?«

Die Fahrerin machte sich nicht die Mühe, den Blick von der Straße zu nehmen, als sie einen einzigen Hinweis formulierte: »Wenn du diesen Weg einschlagen willst, könnte es ein sehr steiniger für uns werden.«

Ob steinig oder nicht, wenn wir vorankommen wollen, gehört dieser Strohhalm dazu.

Viele haben wir weiß Gott nicht im Angebot. Keine Ahnung, wo uns das hinführt. Vielleicht hat Boukman ja wirklich keine Leichen im Keller vergraben, und er ist dieser Herr Saubermann. Auch gut, dann gewinnen wir ihn womöglich als wertvollen Verbündeten.

Die Idee für eine erfolgversprechende Observation nahm in seinem Kopf Gestalt an: »Mit welchem Spitzel würdest du nie rechnen? Wen würdest du nicht als Gefahr betrachten? Welcher Personenkreis ist unbeteiligt und vom Wesen her noch rein?«

Die Antwort erfolgte schnell: »Kinder.«

»Ganz genau, Kinder. - Also ich denke mir das so. Wir statten einige Kinder mit Fernglas und Kamera aus. An der einzigen Zufahrtsstraße zur ERHC-Zentrale ist mir der verlassene Rohbau eines Hauses aufgefallen, kurz hinter dem Stadtende von „Village sur la mer". Dort werden unsere kleinen Spitzel von morgens bis abends geschützt sein, und es entgeht ihnen niemand, der die Straße benutzt. Phase eins: Wir erfahren, welchen Arbeitsrhythmus Boukman hat und welches Auto er fährt. In Phase zwei werden die Kinder an strategischen Punkten stadteinwärts postiert, um einen Teil des Heimweges unserer Zielperson in Erfahrung zu bringen. Für Phase drei brauchen wir einen geeigneten Verkehrsengpass. Boukman muss gezwungen sein zu halten oder wenigstens sehr langsam zu fahren, damit unsere kleinen Helfer einen Peilsender anbringen können. Ab da sind wir am Zug.«

Das Hotel war nur noch wenige Minuten entfernt, und Djayéola beeilte sich, den Plan für sich zu bewerten. Wollte man tatsächlich Kinder einsetzen, wofür auch aus ihrer Sicht gewichtige Gründe sprachen, war es nahezu unmöglich, diese aus intakten Familien heraus zu rekrutieren. Welche liebenden Eltern würden so etwas freiwillig zulassen, egal wo auf der Welt?! Es gab eine andere Lösung, die problemlos umsetzbar jedoch aus ethischer Sicht beklagenswert war: Straßenkinder. Ja, Benin war ein afrikanischer Staat, der in puncto Demokratie und Stabilität ein Positivbeispiel abgab. Nichtsdestotrotz lebte mehr als ein Drittel der Bevölkerung unter der Armutsgrenze. Diese Armut gepaart mit fehlender Schulausbildung führte häufig dazu, dass Kinder in die Hände liebloser Verwandter und von Kinderhändlern gerieten. Wer davor fliehen konnte, endete in der Regel auf der Straße. - Das ethische Dilemma lag für die „Hüterin Benins" insbesondere darin begründet, dass auch Bonifacius Kidjo und sie selbst diese Straßenkinder in gewisser Weise ausnutzen würden. Andererseits war die zugedachte Aufgabe ein echter Dienst am Vaterland Benin, es würde reichlich zu Essen und Trinken geben, und zudem würden alle möglichen Sicherheitsvorkehrungen ergriffen werden. Das war mehr, als was diesen Verlassenen und Vergessenen aktuell zuteil wurde.

»Einverstanden«, gab sie schließlich grünes Licht. »Aber nur Straßenkinder, nicht zu jung. Die müssen sich schon früh auf den Straßen Cotonous durchschlagen und bringen die nötige Lebensintelligenz mit.«

»Klingt sehr gut. - Können wir etwas für sie tun, ihnen irgendwie helfen?«

»Außer Verpflegung und Schutz? Ja, ich werde meinen Einfluss geltend machen, um diesen Kindern ein Zuhause und Bildung zu verschaffen. Deine „Wächter der Schöpfung" werden ihren Teil dazu beitragen.«

Er nickte wohlwollend. »Absolut, das werden wir.«

Sie hielt vor dem Eingang des Hotels. »Ich bezweifle, dass wir alle drei Phasen noch vor Abreise nach Gabun schaffen.«

»Tun wir alles dafür, dass bei unserer Rückkehr Phase zwei abgeschlossen ist.«

Wie gewöhnlich nahm Bonifacius nicht den Hotelfahrstuhl. Treppen waren wie das kleine Fitnessprogramm zwischendurch. Er überließ sich der Technik, so weit es die Situation erforderte, aber selten aus Bequemlichkeit. Schusswaffen aller Art hingegen waren eine technische Errungenschaft, auf die seine Geheimgesellschaft aus Überzeugung gar nicht zurückgriff. „Shango" führte weder solche, noch andere Tötungsinstrumente bei sich. Jedoch war er fähig und dazu angehalten, alles Denkbare als Waffe einzusetzen, um sich und andere zu schützen. Und was genau in welcher Situation erforderlich war, nun, diesen Spielraum legte der Agent durchaus großzügig aus. Ein Tabu existierte hinsichtlich des Tötens von Menschen, sowohl für die „Wächter der Schöpfung" als auch für ihn ganz persönlich.

Sobald der Missionsführer im Hotelzimmer ankam, wollte er sich telefonisch mit dem Freund Titus Mandefu in der kongolesischen Provinzhauptstadt Bunia abstimmen. Der hatte nahezu 20 Stunden Zeit gehabt, erste Vorschläge für die Operation „Minvoul" auszuarbeiten – für einen Profi wie Mandefu Zeit genug.

Anschließend stand das Telefonat mit Andreas Konstantin in Berlin auf dem Programm.

Der Flur im dritten Stockwerk lag vereinsamt und still vor ihm. Es war bereits nach Sonnenuntergang, und die meisten Gäste befanden sich vermutlich unten beim Abendessen. Unweit des Treppenaufganges schloss Bonifacius seine Zimmertür auf und betätigte einen Lichtschalter nach dem anderen. Es blieb dunkel. In unzähligen Unterkünften hatte er bereits übernachtet, aber eine durchweg defekte Beleuchtung war ihm noch nie untergekommen. Vorsichtig tastete er sich im Schein der Flurbeleuchtung in das Hauptzimmer vor, nahm die halb geöffnete Balkontür wahr. Rechtzeitig schlugen seine Sinne Alarm, als jemand aus der Toilette trat und sich anschlich. „Shango" bekam einen Arm zu packen, verspürte aber auch einen scharfen Schmerz am Oberarm. Und hätte er nicht mit einer doppelten Handabwehr reagiert, wäre ein Messerstich ins Herz die Folge gewesen. So aber handelte es sich um einen tiefen Schnitt nahe der Achsel, der den Stoff um die Wunde sofort feucht werden ließ – eine unterschwellige Wahrnehmung im lebensgefährlichen Kampf gegen einen Meuchelmörder. Von professioneller Entschlossenheit und einem Adrenalinschub angetrieben, wurde der ausmanövrierte Angreifer mit einem mächtigen Frontaltritt durch die noch immer geöffnete Zimmertür nach draußen befördert, dank vorausgegangener Wirkungstreffer bereits entwaffnet. Dort krachte der drahtige Schwarze erst gegen die Wand und torkelte anschließend benommen auf den nachsetzenden Bonifacius zu. Der zerrte den unfreiwillig dargebotenen Unterarm des Gegners Richtung Türzarge und wuchtete mit aller Macht die zugehörige Tür dagegen. Der Schrei des Mannes hallte ohrenbetäubend durchs ganze Stockwerk. Aus dem hinteren Bereich des Hotelzimmers näherte sich ein weiterer Attentäter. „Shangos" Drehtritt traf dessen Kopf nur aufgrund einer wahrgenommenen Bewegung aus dem Augenwinkel. Eindeutig ein Volltreffer, denn der Mann wurde so heftig gegen die Garderobe geschleudert, dass die Schiebetüren unter dem Aufprall nachgaben und zersplitterten.

Der Komplize mit dem gebrochenen Arm flüchtete derweil den Flur entlang. „Shango" – missmutig zur Kenntnis nehmend, dass sich sein Hemd immer weiter mit Blut vollsog – packte kalte Wut.

Der Feind im Verborgenen sollte knallharte Treffer einstecken und auf die Art erkennen, mit wem er es zu tun hatte. Als der Flüchtende unter rasenden Schmerzen die Treppe erreichte, war sein Verfolger zur Stelle. Ein weiterer Tritt, diesmal seitlich gegen den Oberkörper platziert, ließ den Messerstecher das Gleichgewicht verlieren und über das Geländer stürzen. Ein kurzer verächtlicher Blick auf den bewusstlosen Körper eine Etage tiefer, und schon eilte der Agent in geheimer Mission zurück. Gerade rechtzeitig, um den Zurückgelassenen vor dem Hotelzimmer abzufangen. Der kurze Schlagabtausch endete in einer verheerenden Boxkombination, die den gesandten Mörder für Minuten niederstreckte.

An die Wand des Etagenflurs gelehnt, war es Bonifacius endlich vergönnt, tief durchzuatmen. Auch er hatte den einen oder anderen Treffer hinnehmen müssen. Das Zupfen am blutigen Stoff seines Ärmels half erstaunlicherweise, die Flut an Adrenalin zu bändigen.

»Jungs, Ihr hättet besser Straßenhändler oder Taxifahrer werden sollen. Ich vielleicht auch.«

Jetzt erst erwachte das Hotel zum Leben. Gäste spähten aus Zimmern auf den Gang, und das Hotelmanagement gab sich die Ehre. Der Sachverhalt war schnell erklärt: Professionelle Hoteldiebe waren bei ihm eingestiegen. Er hatte sie überrascht und um sein Leben kämpfen müssen. Dank einer überzeugend vorgetragenen Schilderung kam man seinem Wunsch nach einem anderen Zimmer umgehend nach. Als schließlich die Polizei eintraf, hatte Bonifacius seinen Arm mittels eines Erste-Hilfe-Kastens des Hauses bereits selbst versorgt. Lediglich das ramponierte Hemd zusammen mit blutrotem Toilettenpapier im Abfalleimer des neuen Bads zeugten von der erlittenen Verletzung. Die uniformierten Beamten bekamen dieselbe Geschichte von messerstechenden Hoteldieben zu hören, schienen zufrieden und führten den noch immer benommenen Attentäter oben ruppig ab. Der Komplize eine Etage tiefer war unglücklich auf den Treppenstufen aufgeschlagen und noch immer ohne Bewusstsein. Aber das bewegte „Shango" schon nicht mehr. Stattdessen drängte sich seine innere Stimme mit der Feststellung auf, dass alle bisherigen Angreifer unmaskierte Schwarzafrikaner gewesen waren. Er zog sich aufs Zimmer zurück und erledigte vom Bett aus die überfälligen Telefonate.

Ein lautes Klopfen ließ den „Wächter der Schöpfung" aus einem lebhaften Dämmerschlaf hochschrecken. Es konnte nur seine herbeigerufene Partnerin sein. Zum dritten Mal ließ er die letzte Heimsuchung nun auch vor ihr Revue passieren, diesmal allerdings in der wahrheitsgemäßen Version.

»Du hast nur einem gesagt, in welchem Hotel du wohnst – dem Sicherheitsbeauftragten der ERHC, Geoffrey Coles«, stellte Djayéola fest.

»Ja, richtig, er wollte mich erreichen können, falls es Neuigkeiten gibt. Eigenwillige Boten, wirklich sehr bestechend.«

Fairerweise musste man einräumen, dass jeder, der über ein gutes Netzwerk in Cotonou verfügte, diese Information hätte ermitteln können. Sein Hotel war nicht zur Geheimsache erklärt worden, und daran sollte sich auch jetzt nichts ändern. Schließlich hatte es sich offiziell ja nur um Hoteldiebe gehandelt und es galt noch immer, seine Tarnung als Journalist aufrechtzuerhalten. Ein Verschwinden von der Bildfläche würde da zweifelsohne kontraproduktiv sein.

»Hast du die Landkarte?«

Daraufhin zog Djayéola eine detaillierte Karte von Benin hervor und breitete diese auf dem Bett aus. Konzentriert begann er, etwas darauf zu suchen. Sein Finger tippte auf die Stadt Abomey, Zentrum des früheren Dahomey-Reiches.

»Vorhin hatte ich wieder einen Traum«, erklärte er dazu. »Die entkommenen Voodoo-Priester, wohin sind die damals vor König Adeja geflüchtet?«

»Nach Norden, in die Berge von Savalou. Bis dorthin reichte der Machtbereich Dahomeys nicht.«

»Savalou, Savalou …«, murmelte „Shango“ vor sich hin, um dann einen Ort dieses Namens mit dem Zeigefinger zu umranden. »Savalou«, kam es erneut aus seinem Mund. Urplötzlich weiteten sich die Augen, gefolgt von einem symbolischen Schlag an die Stirn. »Wie heißt der Repräsentant und Berater der ERHC?«

»Djimon Boukman, das weißt du doch.«

»Der ganze Name!«, forderte er eindringlich.

»Djimon …«, geriet sie ins Stocken, »Savalou …«

Der Missionsverantwortliche sah die „Hüterin Benins" triumphierend an. »Und wie viele Leute in Benin tragen den Namen Savalou?«

»Ich kenne sonst niemanden.«

»Wenn wir in die Gegend von Savalou fahren, kann dein Orden uns jemanden zur Seite stellen, der die Region und ihre Geschichte genau kennt?«

»Sicher. Wir sind die Hüter dieses Landes.«

»Okay, sobald die Kinder für die Boukman-Beschattung ausgewählt und mit ihrer Aufgabe vertraut gemacht sind, fahren wir los«, bestimmte er in zwingendem Ton, der keinen Widerspruch duldete.

Nach einem späten Abendessen kehrte Bonifacius alleine zurück ins Hotelzimmer. Er fühlte sich matt, sein Arm schmerzte. Noch eine heiße Dusche, dann wollte er sich sofort schlafen legen. Die Kleidung war schon abgelegt und der Verband vorsichtig entfernt, als sein Blick auf den Abfalleimer fiel. Sofort rief er die Rezeption an, wo man glaubhaft versicherte, dass zwischenzeitlich niemand vom Personal ins Zimmer geschickt worden war. Das ließ zusätzliche Unruhe in ihm aufkommen. Irgendwer hatte seine blutigen Überbleibsel vom Kampf daraus entfernt. Aber wer? Jetzt hieß es unbedingt einen kühlen Kopf zu bewahren. Doch der Gedanke an einen unsichtbaren Feind, der jederzeit auf spiritueller Ebene zuschlagen konnte, war beängstigend. Genau diese Unsicherheit konnte selbst einen Profi angreifbar machen, ihn zu Fehlern verleiten. Kurzum, es brauchte eine angemessene Verteidigungslinie – sofort. Also löschte „Shango" das Licht und begab sich auf den Balkon, um sich dort auf dem Fliesenboden niederzulassen. Nach und nach versetzte ihn das Meeresrauschen in einen tranceähnlichen Zustand als bewährte Brücke zu den Ahnen. Es stärkte sein inneres Gleichgewicht und ließ ihn die verbleibende Nacht ruhig schlafen.

Katz-und-Maus-Spiel
im Kongresspalast

Der nächste Tag verlief zunächst unspektakulär. Einem ausgiebigen Frühstück folgte die weitere Planung der Operation „Minvoul".

Die Suche nach geeigneten Straßenkindern sowie die Recherche zu den näheren Todesumständen des hohen Beamten im Gesundheitsministerium wusste Bonifacius bei Djayéola in guten Händen.

Bei ihrer Rückkehr brachte sie eine Neuigkeit mit, die kaum noch überraschen konnte: »Seit meinem Stopp im Ministerium werde ich beschattet. Zwei Männer in einer unauffälligen französischen Limousine. Und in der Hotellobby sitzt jemand, der auch verdächtig ist.«

»Nur noch Beschattung? Denen gehen die Mörder aus«, kommentierte er spöttisch. »Und die Kinder?«

»Sind ausgewählt und auf Posten.«

»Also gut, Angriff ist die beste Verteidigung. Wie gut kannst du weglaufen?«

Die Amazone starrte ihn an, als hätte er die schlimmste denkbare Beleidigung ausgesprochen, Auserwählter hin oder her. »Ich laufe vor nichts und niemandem davon!«

Bonifacius, der jetzt am Fenster stand und hinaussah, amüsierte die Reaktion. »Nur zum Schein natürlich –

verwirren, zermürben, fertigmachen. Gefällt dir das so besser?«

»Wir werden sehen.«

Die Erwiderung atmete jenen aristokratischen Stolz, wie er von Zeit zu Zeit besonders penetrant durchbrach, befand ihr Gegenüber. Aber es gehörte zu dieser Frau wie ihre dunkle Hautfarbe oder das krause Haar. Bonifacius mochte und respektierte sie genau so wie sie war – authentisch, direkt, fokussiert.

»Auserwählter, du irritierst mich. Du bist wie ein Junge, für den die größte Gefahr nur ein Spiel ist.«

»Und du, Amazone von Dahomey, bist mir immer noch zu humorlos«, parierte er die Anmaßung nachsichtig. »Ich töte nicht, ich foltere nicht, also spiele ich wenigstens. Wenn die mich schon verletzen und mein Blut stehlen …«

Augenblicklich wanderte der Blick der Kriegerin über seinen gestählten Körper und verharrte schließlich auf dem engen Shirt. Langsam kam sie auf ihn zu, um dann blitzschnell den verletzten Oberarm zu packen, dass ihrem Missionspartner vor Schmerz die Tränen in die Augen schossen.

»Weshalb hast du nichts gesagt?!«

»Nicht wichtig, das behindert mich nicht.«

Sie kam ihm bedrohlich nahe, sprach jetzt mit eindringlich leiser Stimme: »Wenn jemand dein Blut nimmt, ist das sehr wichtig. Zeig mir die Verletzung.«

Der Kongresspalast in weithin sichtbarem Weiß wurde als eine der herausragenden Sehenswürdigkeiten von Cotonou und Benin insgesamt gehandelt – ein architektonisches

Glanzstück, eingeweiht im Jahr 2003, auch in diesem afrikanischen Fall größtenteils erbaut und finanziert von chinesischen Kooperationspartnern.

Auf dem nahezu verwaisten Parkplatz an den Wagen gelehnt, genoss Bonifacius die Aussicht auf das Bauwerk. Mit den drei turmähnlichen Elementen war es einem Festungsbau der Somba-Ethnie aus dem Atakora-Gebiet im Nordwesten Benins nachempfunden. Auf zwei weitläufigen Ebenen standen darin dreizehn Säle für Wirtschaft, Kultur und Politik zur Verfügung.

Verständnislos drängte sich Djayéola in seine Gedanken: »Was wollen wir hier? Aktuell finden nicht einmal Veranstaltungen statt.«

»Wie ich schon sagte: verwirren, zermürben, fertigmachen.« Als es darauf keine Erwiderung gab, wandte er sich ihr zu. »Wir machen eine Stadtbesichtigung.«

Resignierend folgte sie dem Mann, aus dem sie wohl nie ganz schlau werden würde, zum Haupteingang. Als ausgewiesene Mitarbeiterin des Gesundheitsministeriums und dank ihrer mystischen Aura, fiel es der Beninerin auf „Shangos“ Geheiß hin nicht schwer, beim Wachpersonal eine spontane Begehung zu erwirken. Nach all dem bisher Erlebten wunderte ihn nur, dass sie sich ihren Landsleuten gegenüber überhaupt erklärte.

Die Eingangshalle präsentierte sich als ähnlich monumentale Kulisse wie die Außenansicht, mit auf Hochglanz polierten Böden, weißen Wänden und einem imposanten Zusammenspiel aus künstlicher Beleuchtung und Tageslicht. Der fehlende Menschenandrang tat der Atmosphäre keinen Abbruch. Aber das Wichtigste: Von einer Empore der oberen Ebene aus hatte man einen guten Gesamtüberblick – perfekte Rahmenbedingungen für das angedachte Spiel des „Wächters der Schöpfung". Der steuerte auch schon auf die Fahrstühle zu. Dort angekommen, grinste er schelmisch, dabei den edel glänzenden Knopf nach oben drückend.

»Genieße einfach die Show.«

Die Fahrstuhltür öffnete sich gerade, als drei durchschnittlich gekleidete Männer dunkler Hautfarbe am Haupteingang auftauchten. Einer von ihnen legitimierte sich mit fordernder Miene.

»Ich wüsste zu gerne, welche Art Ausweis unsere „Schatten" da vorzeigen. - Wollen wir?«

Djayéolas ohnehin dünner Geduldsfaden schien offenkundig zum Zerreißen strapaziert und sie schwieg dazu.

»Wir hätten auch zum Präsidentenpalast oder dem Ministerium für Verteidigung fahren können. Hauptsache, es macht einen offiziellen Eindruck.«

Oben angekommen, stiegen beide aus und der Journalist und Agent legte bestens gelaunt nach: »So verwirrt, wie du gerade aussiehst, müssen unsere Verfolger am Ende auch sein.«

Ohne eine mögliche Antwort abzuwarten, eilte er die Empore entlang auf eine Tür zu, dabei wie geplant von dem im Foyer verbliebenen „Schatten" beobachtet. Zweifellos waren dessen Spießgesellen auf dem Weg nach oben und wurden per Handy auf dem Laufenden gehalten. Die Tür war unverschlossen, und das Duo betrat einen Konferenzsaal mit rotem Teppich und Hunderten von Sesseln, ebenfalls rot, die durch mehrere Gänge in Sitzbereiche gegliedert waren. Taghell in Szene gesetzt von direkter und indirekter Beleuchtung, rannten beide zunächst einen der abschüssigen Gänge in Richtung Podium entlang, dann auf einen der Seiteneingänge zu. Der Teppich schluckte die Geräusche und spielte ihnen so in die Karten. Als ihre Verfolger die Tür zum Saal aufstießen, hatten Bonifacius und Djayéola diesen soeben durchquert und verlassen. Unschlüssig, welchen Seiteneingang sie benutzen sollten oder ob das Absuchen der endlos erscheinenden Sitzreihen sinnvoll wäre, hallte das lautstarke Fluchen der beiden Männer wider.

In einem der Treppenhäuser angekommen, begann auch die Amazone dem Katz-und-Maus-Spiel etwas abzugewinnen. »Und jetzt, zurück zum Auto?«

»Nicht so schnell. Geheime Unterredungen mit imaginären Kontaktpersonen brauchen Zeit. Wir setzen uns irgendwo rein und warten noch. Sollen die sich ruhig ein bisschen im Kreis drehen.«

Der Weg zurück ins Foyer und zum Wagen erfolgte hingegen ohne Versteckspiel. Im Gegenteil, die drei „Schatten" sollten ihnen folgen. „Shango" sah zu, wie seine Partnerin den Wagen anließ.

»Was hat die Stadt noch Spannendes zu bieten?«

»Wie wär's mit einem Hindernisparcours durch ein Viertel der einfachen Leute«, ahmte sie sein Sprechen in Rätseln nach, woraufhin er sich zurücklehnte und aufmunternd nach vorne wies.

Das ins Auge gefasste Viertel lag jenseits des Innenstadtgebietes. Die Gegend machte einen verwahrlosten Eindruck:

überall Müll und nicht entsorgter Haushaltsschrott, die flachen Wohnhäuser heruntergekommen und nur notdürftig instandgehalten. Herrenlose Hunde streunten herum auf der Suche nach Essbarem. Hier hatte das Leben keine Höhepunkte zu bieten, so viel war klar. Allerdings sollte sich das vorübergehend ändern.

Djayéola hielt gut sichtbar am unbefestigten Straßenrand. Jetzt war sie am Zug und übernahm sogleich die Führung. Ziel war ein unscheinbares Haus mit Wellblechdach. Im Vorgarten ohne Rasen stapelten sich ausrangierte Autoreifen, geschundene Felgen und sonstiges vor sich hin rostendes Kfz-Zubehör.

Noch während der Journalist sich fragte, was der Schrott wohl so einbrachte, begann seine Partnerin ein Gespräch mit der Bewohnerin des Grundstückes. Derweil hielt das Verfolgerteam abseits auf der anderen Straßenseite und beobachtete. Ihre beiden Zielpersonen verschwanden mit der kräftig gebauten Frau im Haus. Die Männer gingen in gewohnter Manier vor: Zwei begaben sich auf das Grundstück, der dritte „Schatten" blieb zurück bei der französischen Limousine. Gerade als sie durch eines der Fenster spähen wollten, trat die Hausbewohnerin wieder vor die Tür.

»Hey, da gibt's nichts zu sehen!«, begegnete die Frau den Fremden argwöhnisch. »Was wollt Ihr, Reifen kaufen?!«

»Wo sind der Mann und die Frau?«

»Die wollten nach hinten aufs Nachbargrundstück«, erwiderte sie, rückte ihr Kopftuch zurecht und stemmte die Hände angriffslustig gegen die Hüften. »Was ist nun mit den Reifen?!«

Ohne Erklärung stürmte der erste Verfolger an ihr vorbei ins Haus. Doch der zweite scheiterte an der Matrone, die sich ihm mit einem wütenden Wortschwall in den Weg stellte.

Mit der relativen Ruhe ringsherum war es augenblicklich vorbei. Von der kreischenden Stimme alarmiert, liefen die Nachbarn zusammen. Eine junge Frau ließ dabei sogar ihren gefüllten Wäschekorb fallen und stimmte in das Gezeter ein, wohingegen mehrere Männer sich daran machten, den ungebetenen Besucher unsanft vom Grundstück zu werfen. Den Tumult machte sich kurzerhand der dritte „Schatten" zunutze, indem er sich unbehelligt ins Haus schlich, um ersatzweise die Verfolgung aufzunehmen.

Das Agentenduo in geheimer Mission überwand wackelige Holzzäune, sprang über sperrige Hindernisse und balancierte geschickt über Dächer. Der vorderste Verfolger traf währenddessen eine falsche Entscheidung, als er sich für ein Grundstück mit zwei Wachhunden entschied. Kaum betreten, erfüllten die robusten Vierbeiner konsequent ihre Aufgabe. Zwar bekam der Attackierte ein Holzbrett zu fassen, doch da hing seine Hose bereits in blutigen Fetzen. Verzweifelt setzte er sich zur Wehr, bis eines der Tiere von einem Pistolenschuss niedergestreckt wurde. Die nachgeeilte Verstärkung legte auch auf den zweiten Hund an, der sich aber schon ängstlich in eine Ecke zurückzog. Den verletzten Partner nicht weiter beachtend, wollte der Schütze schnellstens die nächstgelegene Mauer überwinden. Dabei blieb er so unglücklich hängen, dass der Sturz in eine ausgedehnte Schlammpfütze die Folge war – unter den Augen spielender Kinder, die mit ihrem ausgelassenen Gelächter weitere Schaulustige anzogen.

Der eingangs an der widerborstigen Matrone gescheiterte „Schatten" saß bereits wieder im Wagen und observierte das verdächtige Haus sowie das SUV der Zielpersonen.

Von irgendwoher war ein einzelner Pistolenschuss zu hören. Doch er stieg erst aus, als Kinder seine Limousine mit Steinchen bewarfen. Laut fluchend versuchte der Profi zunächst aus der Distanz, die Blagen zum Aufhören zu bewegen. Doch von seiner Wut angestachelt, wurde der Beschuss nur noch intensiver geführt. Am Ende jagte der derart Provozierte hinter ihnen her. Mitleid oder gar Hilfe hatte er von der Nachbarschaft nicht zu erwarten, nicht nach seinem Auftritt vor dem Haus.

Das Taschengeld für die Kinder hatte sich ausgezahlt. Der Weg war frei, um sich unbeobachtet davonzumachen. Bonifacius gab seine Deckung auf, dicht gefolgt von Djayéola. Offiziell würde er diese Nacht zwar noch in seinem Hotel übernachten, doch tatsächlich hatte er vor abzutauchen. Schon in den kommenden Stunden stand die Fahrt nach Savalou an, und das hatte die Gegnerschaft partout nichts mehr anzugehen.

Eine Spur nach Savalou

Bei Sonnenaufgang lag bereits die Stadt Bohicon hinter ihnen und damit mehr als 130 Kilometer auf der Fernstraße nach Norden Richtung Niger. Bonifacius Kidjo hatte somit ein weiteres urbanes Zentrum gesehen, das bei der flüchtigen Durchquerung den meisten anderen in Benin glich. Da war die asphaltierte Hauptstraße gewesen, welche auf beiden Seiten fließend in rötlichen Sand und Staub überging und in eben solche Nebenstraßen abzweigte. Zumeist grauer Beton hatte sich mit farbenfrohen Verkaufsständen aller Art abgelöst, und bereits am Morgen hatte geschäftiges Treiben vorgeherrscht. Wie überall waren Motorräder, Mopeds sowie Menschen zu Fuß dominierend auf Asphalt und am Straßenrand gewesen. Eine Dreiergruppe auf einem Moped hatte besonders bleibenden Eindruck bei ihm hinterlassen – vermutlich eine Familie. Der Mann war gefahren, die Frau hatte den Sozius gegeben, mit einer Hand ihren Hut festhaltend und auf dem Rücken in ein buntes Tuch eingewickelt ihr Baby. Beide hatten billige Flip-Flops getragen, wie so viele andere Konsumgüter in Westafrika vermutlich „Made in China". Ein Turm aus Kartons zwischen Fahrer und Lenkrad bis kurz über Augenhöhe war der Clou des Ganzen gewesen. Bei solchen Bildern inmitten eines gedrängten Verkehrs grenzte es für den Journalisten des

Konstantin Verlages an ein Wunder, dass nicht überall Verletzte und Tote herumlagen.

Eine abseits der Nationalstraße gelegene Nachbarstadt Bohicons war Abomey, die frühere Hauptstadt des Dahomey-Reiches mit über einhunderttausend Einwohnern. Abomey war das Handelszentrum des von Agrarwirtschaft bestimmten Departements Zou. Mit den königlichen Palästen hatte es aber auch ein UNESCO-Weltkulturerbe zu bieten. Von dem dunklen Kapitel der Sklavenwirtschaft wollte freilich niemand aus den amtierenden Königsfamilien mehr etwas wissen, zumindest nicht ernsthaft Verantwortung für die eigene Blutlinie übernehmen.

Auf dem freien Land bot die gerne als beste Nationalstraße Benins angepriesene Strecke in der Tat Abschnitte, die ein zügiges Vorankommen gewährleisteten. Allerdings auch solche, die einem in Erinnerung riefen, weshalb ein geländegängiger SUV von unschätzbarem Wert war. Glücklicherweise herrschte jetzt im August keine Regenzeit, was die Verhältnisse nochmal drastisch verschlechtert hätte. Wie auch immer, die Politik war nachweislich um Verbesserung bemüht, was im Einsatz befindliche Baufahrzeuge, Vermessungsteams und Straßenarbeiter auf der Strecke immer wieder belegten. Es machte in besonderem Maße Sinn, denn neben der allgemeinen Verkehrssicherheit musste gerade diese Nord-Süd-Achse immense Warentransporte von und nach Niger sicherstellen.

»Lebenskraft enthaltende Flüssigkeiten wie Speichel und Blut dienen nicht nur der Schadensmagie. Sie liefern auch Informationen über die gewünschte Person, über deren Schwächen zum Beispiel«, beendete Djayéola die zwischenzeitliche Stille und kam damit auf den Vorfall mit dem gelehrten Abfalleimer im Hotelzimmer zurück.

Ihr Beifahrer sah weiterhin aus dem Fenster, wirkte abwesend: »Was ist mit deinen Körperflüssigkeiten?«

»Ich bin eine „Hüterin Benins"«, erwiderte sie erhaben.

»Natürlich, das erklärt ja alles.«

Bonifacius' Ironie würgte den Gesprächsansatz noch im selben Augenblick ab. Sein momentanes Interesse galt anderen Dingen, die außerhalb des Wagens vorbeizogen. Abseits der Fernstraße lagen Dörfer. Ein Tourist mochte nur die fremdartige Bauweise der Häuser und Hütten bewundern, deren farbenfrohe Ausgestaltung sehenswert finden. Ein Eingeweihter hingegen erkannte in fast allem Bezüge zur Voodoo-Kultur. Einmal fiel ihm eine mannshohe Fetischfigur auf, welche die Gottheit Legba personifizierte. Vor dem mit verschiedenen Verzierungen ausgestatteten Kultobjekt schienen Opfergaben ausgebreitet zu sein. Ein anderes Mal verkaufte eine Frau am Straßenrand „bocios" in verschiedenen Größen und Variationen. Schutz und Vitalität, Hoffnung und Zuversicht in der Familie, das alles sollten die geschnitzten Holzfiguren dem Besitzer bescheren. Immer wehten inmitten der Siedlungen auch unzählige weiße Fahnen, und auf den Dächern waren himmelwärts Stäbe angebracht, die durch halbe Kalebassen gestoßen waren – zur Abwehr von Hexen und Zauberern.

Eine Essenspause am Wegesrand brachte weitere Abwechslung. Gerade streckte Bonifacius genüsslich seine Glieder, als ein hoffnungslos überladener gelber Kleinbus – umgangssprachlich als Dschungeltaxi bezeichnet – mit schaurig quietschenden Reifen zum Stehen kam. Von Seilen gebändigt, türmten sich mitgeführte Güter von Trommeln bis zu Sitzmöbeln auf dem Dach. Ein durchgeschwitzter Fahrer entstieg dem zerbeulten Gefährt, dessen Stoßdämpfer entweder Wunderwerke der Technik waren oder längst schon beerdigt. Doch es kam noch abenteuerlicher. Kaum hatte der stoische Mann mit einigem routinierten Rütteln die seitliche Schiebetür geöffnet, kam ihm auch schon seine menschliche Kundschaft entgegen – Kinder, Männer und Frauen in schier unglaublicher Anzahl. Zu allem Überfluss öffnete sich noch die Beifahrertür, und eine alte Frau mit Kleinkind auf dem Schoß stieg aus.

Der faszinierte Journalist nickte dem Fahrer freundlich zu und nahm spontan ein kleines bildhübsches Mädchen aus der Gruppe auf den Arm, das noch vor den anderen den Verkaufsstand mit allerlei frisch zubereiteten Speisen erreicht hatte. Gestenreich gab sie ihm zu verstehen, was sie von dem Angebot bevorzugte.

Und Bonifacius bestellte alles, worauf der schwarze Engel mit der kecken Zopffrisur und den ausdrucksstarken Augen zeigte. Selbst die Amazone zeigte sich von dieser Szene erheitert.

»Komm Mama, setz dich hier hin«, machte sich ein weiterer Essensgast bemerkbar und räumte seinen Klappstuhl für die betagte Frau aus dem Taxibus. Als Nächstes nahm ihr eine Händlerin vom Stand ganz selbstverständlich das schlafende Kleinkind ab.

Es dauerte nicht lange und alle Kinder scharten sich um Djayéola Biassou. Die Amazonenkriegerin gab ein altes westafrikanisches Märchen zum Besten und ließ ihr

Publikum gespannt lauschen. Auch „Shango" tauchte während des Essens in die Stimmung ein. Er nahm die friedvolle Atmosphäre als ein Zeichen dafür, weshalb sich die eingegangenen Gefahren lohnten. Es waren Menschen wie jene vor Ort, die seinen Einsatz allemal verdienten.

Wieder zurück im Auto und auf dem Weg zum Zielort, wollte Bonifacius, der das Steuer übernommen hatte, mehr über seine Partnerin in Erfahrung bringen: »Du hast in Mitteleuropa studiert. Wie waren deine Eindrücke?«

»Manches positiv, manches negativ, wie es vermutlich jedem in einem fremden Kulturkreis ergeht«, sinnierte sie. »Dort gibt es karitativ engagierte Eliten, die sich medienwirksam für die Entwicklung und gegen die Armut in Afrika aussprechen, Spendenaktionen organisieren und Entwicklungshilfe als Allheilmittel anpreisen. Man gibt sich bemüht und hilfsbereit – solange der eigene Wohlstand nicht in Frage gestellt wird. Man ist wohlwollend – solange keine Partnerschaft auf Augenhöhe zu befürchten ist. Wenn diese Eliten sich auf Empfängen und sonstigen Festivitäten ohne Kosten zu scheuen hochleben lassen, wird gerne über grandiose Fortschritte im Sinne der Humanität berichtet, ganz wie die Agenda der Heuchelei es vorschreibt.«

Die Essenz negativer Eindrücke war ebenso kurz zusammengefasst wie entwaffnend und zutreffend, jedenfalls wenn es nach ihm ging. Ein Kommentar erübrigte sich eigentlich – ja, eigentlich.

»Na, du kommst jedenfalls immer direkt auf den Punkt.«

»Weißt du, weshalb zu Zeiten des Sklavenhandels so viele Westafrikaner Angst vor den Europäern hatten?«,

entgegnete sie ungerührt. »Man hielt sie für Menschen-
fresser aus dem Land der Toten, die im Meer leben.«

»Verständlich, die Weißen kamen ja übers Meer. Und die
Angst vor Wasser ist in Afrikas Kulturen weit verbreitet,
weil es als Zuhause mächtiger Geister gilt.«

»Ja, und das schwarze Leder europäischer Stiefel hielten
sie für die Haut von Afrikanern, den Rotwein in deren
Kelchen für das Blut von Afrikanern und das Schießpulver
in den Feuerwaffen für zu Staub heruntergebrannte
Knochen von Afrikanern.«

Bonifacius verfiel in Nachdenklichkeit: »Sieh an, das
wusste ich nicht.«

»Angst, egal wie abwegig sie erscheinen mag, hat häufig
einen erschreckenden Hintergrund. Nimm die Angst vor
Wasser. Reißende Flüsse zerstören Felder und lassen
Menschen ertrinken, in Seen und Teichen lauern gefährliche
Tiere, in Sümpfen gedeihen tödliche Krankheiten.«

»Und was hat dir an deiner Zeit in Deutschland besonders
gut gefallen?«, wollte er auch diesen Punkt noch mit Leben
gefüllt wissen.

Für diese Antwort benötigte Djayéola etwas mehr Zeit.
Vielleicht, weil sie eine Gewichtung vornehmen musste,
vielleicht, weil es für sie nicht allzu viel Positives zu finden
gab. Aber so weit wollte er dann doch nicht bohren.

»Rinderrouladen mit Rotkohl und Klößen, Mohnstollen,
die vielen Sorten Brot. Natürlich die Weihnachtsmärkte und
schönen alten Kirchen. Schade, dass die Deutschen ohne
Stolz und Würde sind. Reiche geschichtliche Wurzeln von
über eintausend Jahren verengen sie wie Getriebene auf
zwölf seelenlose Jahre in Finsternis.«

Sie waren nicht mehr weit vom Abzweig nach Savalou entfernt, als der Journalist auf einem kleinen Hügel eine Gebetsstätte in nahezu strahlendem Weiß erblickte.

Diese wirkte vor majestätisch aufragenden Granitbergen in grünem Pflanzengewand inmitten einer Landschaft aus Trockenwäldern und Savanne wie ein einsamer Außenposten des Glaubens. Im Departement Collines waren ja eigentlich kontrollierte Flächenbrände gang und gäbe, um Wildtierjagd und Pflanzenwuchs zu begünstigen. Außerdem prägten landwirtschaftliche Nutzflächen für Kokos- und Ölpalmen, Ananas und Bananen das Bild. Und dann diese Gebetsstätte.

»Hier ist das Land viel dünner besiedelt als in der Küstenregion«, begann die „Hüterin Benins", als hätte sie einmal mehr seine Gedanken gelesen. »Neben den Göttern, die weit entfernt von Menschen existieren oder den Ahnen, die nur zu besonderen Gelegenheiten in Erscheinung treten, gibt es auch die Buschgeister. Diese Geistwesen leben abseits menschlicher Siedlungen, in der gefährlichen Wildnis. Und die entspricht auch ihrer Natur. Im westlichen Kulturkreis würde man sie als Kobolde bezeichnen, boshaft verspielt, bösartig und von Zeit zu Zeit sogar todbringend. Je weiter sich der Mensch in das Gebiet eines Buschgeistes vorwagt, desto mächtiger und unberechenbarer tritt ihm das Geistwesen entgegen. Tagsüber verstecken sie sich vor der Sonne, doch nach Sonnenuntergang kann man ihr unverständliches Singen und Rufen hören. Wie allem Bösen wohnt auch ihnen eine gute Seite inne. Sie können einen unachtsamen Menschen genauso in den Wahnsinn treiben, ihn krank machen und töten, wie sie ihm geduldige Lehrer sein können. Wer sie als Hilfs- und Schutzgeister annimmt und ihnen huldigt, den lehren sie die Jagd- und Fruchtbarkeitsmagie oder unterweisen ihn in der Pflanzenheilkunde und Landwirtschaft. Tempel wie der dort auf dem Hügel sind Orte ihrer Verehrung.«

Am späten Nachmittag war die Departement-Hauptstadt Savalou erreicht, jedoch noch nicht das endgültige Ziel ihrer Fahrt ins Hinterland Benins. Das lag weitere 20 Kilometer entfernt in den Bergen. Auf der schmalen, ansteigenden Piste aus Sand und Geröll spielte der Geländewagen mit Allradantrieb seine Qualitäten voll aus. Dennoch war Bonifacius dankbar für das noch immer ausreichende Tageslicht. In völliger Dunkelheit wäre der Rest der Wegstrecke zweifellos tückischer gewesen. Aber auch den Anblick des unbändigen Grün im Zusammenspiel mit schroffer Felslandschaft hätte er um nichts missen wollen – eine Umgebung, in der die Fantasie seltsame Blüten treiben konnte.

Djayéola hatte die romantische Ader des „Auserwählten" schon früh erkannt und war deshalb auch nicht überrascht, als er an geeigneter Stelle hielt und ausstieg.

Sie folgte dem Beispiel und studierte ihn auch jetzt noch – wie er an die Frontpartie gelehnt genüsslich die frische Bergluft einsog, aufmerksam den Klängen der Natur lauschte.

Bonifacius Kidjo war in jeder Hinsicht anders als die Männer, die sie zuvor getroffen hatte. Und wäre sie nicht jene Frau gewesen, die sie vor den Göttern nun einmal zu sein hatte, nun, dieser Mann hätte an ihrer Seite bestehen können.

Die Ankunft im Dorf hatte etwas von einem Staatsempfang. Aufgeregt rannten lachende Kinder neben dem Fahrzeug her, und als die Besucher schließlich ausstiegen, waren auch die übrigen Bewohner neugierig zur Stelle. Der Etikette folgend wurden sie dem Dorfoberhaupt vorgestellt. Nur sein Wohlwollen verlieh ihnen Gastrecht. Eigentlich ging es dabei ausschließlich um den Deutschen, denn einer Amazone von Dahomey verweigerte niemand in Benin den Zugang zu einer menschlichen Siedlung. Der Fremde musste sich einer eindringlichen Begutachtung unterziehen, die auf reinem Blickkontakt basierte. Das Urteil wurde in der regional gängigen Sprache gefällt und ließ alle Dämme brechen.

»Der Mann aus der Ferne ist von den Göttern geschickt und soll unser Gast sein«, übersetzte die Missionspartnerin mit lauter Stimme, um gegen den Begrüßungsgesang durchzudringen.

Opulente Bewirtung war nur ein Teil des Willkommensrituals. Die mündlich überlieferten Regeln der Etikette, des sensiblen Taktgefühls und gewisser gesellschaftlicher Tabus bildeten auch in dieser dörflichen Gemeinschaft Afrikas einen Dreiklang. Niemand ergriff das Wort, solange eine ältere Person sprach. Man lernte hier schon früh, das gute Manieren und respektvolles Verhalten notwendig waren für ein möglichst konfliktfreies Miteinander. Aufgaben und Kompetenzen waren Alt und Jung, Männern wie Frauen klar zugewiesen. Tabubrüche wie Hass und Missgunst zogen in einer auf Gegenseitigkeit ausgerichteten Gemeinschaft zwangsläufig viele Menschen in Mitleidenschaft. Falls das Harmoniegebot also dennoch hin und wieder gebrochen wurde, musste die Ordnung durch Schlichtung schnellstmöglich wiederhergestellt werden. Man pflegte zu sagen: 'Der Bosheit folgt unmittelbar die Hexerei.'

Man wollte auch keinesfalls den Unmut der Ahnen heraufbeschwören, die als höchste Autorität zur Wahrung der Traditionen betrachtet wurden. Und so hatten die ältesten Männer in ihrer Weisheit und Erfahrung die intellektuellen Führungsaufgaben inne. Sie waren Mediator, Richter und Hüter der Traditionen und des Ahnenkultes.

Das alles schwang während des zelebrierten Dorffestes mit, auch wenn die strenge Ordnung teilweise außer Kraft gesetzt wurde, um vorübergehend einer rituellen Anarchie zu weichen. Die Gelegenheit für festliche Kleidung, üppige Speisen und offen zur Schau gestellte Ausgelassenheit. Die Grenze zwischen Diesseits und Jenseits zeigte sich durchlässig, weshalb auch die Ahnen Teil der Festgesellschaft werden konnten. Jene manifestierten sich im Körper der Lebenden und vor allem der tanzenden Maskenträger. Sie wurden gepriesen und Reinigungsrituale durchgeführt.

Djayéola Biassou und Bonifacius Kidjo wurden zu einem Zentrum der Feierlichkeiten. Beide sollten spirituell gestärkt und ihre Mission gesegnet werden. Anschließend saß man noch in kleiner Runde beisammen.

Es wurde verkündet, dass einem Besuch bei dem „heiligen Mann" nichts entgegenstand, der wie ein Eremit am Rande des Dorfes lebte.

Djayéola klärte über die bedeutende Persönlichkeit auf: »Der „heilige Mann" ist über Jahrzehnte als Griot durch das Savalou-Gebiet gezogen. In Gesängen und Vorträgen war er der Verkünder von Kultur und Tradition, aber auch von aktuellen Begebenheiten. Man kann sagen, für die Dorfgemeinschaften war er Tagespresse, Geschichtsbuch und Erzähler von Mythen und Legenden zugleich. Niemand kennt seine Herkunft. Eines Tages war er einfach da. Als er sich in hohem Alter dazu entschied, gerade in diesem Dorf die letzten Lebensjahre zu verbringen, war das für die Menschen hier eine besondere Ehre.«

Die Neugier des Journalisten führte zu einer naheliegenden Frage: »Wie alt ist er?«

»Auch das weiß niemand so genau. Aber den Gerüchten zufolge könnte er über 100 Jahre alt sein. Morgen früh werden wir zu ihm geführt. Und heute Nacht wird das ganze Dorf für dich beten und Opfer darbringen.«

Ein Gefühl der Rührung erfasste ihn: »Sag ihnen, ich …«

»Sie sind es, die geehrt sind. Du bist der Auserwählte.«

Sehr früh am Morgen begab sich eine kleine Gruppe bis auf Sichtweite zu der Hütte des „heiligen Mannes“. Vor ihn traten Bonifacius und Djayéola hingegen allein. Der Würdenträger saß unbewegt auf einem ausladenden Sessel vor der Behausung, in der rechten Hand einen kunstfertig gearbeiteten Stock aus Holz haltend. Die Augen, im Gegensatz zum verbrauchten Körper noch Vitalität versprühend, schienen bis in die Seele der Besucher zu blicken. Ihr bernsteinfarbener Glanz und das Weiß von Haupthaar und Vollbart bildeten einen faszinierenden Kontrast zur dunklen Hautfarbe.

Er begann andächtig zu sprechen, Wort für Wort übersetzt von der Mikrobiologin und Virologin: »Ich begrüße dich,

Amazonentochter und Hüterin Dahomeys. Und ich begrüße dich, Abgesandter der Gottheiten „Shango“ und „Kokou“, der du dem Land die Gerechtigkeit und das Gleichgewicht zurückbringen wirst. - Vor vielen Generationen kamen sie aus Abomey – Heiler und Zauberer zugleich. Sie trugen das Gute und das Böse in sich. Doch vom Bösen waren sie getrieben. Zurückgezogen taten sie, was ihnen aufgezwungen worden war. Am Tage heilten sie, doch in der Nacht taten sie die verbotene Magie. Von den Menschen Savalous eine lange Zeit verehrt, überwog schließlich die Angst vor dem Verbotenen und vor „Azetogan“, der nun nicht mehr hier weilt. Findet ihn, und Ihr findet die Quelle des Übels. Aber vergesst nicht, wer zu lange nur Böses in sich getragen hat, verzehrt sich nach dem Guten. Gewährt Ihr das Gute nicht, wird das Böse immer neue Blüten treiben.«

Mehr hatte er nicht zu sagen. Es war Zeit für einen respektvollen Abschied. Auf dem Weg zurück zum Auto überwog bei „Shango“ die Enttäuschung.

»Nichts für ungut, aber dafür die ganze Fahrt?«

»Wir haben alles erfahren, was wir wissen müssen.«

Sein Seitenblick signalisierte ungläubiges Staunen. »Na schön, bei den Heilern und Zauberern handelte es sich ganz offensichtlich um die abtrünnige Priesterschaft, die vor König Adeja geflohen war. Und trotz ihrer Abscheu vor Sklavenhandel, Mord und Totschlag haben sie sich der schwarzen Magie verschrieben ...«

»..., weil sie für das schwere Unrecht Vergeltung üben wollten«, vollendete die ortskundige Initiierte den Gedanken.

»Was nicht mit den Prinzipien des Voodoo zu vereinbaren ist«, erfasste ihn urplötzlich brennendes Jagdfieber. »Okay, mal was ganz Verrücktes: Nehmen wir an, die aktuelle Epidemie ist Teil einer wirklich sehr späten Rache. Weshalb dann ausgerechnet im Departement Atakora? Wieso kein Seuchenausbruch in Abomey, wo die für die Sklavenpolitik verantwortlichen Herrscher gelebt haben? Wieso nicht direkt in Ouidah, wo die Sklaven verschifft worden sind? Und wer ist bitte dieser ominöse „Azetogan"?«

»Eine alte Bezeichnung, die so viel bedeutet wie „Macht über die Dunkelheit und das Verborgene".«

Er sah sie herausfordernd an. »Etwa unser Voodoo-Killer?«

»Was sagt dir dein Instinkt?«

»Dass er ein zweiter Methusalem sein müsste«, schlug es ihr schnippisch entgegen.

Beide saßen bereits im Wagen, als sich sein Gesicht merklich aufhellte.

»Moment mal! Du sagtest, „Azetogan" ist eine alte Bezeichnung, ein alter Name oder Titel. Also falls heute noch in Benutzung, dann doch wohl nicht für den alltäglichen Gebrauch. Als wir uns kennenlernten, hatte ich dich nach deinem Geheimnamen gefragt. Du hast ein Geheimnis daraus gemacht. Der wäre dein Intimbesitz, könnte in falschen Händen als spirituelle Waffe gegen dich verwendet werden – erinnerst du dich?«

»Und?«

Das wissende Grinsen sprach für Bonifacius' Instinkt. »Kennst du das Märchen vom Rumpelstilzchen? 'Ach wie gut, dass niemand weiß, dass ich Rumpelstilzchen heiß.'

Sein geheimer Name wurde diesem boshaften Männlein letztlich zum Verhängnis. Falls „Azetogan" der spirituelle Name des Voodoo-Killers ist, lässt sich seine Identität dann nicht über das Fa-Orakel ermitteln?«

Auf dem Fahrersitz erstarrt, ging die Angesprochene erst mit sich in Klausur, bevor sie zögerlich antwortete: »Vielleicht. Aber es bedarf einiger Vorbereitungen und umfangreicher Zeremonien. In den intimen Bereich eines mächtigen Zauberers oder Priesters lässt sich nur schwer eindringen. Ich werde das an meinen Orden weitergeben.«

Sie folgte seinem Blick hinüber zu den weißen Tüchern, die von langen Palmzweigen und Ästen herunterhingen. Darauf waren Palmöl und Maismehl eingerieben. An den Beinen aufgehängte tote Hühner komplettierten das Bild.

»Opfergaben, um böse Geister vom Dorf fernzuhalten. So wird hier gegen Krankheiten und Unglück vorgebeugt, noch bevor man gezwungen ist zu heilen. Dörfer wie dieses sind spirituell so hochgerüstet, dass selbst „Azetogan" gebannt werden würde. Er könnte sich unmöglich unentdeckt hier aufhalten. Um die göttliche Ordnung und Harmonie wieder-herzustellen, würden die Dorfbewohner ihn bekämpfen und vertreiben, vielleicht sogar töten.«

Mir ist schon bewusst, dass der Voodoo für Heilung und Schutz steht. Trotzdem verursachen mir blutige Rituale und Tieropfer noch immer Unbehagen. Vermutlich, weil ich es zu sehr aus den Augen eines Europäers betrachte. Dabei erkenne ich das Prinzip dahinter an: Im Tod ist Leben. Blut bedeutet Lebenskraft und Leben. Es ist ein entscheidender Schlüssel für die harmonische Koexistenz mit den göttlichen Kräften und den Ahnen.

Die drei
beninischen Musketiere

Zurück in Cotonou, bezog Bonifacius unter falschem Namen ein drittklassiges Hotel in der Innenstadt. Es war an der Zeit, die dargebotene Angriffsfläche zu minimieren und sich bestmöglich unsichtbar zu machen. Außerdem trennten sich für einen Tag die Wege des Duos, denn jeder für sich hatte im Dienst ihrer gemeinsamen Mission viel zu bewerkstelligen.

Was großspurig als Restaurant auftrat, entpuppte sich in Wahrheit als besserer Imbiss mit Sitzgelegenheiten. Dafür war dieser unauffällig gelegen, vom neuen Hotel aus in wenigen Minuten zu Fuß erreichbar und die angebotenen westafrikanischen Speisen schmackhaft. Außerdem war es nicht überlaufen, was eine intime Unterhaltung mit gedämpfter Stimme ermöglichte. Die Speisefolge überließ Bonifacius ganz den beninischen Geschmacksknospen seiner Partnerin, hielt aber an lieblichem Rotwein fest.

»Wie geht es unseren Spionen?«

»Die Jungs haben alles was sie brauchen. Sie erfüllen ihre Aufgabe zuverlässig. Es ist zwar noch zu früh für ein Muster, aber bisher passierte Djimon Boukman sie auf dem Weg zur ERHC immer zwei Stunden nach Sonnenaufgang, zurück zwei Stunden vor Sonnenuntergang – außer am Sonntag. Er fährt eine weiße Mercedes-E-Klasse-Limousine, neuestes Modell.«

»Donnerwetter«, zeigte er sich beeindruckt, »da hast du ja tolle Talente entdeckt. Ich bin neugierig, wie hast du sie gefunden?«

Es war nicht die Art einer Amazone, eigene Aktivitäten verbal auszubreiten, wenn es nicht unbedingt erforderlich schien. In diesem speziellen Fall empfand sie es zudem als eine interne Angelegenheit zwischen Beninern.

»Ich habe mich leiten lassen.«

Natürlich hatte sie das und dabei auf den eigenen Mythos gesetzt:

Die drei Jungs im Alter von um die 13 Jahren – es gab niemanden mehr in ihrem Leben, der das in Tagen, Monaten und Jahren genau hätte angeben können – nannten sich selbst die drei Musketiere. Damit verhielt es sich so, dass ihr Anführer Akono eines Tages eine vergilbte, abgegriffene Ausgabe des gleichnamigen Abenteuerromans von Alexandre Dumas geschenkt bekommen hatte. Dieses Geschenk eines Straßenhändlers sollte von ihm fortan wie eine Bibel gehegt und als ein Leitfaden für das Leben verstanden werden. Auch das fließende Lesen hatte Akono in vielen emsigen Stunden von seinem Freund, dem Straßenhändler gelernt. Etwas, das ihn von den meisten anderen Kindern ohne Zuhause, Schule und familiären Schutz unterschied. Doch es waren auch seine Fürsorglichkeit gegenüber Schwächeren, die herausragende Intelligenz und der Gerechtigkeitssinn, welche diesen Jungen so besonders machten. Dada und Joseph fühlten sich unter seiner Führerschaft sicher, waren ihm loyal ergeben. Gemeinsam bildeten sie wie schon gesagt die drei Musketiere auf den Straßen Cotonous, und als solche kannte sie auch jeder. Jedermann respektierte das Trio, weil sie nicht stahlen um zu essen, sondern ihre Dienste dafür anboten. Ihr Credo lautete: Respektvoll und hilfsbereit, ohne dabei die eigene Deckung zu vernachlässigen. Letzteres hatte ein alter Boxtrainer Akono ans Herz gelegt. „Akono", hatte jener Mann mit kehliger Stimme erklärt, „ganz egal, was dir im Leben begegnet oder zustößt, lass niemals deine Deckung fallen. Sie ist die einzige Lebensversicherung, auf die du dich verlassen kannst."

Dieser Vormittag stand ganz im Zeichen einer ausgedienten Waschmaschine, die vermutlich nächtens von der oberhalb gelegenen Straße aus entsorgt worden war. Hier lag sie nun, direkt neben einem offenen Abwasserkanal und in trauriger Nachbarschaft zu den Überresten eines Sofas, Plastiktüten und einer verwesenden Katze. Die drei Musketiere beratschlagten gerade, ob sie das Gerät an Ort und Stelle ausschlachten sollten, um die einzelnen noch intakten Komponenten zu verkaufen, und woher sie das erforderliche Werkzeug dafür bekommen konnten. Zwei undefinierbare Mischlingshunde, die von den Jungs schon als Welpen gefunden und adoptiert worden waren – naheliegend Planchet und Mousqueton getauft – hoben die Köpfe und gaben Laut. Die Vierbeiner hatten Djayéola bemerkt, die regungslos dastand und beobachtete.

»Wir haben die Maschine gefunden und werden uns darum kümmern«, reagierte Akono mit selbstbewusster

Offenheit auf die ihm unbekannte Frau.

»Wie heißt du, Musketier?«, fragte sie mit ruhiger Stimme und kam auf die Gruppe zu. Mit festem Blick fixierte sie dabei die Hunde, deren schwer einzuschätzende Abwehrhaltung daraufhin in eine eindeutige Geste der Unterwerfung wechselte.

»Ich bin Akono«, antwortete dieser beeindruckt. »Das sind meine Freunde Dada und Joseph.«

Knapp nickte sie beiden zu. »Wisst Ihr, wer die Amazonen von Dahomey sind?«

Überraschung mischte sich in die Gesichtszüge der Drei, und der Anführer brachte es auf den Punkt: »Ein Märchen. Davon erzählt man kleinen Kindern.«

Jetzt änderte sich Djayéolas Auftreten auf eine Weise, die ihn und seine Freunde einschüchterte und das angebliche Märchen zu einer Realität werden ließ.

Ihre nächsten Worte unterstrichen das: »Eine Amazone von Dahomey und „Hüterin Benins" benötigt eure Unterstützung. Ab sofort.«

Auch wenn diese Frau etwas Bedrohliches an sich hatte, so spürte Akono doch instinktiv, dass sie nichts von ihr zu befürchten hatten. Ganz im Gegenteil, die Kriegerin verhieß Aufregung und Abenteuer. Genau das Richtige für wahre Musketiere …

Es war offensichtlich, dass seine beninische Junior-partnerin nicht näher auf die von ihr ausgewählten Kinder eingehen wollte, also wechselte Bonifacius bereitwillig das Thema: »Was haben deine Nachforschungen im Gesundheitsministerium ergeben?«

Ein entmutigendes Kopfschütteln ging der Antwort voraus. »Es findet sich keine verdächtige Person in der letzten Besucherdelegation vor dem Fenstersturz des Ministerialrats. Von der ERHC war nicht einer dabei. Alles deutet auf Selbstmord hin.«

»Natürlich, wäre ja auch zu einfach gewesen. Gut, lass uns in Ruhe essen, dann berichte ich von meinen Neuigkeiten.«

Bereits beim Verzehr seines Desserts, begann „Shango" mit dem Rapport zur bevorstehenden Operation „Minvoul": »Wir fliegen kommenden Freitag nach Libreville, Gabun. Ein Inlandsflug bringt uns von dort nach Minvoul in der nördlichsten Provinz Woleu-Ntem, nahe der kamerunischen Grenze. Vor Ort treffen wir den Rest des Operationsteams – weitere Agenten der „Wächter der Schöpfung" und drei Empfehlungen meines Freundes Titus Mandefu, die sich im Zielgebiet auskennen. Zwei von denen sind die Piloten des Hubschraubers, mit dem wir am Vormittag darauf bis in die Nähe des ERHC-Sperrgebietes fliegen werden. Offiziell werden wir als Individualtouristen registriert sein, die in den Nationalpark von Minkébé im äußersten Nordosten wollen. Es ist zwar dieselbe Richtung, das verbotene Holzfällercamp liegt aber auf halber Strecke. Unser Lufttaxi wird das benötigte Equipment bereits an Bord haben. Wir nutzen einen abgelegenen Landeplatz der ERHC und schlagen uns durch den Regenwald bis zum Lager durch. Um die Tarnung aufrechtzuerhalten, fliegt der Hubschrauber weiter bis zum offiziellen Bestimmungsort.«

»Und wenn wir ungebetenen Besuch erhalten?«, kam die prompte Nachfrage.

»Meine Leute haben Einblick in die Flugpläne genommen.

Kein registrierter Flug in absehbarer Zeit. Und weil du bestimmt gleich nachhakst, selbst die Teams des Pharmaunternehmens melden ihre Flüge ordnungsgemäß an. Wieso auch nicht, sie haben uneingeschränkte Bewegungsfreiheit. Für alle Fälle sitzt trotzdem jemand in der zuständigen Flugsicherung, der uns, falls nötig, warnt.«

Die Wissenschaftlerin schien längst zu ahnen, dass er die brisanteste Neuigkeit bis zum Schluss zurückhalten wollte. Das jedenfalls legte ihr eindringlicher Blick nahe.

»Lieber Himmel, Ihr Amazonen seid wirklich ein Mysterium. - Auf meine Bitte hin hat meine Organisation in den noch existierenden Unterlagen des deutschen Reichskolonialamtes geforscht. Ich hatte die richtige Ahnung. Ab 1912 übernahm die 10. Kompanie der Deutschen Schutztruppe aus Jaunde auf Grundlage des Marokko-Kongo-Vertrages die militärische Oberhoheit sowie die uneingeschränkte Verwaltungsbefugnis über das Gebiet namens Neukamerun. Dazu gehörte auch ein Teil des heutigen Gabun – die Provinz Woleu-Ntem und der nördliche Teil der Provinz Ogooué-Ivindo. Im Dezember 1913 brach dann südöstlich von Minvoul eine Epidemie aus, genauer längs des Flussarmes Mvoula. Das Gebiet war zwar lediglich von einem Stamm der Fang-Ethnie dünn besiedelt, aber da auf dem Wasserweg reger Kontakt zwischen den einzelnen Dörfern herrschte, starben dennoch viele Menschen an dem Erreger. Zwei Jahre später geschah das Gleiche nochmal, allerdings am weiter südlich gelegenen Fluss Ntem. Damals hatte die deutsche Militärverwaltung in Ojem beim Reichskolonialamt in Berlin massiv darauf gedrungen, ein weiträumiges Gebiet zur Sperrzone zu erklären. Man hielt die ausgebrochene Krankheit für zu gefährlich, als dass man sie offensiv hätte bekämpfen können. Und der Krankheitsverlauf war in der Tat erschreckend. So erschreckend, dass Expeditionen selbst in die Nähe dieses Gebietes verboten wurden und man die dort angestammte Bevölkerung zur Umsiedlung zwang. Es stand auch der Vorwurf im Raum, dass die tödliche Krankheit bereits unter französischer Kolonialverwaltung aufgetreten sei und man den Deutschen das im Rahmen der Gebietsabtretung Neukameruns wissentlich vorenthalten hätte. Allerdings haben die Franzosen diesen Verdacht zurückgewiesen. Und nachdem im Laufe des Ersten Weltkrieges auch Neukamerun wieder an Frankreich gefallen war, wurden keine weiteren Epidemien von dort gemeldet.«

Die historischen Fakten ließen Djayéola merklich aufhorchen. »Und die Verbindung zum Pharmaunternehmen ERHC?«

»Zwei Aspekte, die man mir aus Berlin übermittelt hat, belasten das Unternehmen schwer. Punkt eins, keine der amtlich dokumentierten Epidemien von damals hatte den Tod aller Infizierten zur Folge. Das eine Mal überlebten 23 Prozent, das andere Mal 28 Prozent.«

»Und da sich ein natürliches Virus in einem in sich geschlossenen Ökosystem und über einen längeren Zeitraum auf seinen Wirt einstellt ...«

»Genau, Frau Doktor, dürfte die Sterberate seither keinesfalls weiter angestiegen sein, sondern ganz im Gegenteil, sie müsste über die letzten 100 Jahre weiter gesunken sein. Stattdessen hat die ERHC verlauten lassen, dass niemand die Epidemie vor drei Jahren – geografisch annähernd deckungsgleich zu 1913 und 1915 – überlebt hätte. - So, bereit für den zweiten belastenden Aspekt?«

Tatsächlich hatte der „Wächter der Schöpfung" es fertiggebracht, die gewohnt souveräne Partnerin sprachlos zu machen. Also schickte er sich kurzerhand an, noch eins draufzusetzen: »Wissenschaftlich betrachtet muss es sich bei dem aktuell in Benin wütenden Virus um einen komplett anderen Erreger handeln.«

Die promovierte Wissenschaftlerin starrte Bonifacius ungläubig an. Er reichte ihr ein Blatt mit seinen Notizen, die sie konzentriert durchging. Ihre vorläufige Einschätzung schien sie nur zögerlich mit ihm teilen zu wollen, so als müsse es noch eine weniger bedrohliche Erklärung geben.

»Ohne die Daten persönlich überprüft zu haben, sieht es so aus, als könnte der Erreger von 1913 nur ein Baustein von verschiedenen sein. Bestimmte Krankheitsmerkmale finden sich wieder, wie die Übertragung durch Tröpfcheninfektion, die extrem kurze Inkubationszeit und vor allem das akute Zersetzen des menschlichen Haut- und Muskelgewebes. Die starke Dehydrierung durch hohes Fieber und wässrigen Durchfall sowie die schweren Blutungen und die Übertragung auch durch Körperflüssigkeiten sprechen hingegen für das Ebola-Fieber. Kurz gesagt: Bei den historisch belegten Epidemien im Kongobecken tippe ich auf eine bakterielle Erkrankung und nicht auf ein Virus, wie in Bezug auf den aktuellen Benin-Erreger immer wieder behauptet wird. Womöglich hat jemand Schöpfer gespielt und einen Supererreger kreiert.«

»Ja, und ich kann mir auch denken, wer«, knurrte „Shango" von aufkeimender Wut erfasst. »Man nehme das

wiederentdeckte Bakterium aus Gabun, füge das Ebolavirus
hinzu und starte einen Versuchsballon in relativ dünn besie-
deltem Gebiet. Gleichzeitig schüre man die Angst unter den
politischen Entscheidern und biete als Monopolist und
Retter in der Not ein wirksames Heilmittel an. Fertig ist die
profitable Blutpharmazie auf dem Rücken von Afrikanern. -
Verdammtes Dreckpack!«

»Die Weiterentwicklung zum militärisch nutzbaren biolo-
gischen Kampfstoff bringt noch mehr Profit. Wenn deine
Kollegen aus dem Café du Monde richtig informiert waren,
fehlt es nicht an wenigstens einem mächtigen Interessenten«,
zeigte eine gefasste Djayéola den gesamten höllischen
Abgrund auf. Und sie hatte durchaus noch mehr zu sagen:
»Aber man fügt einem Bakterium nicht einfach mal eben ein
Virus hinzu, denn ein Virus würde das Bakterium wie ein
Parasit seinen Wirt besetzen und umprogrammieren.
Aktuell müssen wir aber von einer Symbiose ausgehen, bei
der beide Krankheitsverläufe weitgehend erhalten bleiben.
In der Natur ist das nicht vorgesehen. In einem Laborumfeld
allerdings – bei entsprechender Ausstattung und
ausreichend zur Verfügung stehenden Erregern in
ursprünglicher Form ...«

In Gabun würden sie entscheidende Hinweise finden,
nein, sie mussten etwas Entscheidendes finden. Das
ehemalige Holzfällerlager hielt erdrückende Beweise bereit,
davon war Bonifacius überzeugt. Womöglich die einzige
Chance, einen Hebel anzusetzen. Doch Geheimoperation
„Minvoul" ließ keinen Raum für Fehler. Alles musste
präzise wie ein Uhrwerk funktionieren. Ein heißer Ritt stand
ihnen bevor.

Operation Minvoul –
die Büchse der Pandora

Es war wie ein Flug über dem Nirgendwo, hinweg über einen endlos grünen Teppich ohne Makel. Der gedämpfte Geräuschpegel des Rotors erreichte die Ohren und auch wieder nicht, verlor sich irgendwo zwischen Ehrfurcht vor der Natur und Konzentration auf das Bevorstehende. Menschliche Zivilisation bedeutete hier draußen nichts, war bestenfalls eine Randnotiz. Wer ohne sie nicht sein konnte, musste unweigerlich in Panik verfallen. Doch Besatzung wie menschliche Fracht des Aérospatiale-Transporthubschraubers „Puma" – ein in die Jahre gekommenes Lizenzprodukt aus Südafrika – waren aus anderem Holz geschnitzt: Pilot und Kopilot, Meister des Schmuggelns und der verdeckten Operationen über zentralafrikanischem Luftraum, der Stoßtrupp bestehend aus Bonifacius Kidjo, Djayéola Biassou und weiteren sieben Spezialisten der „Wächter der Schöpfung" nebst einem ortskundigen Führer, durchweg vertraut mit brisanten Einsätzen jenseits der Zivilisation. Letzterer genauso wie die Piloten waren vom verdienten Bonifacius-Freund Titus Mandefu aus der Demokratischen Republik Kongo empfohlen worden.

Djayéola als eine von drei Frauen an Bord machte sich ein Bild von jedem Einzelnen im bestuhlten Frachtraum. Es herrschte konzentrierte Stille, jedoch keine messbare Nervosität. Schließlich sprach sie den gabunischen Führer Cesar Ako Mba an, welchen sie bis auf Weiteres als das schwächste Glied in der Kette einstufte, sollte die Situation eskalieren: »Welches Volk?«

»Fang«, erwiderte der Mann mit einer Würde, die der ihren ebenbürtig war. Auch ihm waren überschwängliche Gesten der Herzenswärme oder belangloser Smalltalk fremd.

»Ein Volk mit kriegerischer Vergangenheit«, stellte sie knapp fest.

Der Befragte betrachtete die Beninerin daraufhin eingehender, so als wollte er prüfen, ob sie weiterer Worte würdig war. »Wie du sagst, Schwester. Auf der langen Wanderung aus dem Nordosten Afrikas waren meine Leute nicht zimperlich. Sie kamen als Eroberer. Und dann machten ihnen die Europäer dieses Land streitig – Franzosen und Deutsche. Die hatten zwar überlegene Technologie, aber bluten mussten die Weißen trotzdem.«

Die übrigen Mitglieder des Kommandos hörten interessiert zu. Bonifacius lächelte kaum merklich. Er wusste um die historischen Hintergründe und die massive Gegenwehr bei Ankunft der 10. deutschen Kompanie. Alles hatte mit einem Volksaufstand in Rabat und Fez im Jahr 1911 begonnen, den Frankreich als Vorwand für den Einmarsch und massiven Einsatz seiner Truppen genutzt hatte – Ursache für die darauf folgende II. Marokkokrise. Nach vielen diplomatischen Verrenkungen und entgegen eigener Überzeugungen, erkannte das Deutsche Kaiserreich den französischen Anspruch auf Marokko schließlich an. Nicht ohne Gegenleistung wie beispielsweise einen Teil Französisch-Kongos und Französisch-Äquatorialafrikas. Im weiteren Verlauf zeigte sich das Deutsche Kolonialreich in mancherlei Hinsicht von einer besseren Seite als sein europäischer Vorgänger. Schulen und Bildungsstätten für Handwerk und Agrarwirtschaft wurden gebaut, Krankenstationen errichtet und umfangreiche Schutzimpfungen durchgeführt. Die gesamte Infrastruktur war seinerzeit in den Aufbau einbezogen, und die angestammte Bevölkerung konnte schließlich selbständig Einkommen mit Agrarprodukten, Dienstleistungen und aus niederen Angestelltenverhältnissen erzielen. Nichtsdestotrotz sind auch die Deutschen in „Neukamerun" Kolonialherren geblieben, die den Afrikanern ihr Selbstverständnis, ihre Gesetze und kulturellen Werte aufgezwungen haben – wenn nötig auch mit Gewalt. Insbesondere für die Ethnie der Fang unerträglich und Grund für blutigen Widerstand.

»Weiß jemand hier, wie Gabun zu seinem Namen gekommen ist?«, stellte Cesar Ako Mba seine Frage in die Runde.

»Ich weiß, dass er auf portugiesische Seefahrer zurückgeht.«

»Sehr gut, Schwester. Als die Portugiesen einen Seeweg nach Indien erkundeten, segelten sie dabei die afrikanische Westküste entlang. Auf Höhe des heutigen Gabun herrschte alles verhüllender dichter Nebel. Davon inspiriert, nannten sie den Küstenstreifen und das Hinterland „gabao", übersetzt „Mantel". - Tja, das ist lange her«, fuhr Cesar nach kurzer Pause fort und schien plötzlich von Melancholie erfasst zu sein. »Seit vielen Jahren gehört mein Land zu den reichsten des Kontinents. Aktuell gilt es sogar als das reichste, vor allem wegen des einzigartigen Bestands an wertvollen Tropenhölzern plus heimischer Verarbeitungsindustrie und riesiger Vorkommen an Erdöl und Mangan.«

»Keine guten Aussichten für den noch intakten Regenwald«, kommentierte die Wissenschaftlerin sachlich.

»Umweltschutz durch nachhaltiges Wirtschaften ist auch für uns Gabuner ein schwieriger Prozess. Die Verlockungen einer aggressiven Globalisierung durch schnelles, schmutziges Geld sind verdammt groß.«

Die Durchsage aus dem Cockpit informierte darüber, dass der Landepunkt in etwa 20 Minuten erreicht sein würde. Bereits kurz zuvor war die Flughöhe reduziert und die Flugrichtung geändert worden. Für die Luftraumüberwachung Dritter machte sie das vorübergehend unsichtbar. Was den verräterischen Antriebslärm anging, so absorbierte der dichte Urwald diesen weitestgehend, und das tierische Leben darin erzeugte seinerseits eine beachtliche Geräuschkulisse. Es war an der Zeit, die bereitliegende Tarnkleidung anzulegen sowie die übrige Ausrüstung aufzunehmen. Die Minuten vergingen schnell, bis der zuverlässige Helikopter deutlich langsamer wurde. Aus den seitlichen Fenstern war der Landeplatz von knapp 30 Quadratmetern weiterhin nicht auszumachen, erst als der Pilot in vertikalen Sinkflug überging. Sanft setzten die Räder auf.

Nicht minder routiniert sammelten sich die Mitglieder des Kommandos auf dem freien Feld und überprüften ein letztes Mal ihr Marschgepäck. Noch ein Glückauf des Kopiloten per Handsignal, dann hob das Lufttaxi ab, um den Flug ins Zentrum des Nationalparks von Minkébé fortzusetzen.

Schwer beladen tauchten die sieben Männer und drei Frauen nacheinander in die grün-braune Wand aus Pflanzen ein. Es empfing sie eine gewaltige Naturkulisse, die Schutz und Bedrohung zugleich darstellte. Dank eines Trampelpfades blieb der Gruppe ein zeitraubender Einsatz der Macheten erspart. Doch der Pfad war schmal, und so musste man hintereinander marschieren. Auch war ein langsames Tempo geboten, um den Tieren des Waldes – nicht zuletzt den gefährlichen – die Chance zu geben, sich vor den Eindringlingen zurückzuziehen und auf die Art unnötige Konfrontationen zu vermeiden. Zudem lag es im Bereich des Möglichen, dass Überwachungssysteme installiert waren, die einen sorgfältig vorbereiteten Überraschungsangriff mit einem Schlag zunichtemachen konnten. Die Sinne jedes Einzelnen arbeiteten auf Hochtouren. Überall raschelten Blätter, undefinierbare Geräusche kamen hinzu.

Phantasie und Trugbildern waren Tür und Tor geöffnet.

Bonifacius musste unweigerlich an die Buschgeister denken, von denen seine Partnerin auf dem Weg nach Savalou erzählt hatte. An deren legendäre Bösartigkeit und Angewohnheit, Menschen in den Tod zu treiben. Wie beruhigend war dagegen die Horde Schimpansen hoch über ihnen, die immer wieder sichtbar und dabei lautstark eine Treibjagd auf kleinere Affen zu veranstalten schien. Kürzlich hatten Wissenschaftler entdeckt, dass Schimpansen in Gabun selbst Schildkröten nicht verschmähten. Die nahen Verwandten des Menschen hatten eine spezielle Technik entwickelt, um den Panzer der Reptilien zu knacken und so an das zarte Fleisch zu gelangen. Schimpansen waren eben versierte Jäger und liebten den Genuss von Fleisch. Dass sie das zu Trägern und Verbreitern gefährlicher Erreger wie des Ebola-Fiebers machte, ließ sich vor dem Hintergrund nicht ernsthaft anzweifeln. Beim Anblick der Baumriesen drängte sich dem Journalisten noch ein anderer Gedanke auf. Es drehte sich um die Absurdität, dass wertvolle Tropenhölzer in fernen Industrieländern billiger gehandelt wurden, als die dort beheimateten Baumarten. Vertreter uralter Primärwälder aus dem Kongobecken wurden für die Produktion von Fensterrahmen, Zaunpfählen oder Särgen verramscht.

Die Vorsicht gebietende Handbewegung des Cesar Ako Mba ließ das Team augenblicklich links und rechts des Pfades in Deckung gehen.

Eine gefühlte Ewigkeit lang geschah nichts. Dann näherten sich drei schwerbewaffnete Männer in Tarnuniform. Der unmittelbar hinter Cesar hockende Bonifacius erteilte einer „Wächterin der Schöpfung" und Djayéola auf der anderen Seite per Handzeichen Schießbefehl und ordnete dabei die Gegner zu.

Daraufhin wurden die kurzen Spezialgewehre mit Schalldämpfer angelegt und direkt hintereinander abgefeuert. Den Zielpersonen blieb keine Chance zu reagieren. Zu schnell wirkte die eingedrungene Substanz. Während Mitglieder des Stoßtrupps das Areal sicherten, näherte sich „Shango" einem der niedergestreckten Männer, die bewegungsunfähig aber nicht besinnungslos waren und gerade durchsucht wurden.

Nach Prüfen der Vitalfunktionen begann die Befragung: »Seid Ihr die einzige Patrouille?«

In einer Mischung aus Überraschung und Angst erfolgte die Antwort als ein zögerliches Nicken.

Argwöhnisch verengten sich Bonifacius' Augen. »Eure Muskeln sind lahmgelegt, noch über Stunden. Wenn du mich anlügst, lassen wir euch hier zurück. Auf dem Rückweg werden wir beim Anblick der Überreste darüber streiten können, welche Tiere wohl zuerst über euch hergefallen sind.«

Aus dem Gesicht des Mannes sprach Panik.

»Wann werdet Ihr zurückerwartet?«

»In drei Stunden von jetzt an wird das Camp in Alarmbereitschaft versetzt.«

»Wie viele Leute befinden sich im Camp?«

Das erneute Zögern ließ den Befehlshaber der Operation Minvoul entschlossen aufstehen. »Fertigmachen zum Weitermarsch! Wir gehen ohne die Gefangenen!«

»Außer uns noch 12 Bewaffnete, ein Wissenschaftler und zwei Köche!«, schrie der Verhörte ihm hinterher.

„Shango" hielt inne. »Ziemliches Aufgebot für ein Pharmaunternehmen, das nichts zu verbergen hat. Alle im Lager?«

»Eine Straße führt zum Camp. Ein vorgezogener … Posten ist immer mit … äh … vier Mann besetzt, etwa drei … drei Kilometer entfernt.«

Die fremden Wirkstoffe im Blut machten dem Patrouillenführer schwer zu schaffen.

»Wann erwartet Ihr den nächsten Besuch?«

»In … acht Tagen, dann kommt neu … neue Verpflegung an.«

»Okay, letzte Frage: Wie sieht es mit der Kommunikation nach draußen aus?«

»Satellitenanlage – müssen jeden Morgen Meldung machen. 10 Uhr. Posten an … Straße hat, … hat Sprechfunk.«

Damit die Gefangenen unterwegs weder Hindernis noch Gefahr darstellten, ließ Bonifacius ihnen ein Gegenmittel injizieren, das sie stattdessen antriebslos machte. Der weitere Marsch verlief ohne Zwischenfälle. Das Sperrgebiet um das ehemalige Holzfällerlager begann nach einem letzten abschüssigen Teilstück. Er ging mit zwei weiteren „Wächtern der Schöpfung" voraus bis dicht an die Waldgrenze, wo er einen geeigneten Beobachtungsposten bestimmte. Die übrigen Mitstreiter hielten sich in der Nähe bereit. Es blieben knapp zwei Stunden bis zur Abenddämmerung. Zeit genug, dass die Vorhut sich ein ausreichendes Bild der Lage machen konnte: Das Zentrum des großflächig gerodeten Areals war von einem hohen Stacheldrahtzaun umgeben. Darin gab es keine festen Behausungen, lediglich robuste Zelte verschiedener Größe sowie über Metallgerüste gespannte Planen. Ein Geländewagen, ein Mannschafts-LKW sowie zwei bullige Pick-ups standen unweit des Einfahrtstores bereit. Der Alltag des Personals war offensichtlich von Langeweile bestimmt, was „Shango" zufrieden zur Kenntnis nahm, denn Langeweile machte auf Dauer nachlässig. So weit möglich, notierte er die Position aller vor Ort und skizzierte Anordnung und Funktion der Zelte und Unterstände in Absprache mit seinen Begleitern. Besonderes Augenmerk lag auf den Wachposten mit deren zeitlicher Routine und sonstigen Auffälligkeiten.

Als die Zeit für Phase zwei näherrückte, ließ Bonifacius die Übrigen holen. Wieder vollzählig, wurden zunächst die Gefangenen betäubt und anschließend jedem Teammitglied der persönliche Einsatzbefehl mitgeteilt. Vier „Wächter der Schöpfung" würden als Scharfschützen operieren, von erhöhter Position aus Deckung geben und das Ausschalten der Gegner übernehmen. Ein fünfköpfiges Team sollte sich zum Zaun vorarbeiten, um sich Zugang zu verschaffen. Oberste Priorität nach dem Eindringen hatte das Aufspüren und Sichern der Satellitenanlage. Cesar war derweil die Aufgabe zugedacht, bei den drei Gefangenen zu bleiben.

Die Abenddämmerung vollzog sich schnell. Jetzt kam es darauf an, der Dunkelheit und einer damit einhergehenden künstlichen Festbeleuchtung am Zaun zuvorkommen.

Einer der Lagerköche sowie der Wissenschaftler verließen unter den Flüchen der anderen Kartenspieler das Zelt. Zum wiederholten Mal an diesem Tag musste eine Partie unterbrochen werden, weil jemand schnellstens zur Latrine musste. Die hygienischen Bedingungen forderten ihren Tribut.

»Es wird höchste Zeit, dass wir abgelöst werden! Das ist ja nicht mehr auszuhalten! Den ganzen Tag nichts als Kerle. Und dann noch die Scheißerei!«, regte sich der vorwärts drängende Koch auf.

Der Wissenschaftler hielt verärgert dagegen: »Daran seid doch Ihr Köche schuld! Sorgt für nicht verseuchten Fraß, dann passiert so was auch nicht!«

»Halt bloß dein Maul, du …!«, begann der Beschuldigte gereizt, als er plötzlich mehrere Gestalten am Zaun sah.

Ein stechender Schmerz ließ ihn sich noch an den Oberschenkel fassen, bevor er die Besinnung verlor. Genauso erging es dem zweiten Geplagten auf dem Weg zur Latrine. Nicht weit entfernt lag bereits eine Zweierpatrouille reglos da.

Derweil tranken die verbliebenen Kartenspieler mürrisch ihr warmes Bier, ungeduldig auf die Rückkehr der Toilettengänger wartend.

»Mann, wie lange sitzen diese Clowns noch auf dem Pott?! Das gibt's doch nicht. Und ich hatte gerade so einen Lauf«, brummte ein bulliger Uniformierter vor sich hin.

»Sei doch froh, dass die endlich mal weg sind. Der dämliche Kochtopfschwinger ist sowieso ständig nur am Meckern. Aber mit einem hat er verdammt nochmal recht. Wochenlang ohne Weiber, das kann einen genauso wahnsinnig machen wie mit Wei …«

Der Monolog des anderen Uniformträgers erstarb abrupt, als zwei Frauen in Tarnkleidung und mit vorgehaltener Waffe unter die Plane traten.

»Eure Wünsche sind erhört worden«, kommentierte die „Wächterin der Schöpfung" trocken und schoss unmittelbar nach Djayéola.

Satellitenanlage und Funkgeräte waren in einem der kleineren Zelte untergebracht. Darin saß ein weiterer Uniformierter am Tisch und machte sich Notizen, wobei er ohne Unterlass redete. Adressat war ein rauchender Kollege am Zelteingang, der desinteressiert zuhörte. Oder nicht einmal das, denn gerade beschäftigte den die beunruhigende Tatsache, dass das Lager viel zu leblos wirkte. Niemand war zu sehen oder zu hören – absolut untypisch. Noch während der ERHC-Mann über seine Optionen nachgrübelte, näherte sich in der fortgeschrittenen Abenddämmerung eine Gestalt. Und auch an der störte ihn etwas. Seine Skepsis und den stechenden Schmerz am Oberschenkel musste er mit ins Land der Träume nehmen. Der Verbliebene am Tisch verstummte und drehte sich unsicher in Richtung des dumpf aufgeschlagenen Körpers um. Schon stieg Bonifacius über den Niedergestreckten.

»Süße Träume.«

Den zweiten Koch erwischte es im Schlaf. Die letzten bewaffneten Posten am Einfahrtstor boten aus der Ferne indes ein heikles Ziel. Für die Scharfschützen war das Schussfeld nur bedingt frei, ein sicherer Treffer nicht garantiert. Also überließen sie die Vollstreckung dem fünfköpfigen Vorauskommando aus dem Lager heraus. Zurecht – Überraschungseffekt und Geschick sorgten für den vorläufigen Erfolg.

Es herrschte bereits völlige Dunkelheit, als sich zwei Fahrzeuge vom Lager her näherten und zwanzig Meter vor Erreichen des Straßenpostens anhielten. Überrascht aber nicht alarmiert wollten drei ERHC-Wachen nach dem Rechten sehen. Sie wurden leichte Beute der nachtsichtgestützten Betäubungsgeschosse. Dass der vierte Mann fehlte, löste sofort weitere Maßnahmen aus: Die Scheinwerfer von Geländewagen und Pick-up wurden ausgeschaltet. Ohne ein Wort zu wechseln, verteilten sich die Wagenbesatzungen. Auf das beleuchtete Gebäude fokussiert, entging ihnen der Gesuchte abseits der Piste.

Eigentlich wollte der einzelne ERHC-Mann wie sonst auch seine Notdurft in Ruhe und Stille verrichten. Stattdessen musste er zusehen, wie ein feindlicher Angriffstrupp an ihm vorbeischlich. Die Pistole hatte er zwar im Wachhaus zurückgelassen, nicht aber sein Messer. Also würde er den letzten im Zug von hinten niederstechen, dessen Waffe an sich nehmen und den Rest damit niedermähen. Eine andere Wahl blieb nicht, wo doch allem Anschein nach das Lager genommen war. Es funktionierte wie angedacht, bis das auserkorene Opfer nur noch eine Armeslänge vor ihm lief und sich abrupt umdrehte. Ihm gegenüber stand eine Frau, noch dazu die ganz und gar nicht überraschte Djayéola Biassou.

Sie schoss während sie sprach: »Du wolltest eine Amazone Dahomeys überraschen?!«

Die morgendliche Sonne war gerade aufgegangen, als Bonifacius und die „Hüterin Benins" bereits über der weiteren Planung und Vorbereitung saßen. Wie sich herausgestellt hatte, waren zwei ihrer Gefangenen auch schon vor drei Jahren vor Ort aktiv beteiligt gewesen: der Wissenschaftler und einer der Uniformierten.

Dank eines verabreichten Wahrheitsserums hatten sich diese ERHC-Mitarbeiter zudem als Geheimnisträger der Stufe eins entpuppt. Momentan galt „Shangos" größeres Interesse dem Experten für tropische Krankheiten, den er in einem eigens ausgewählten Zelt befragte. Djayéola und zwei „Wächter der Schöpfung" waren als Zeugen zugegen. Des Weiteren wurde alles gefilmt.

»Wusste die ERHC schon vorher von der hier existierenden tödlichen Krankheit? Wurden die Arbeiter des Holzunternehmens der Gefahr vorsätzlich ausgesetzt?«

Der sitzende Mann antwortete matt aber bei klarem Verstand: »Nach empirischen Wahrscheinlichkeiten und auch historischem Datenmaterial werden noch unerforschte, potenziell lebensgefährliche Krankheitserreger in abgelegenen Regionen Afrikas lokalisiert. Durch Regierungskontakte werden erfolgversprechende Standorte durchgesetzt. Die Abholzungsprojekte dienen dann als Testballons und gegebenenfalls als Grundlage für eine Testreihe am lebenden Objekt. Holzunternehmen und Arbeiter wissen nichts von der tödlichen Gefahr. Wir von der ERHC spekulieren auf diese Gefahr.«

Auch wenn die Aussage dem entsprach, was als Befürchtung bereits im Raum stand, war die an den Tag gelegte Gefühlskälte kaum zu ertragen.

Die nächste Frage ging dem Journalisten nur schwer über die Lippen: »Entspricht der aktuell in Benin wütende Viruserreger dem, der hier in Woleu-Ntem vor drei Jahren getötet hat?«

Die Antwort mutete wie der Triumph eines Soziopathen an: »Was hier ausgebrochen ist, entspricht dem Krankheitsbild, das schon das Deutsche Reichskolonialamt 1913 archiviert hat. Und das war kein Virus, sondern ein Bakterium. Harmlos im Vergleich zu dem, was wir in Benin freigesetzt haben.«

In atemberaubendem Tempo war die Amazone über ihm und nahe daran, dem Augenzeugen den Kehlkopf zu zerquetschen. »Harmlos?! Alle infizierten Holzarbeiter sind daran elendig zugrunde gegangen!«

„Shango“ hielt einen der seinen davor zurück einzuschreiten, was Empörung auslöste: »Sie wird ihn umbringen!«

»Sie folgt ihrem Kodex, auf ihrem Kontinent«, blieb der Leiter der Operation unbeirrt im Vertrauen auf seine Missionspartnerin.

Derweil sprach diese bedrohlich leise weiter, mit weit aufgerissenen Augen, die noch tiefere Schwärze anzunehmen schienen: »Hier ist Afrika! Wir haben dich gesehen, du wirst gerichtet werden!«, worauf sie den röchelnden ERHC-Wissenschaftler losließ.

»Nicht am Bakterium zugrunde gegangen – nicht alle«, offenbarte dieser nach Luft ringend, vielleicht in der Hoffnung, damit einer extremen Bestrafung entgehen zu können oder um einen Rest von Gewissen zu erleichtern.

Es wirkte wie ein Eimer eiskalten Wassers. Die Anwesenden starrten ihren Gefangenen gebannt an.

»Es hat keiner überlebt, weil die ERHC es nicht zulassen durfte. Die Arbeiter wurden in dem Moment für tot erklärt, als sichere Anzeichen für die Existenz des gesuchten Erregers vorlagen.«

»Soll das heißen, wer nicht infolge des Erregers verstorben ist, wurde exekutiert?«, fasste „Bonifacius“ um Haltung bemüht nach.

»Keine Zeugen, keine Rückschlüsse, so war das Kalkül. Dieses Bakterium war für uns der erhoffte Schlüssel zu einem einzigartigen Supererreger. Blutproben gingen nach Cotonou. Dort haben wir Bakterienkulturen mit anderen Erregern kombiniert. Mit dem Ebolavirus „Mayinga“ erzielten wir ein optimales Resultat. Das nördliche Atakora-Gebiet in Benin ist ein Feldversuch, die Premiere.«

»Die ERHC hat den tödlichsten Ebola-Unterstamm für die Erschaffung einer widernatürlichen Krankheit benutzt und das Ergebnis in Benin entfesselt?«, präzisierte Djayéola mit trügerischer Ruhe.

Der Befragte schien dankbar zu sein, ihr nicht in die Augen

schauen zu müssen, so schnell wandte er sich dem fragenden Bonifacius zu.

»Was soll als Nächstes geschehen?«

»Die eigentliche Epidemie kommt erst noch. Irgendwo in Benin, an einem zentralen Ort. Mehr weiß ich nicht. Ich bin nur ein Wissenschaftler, der Befehle ausführt. Der Mutterkonzern UHCT, fragen Sie den«, verfiel der Gefangene in fadenscheiniges Abwehrverhalten.

»Hör auf zu winseln, Victor Frankenstein, sonst drehe ich dir persönlich den Hals um! Sagt dir der Name „Azetogan" was?« Sein Gegenüber verneinte mit hektischem Kopfschütteln, dessen Kleidung mittlerweile von Angstschweiß getränkt war. »Djimon Savalou Boukman, was ist mit dem?«

»Die ERHC benutzt ihn als unwissenden Türöffner. Er hätte sich nie an dem hier beteiligt.«

Bonifacius und Djayéola wechselten enttäuschte Blicke.

Als Gutachterin des beninischen Gesundheitsministeriums stellte sie eine letzte Frage: »Welcher Familie habt Ihr das Bakterium zuordnen können?«

»Mycobacteriaceae.«

»Was ist los?«, stellte der Partner die versierte Expertin zur Rede, als sie bestürzt in die Fon-Sprache wechselte und zu sich selbst sprach.

»Derselben Bakterienfamilie gehören auch Krankheitserreger an, die zu Lepra, Tuberkulose und „Buruli Ulcer" führen.«

»"Buruli Ulcer"?«

»Eine Krankheit, die im tropischen Klima gedeiht, wo es feucht ist, mit vielen langsam fließenden oder stehenden

Gewässern. Typisches Charakteristikum: der Befall und die Zersetzung menschlichen Gewebes – Haut, Muskeln, Knochen.«

»Noch viel aggressiver als "Buruli Ulcer"«, schob der ERHC-Mann nach. »Das machte es für uns ja so interessant.«

Jetzt wollte Bonifacius erst recht wissen, was genau sich im Holzfällerlager vor drei Jahren abgespielt hatte. Sie erfuhren, dass ein Teil der Infizierten sofort isoliert, der andere Teil jedoch bewusst bei den noch Gesunden belassen worden war. Dem Pharmaunternehmen war es um den exakten Verlauf der Krankheit gegangen. Am Ende hatte der Erreger 49 der 64 Mitarbeiter des Holzunternehmens getötet, knapp 77 Prozent. Die übrigen waren erschossen und mit den anderen Leichen in einer Grube verbrannt und verscharrt worden.

So viel zu den Lügen des Sam Watts und Geoffrey Coles, es seien insgesamt nur 49 Mitarbeiter eines Holzunternehmens vor Ort gewesen und alle an einem herbeifabulierten Virus gestorben.

An einer abseits gelegenen Stelle unter freiem Himmel versammelte Bonifacius neben der Beninerin auch den Gabuner Cesar und den ihm unmittelbar nachgeordneten „Wächter der Schöpfung“ um sich. Seine Entschlossenheit und die an den Tag gelegte Führungsstärke garantierten aufmerksame Stille.

»Es könnte Zeugen der Vorgänge gegeben haben. Irgendwelche Waldbewohner, Dorfgemeinschaften, die in der Nähe leben?«, richtete er seine Frage an den ortskundigen Mann aus Gabun.

»Nur Pygmäen. Aber diese Leute erscheinen und verschwinden wie Geister. Sie gehen jedem Kontakt aus dem Weg und sind eins mit dem Wald.«

»Wir werden sie suchen.«

Cesar sah ihn mitleidig an. »Wenn die es nicht wollen, finden wir sie nie.«

So wie „Shango" es einschätzte, hatten die ERHC-Leute diese kleinwüchsigen Waldbewohner nicht als relevante Bedrohung betrachtet, sollten sich die Wege überhaupt gekreuzt haben. Es war jene Arroganz eines vermeintlich stärkeren Eindringlings, die der Mission jetzt vielleicht in die Karten spielen konnte. Cesar Ako Mba war von dem Kongolesen Titus Mandefu nach Vorgaben „Shangos" empfohlen worden. Es kam nicht von ungefähr, dass er alle in Gabun beheimateten Volksgruppen kannte und mit den Pygmäen des Gebietes ausreichend kommunizieren konnte.

»Cesar, du weißt, in welcher Richtung wir suchen müssen?«

»Ja.«

»Wir werden sie finden«, kommentierte die „Hüterin Benins" mit einem solchen Urvertrauen, dass sich dem niemand entziehen konnte.

Bonifacius wandte sich an den anderen Agenten: »Ich werde mit Djayéola, Cesar und einer weiteren Verstärkung auf die Suche gehen. Du und der Rest bleibt mit den Gefangenen hier. Es ist bald 10 Uhr. Die sollen ihre Routinemeldung an die ERHC durchgeben. Und dann lässt du dir zeigen, wo die Leichen vergraben sind. 15 erschossene Männer – vielleicht findet ihr ja Patronenhülsen oder Einschusslöcher. Aber die sollen graben.«

»Es ist beschämend«, war der bittere Kommentar Cesars zu vernehmen.

Das brachte ihm die ungeteilte Aufmerksamkeit des Chefs der Operation ein: »Was – was ist beschämend?«

»Nichts davon wäre denkbar, würden nicht Afrikaner Beihilfe leisten. - In einer Legende aus der Bucht von Benin heißt es: ‚Die von westafrikanischen Herrschern als Geldmittel importierten Kaurimuscheln wuchsen auf den Körpern toter Sklaven, die von den Sklavenschiffen ins Meer geworfen worden waren.‘«

Das vierköpfige Team traf auf das Urvolk, als bereits ein zweitägiger Marsch in nördliche Richtung hinter ihnen lag. Sie mussten inzwischen unweit des Flusses Mvoula sein. Die vier zierlichen Jäger – fast nackt und mit Blättern getarnt – standen wie aus dem Nichts vor ihnen. Bewaffnet mit selbst gefertigten Bögen und Wurfspeeren, transportierten sie ein an einen robusten Holzstock gebundenes, erlegtes Schwein. Mit natürlicher Scheu und minimaler Körpersprache machten sie sich ihr Bild von den Fremden. Cesar ließ ihnen Zeit, bevor er mit sanfter Stimme und behutsamer Gestik kommunizierte. Zur allgemeinen Überraschung waren die Männer schnell bereit, die Gruppe in ihr Dorf zu führen. Zügig ging es auf verborgenen Pfaden gefühlt endlos durch die Regenwaldpracht. Eingeprägte Wegmarken und ein innerer Kompass machten die Pygmäen zu lebenden Landkarten. Immer wieder hielten sie inne und warnten vor gefährlichen Tieren wie einer Gabunviper von über zwei Metern Länge und einem Umfang, der dem Unterschenkel eines kräftigen Mannes entsprach. Bei einem Gewicht von etwa zehn Kilo, fünf Zentimeter langen Giftzähnen und der größten Giftmenge im Reich der Schlangen musste man für die Warnung vor dem perfekt getarnten Reptil dankbar sein.

Es war leicht nachzuvollziehen, weshalb diese menschlichen Waldbewohner seit jeher als Führer begehrt waren. Sie waren ortskundig wie kein anderer und zudem exzellente Spurenleser. Auch schien die kräftezehrend hohe Luftfeuchtigkeit sie nicht zu tangieren. Leider waren diese Menschen schon immer als Zwangsarbeiter und Hilfskräfte missbraucht worden. Selbst in der Gegenwart grenzten dominierende Bantu-Afrikaner sie aus, betrachteten sie als minderwertige Relikte ohne kulturellen und wirtschaftlichen Wert. Jenseits des Waldes war ihr Schicksal in der Regel das von Tagelöhnern auf den Feldern, oder die Frauen standen kochend in fremden Küchen. Aber selbst das zurückgezogene Dasein im Regenwald war jederzeit gefährdet, zunehmend verdrängt von Holzindustrie und Minengesellschaften – gequält, geschändet, vertrieben oder von eingeschleppten Krankheiten getötet. Die Wurzeln einer solchen Behandlung lagen zweifellos in der naturgebundenen Lebensart, die den Traditionen und zivilisatorischen Bestrebungen der Bantu-Kulturen zuwider lief. Die einen lebten seit Urzeiten im und vom Wald, die anderen mieden ihn und alles darin als etwas Böses und Bedrohliches. Der Trupp um Bonifacius Kidjo war sich dessen bewusst und zeigte sich angesichts des dennoch entgegengebrachten Vertrauens umso dankbarer und respektvoller.

Das änderte sich auch im Dorf nicht, wo innerhalb kürzester Zeit eine zeremonielle Begrüßung organisiert und die überraschenden wie überraschten Gäste mit den Gaben des Waldes bewirtet wurden. Die traditionsbewusste Djayéola drängte darauf, die notwendige Befragung auf den nächsten Tag zu verschieben. Und so genoss man die verbleibende Zeit bis zur Dunkelheit bei Begrüßungstänzen und dem anregenden Versuch sich zu verständigen. Mit sicherem Instinkt wandten sich die Würdenträger der Dorfgemeinschaft besonders Bonifacius und Djayéola zu, versicherten sich ihrer Zufriedenheit. Doch im absoluten Mittelpunkt des Interesses stand die Amazonenkriegerin. Ihre tiefe Spiritualität machte sie zu einer Vertrauten. Das erhabene Auftreten und die kraftvolle Ausstrahlung wurden als Nähe zum Göttlichen interpretiert. Selbst hier, im dichten Urwald fernab von Benin, wurde eine Schar von Kindern geradezu magisch von der großen fremden Frau angezogen. Völlig unbefangen gingen diese sogar einen Schritt weiter, indem sie sie neugierig berührten und um ihre Berührung buhlten.

Der neue Tag wurde von einem gewaltigen Regenguss eingeläutet. Die Geräuschkulisse der auf die Blätter niederprasselnden Regenwand wirkte beruhigend und stärkte die engen Bande zwischen Mensch und Natur. Die Beninerin nutzte die Gelegenheit zur Meditation auf dem dicken Ast eines Baumriesen, etwa drei Meter über dem Boden. Niemand störte ihr Gebetsritual, nicht einmal die Kinder.

Im Beisein von Bonifacius machte Cesar Ako Mba den Dorfautoritäten derweil klar, um welche Informationen es ihnen ging und holte vorab das Einverständnis zum Filmen des Gesprächs ein. Als sich schließlich auch die „Hüterin Benins" vor der Behausung einfand, hatte es zu regnen aufgehört. Pygmäen besprachen bedeutsame Dinge in der

Gemeinschaft, und so hatten sich alle versammelt und verharrten in wissbegieriger Stille. Sich der Wirkung Djayéolas auf die Gastgeber bewusst, überließ Bonifacius ihr die Wortführerschaft. Zu der unmittelbaren Gesprächsrunde gesellten sich auch die beiden besten Jäger des Dorfes, um bei der Beantwortung der Fragen behilflich zu sein. Geantwortet wurde betont langsam, um Cesar bei der Übersetzung nicht zu überfordern.

Djayéola kam sofort auf den Punkt: »Sind in den letzten Jahren in diesem oder in anderen Dörfern ringsum Krankheiten aufgetreten, an denen mehrere von ihnen gestorben sind?«

Die Interviewten tauschten sich untereinander aus, bevor Cesar die Worte übersetzen konnte: »Sie sagen, manchmal, wenn sie zuvor auf Weiße getroffen sind. Andere seines Volkes leben nahe dem Nationalpark im Osten. Dort geschah es, bis die Weißen ihnen Medizin gegeben haben.«

Djayéola beschrieb Symptome, wie sie für die Bakterienfamilie „Mycobacteriaceae“ und insbesondere „Buruli Ulcer“ typisch waren.

Wieder folgte eine kurze Beratung. Cesar übersetzte verblüfft: »Was du beschreibst, hat bei den Pygmäen hier einen eigenen Namen. Schwer auszusprechen: „Ankjwa“. Eine Krankheit, die schon in den alten Geschichten und Mythen ihren Platz hat, weil sie so geheimnisvoll und gefährlich ist. Sie kommt und geht wie ein böser Traum, sagt der Älteste. Sie kann viele Jahre schlafen, bevor sie zurückkehrt. Die Menschen seines Volkes haben gelernt, „Ankjwa“ zu erkennen und aus dem Weg zu gehen. Infizierte Tiere verhalten sich dann anders. Man stellt diesen Tieren dann

nicht mehr nach und meidet die Gebiete, in denen „Ankjwa"
wandelt. - Sie sagen, als die Holzfäller hierherkamen, war
auch die Krankheit hier. Männer des Dorfes versuchten die
Fremden zu warnen, wurden aber mit Gewehren vertrieben.
Sie sagen, die Geister des Waldes hätten über die Fremden
gerichtet.«

»Tötet „Ankjwa" jeden Menschen, der krank wird?«,
schaltete sich Bonifacius ein.

Diesmal antwortete einer der Ältesten ohne Rücksprache.
»Er sagt, „Ankjwa" tötet nie alle Angehörigen einer
Gemeinschaft. Manche werden nicht einmal krank. Als
junger Mann war er selbst einer, der wieder gesund
geworden ist. Er meint, wer „Ankjwa" überlebt, genießt
besonderes Ansehen, denn er hat dem Tod getrotzt.«

Noch am selben Tag machte sich das Team auf den
Rückweg, begleitet von Stammesjägern. Skurriler
Höhepunkt war die erstaunliche Tatsache, dass sich
irgendein Tier über ihnen so reichlich entleerte, dass es −
von zahllosen Blättern in alle Richtungen verteilt − jeden in
der Gruppe erwischte, außer die Pygmäen. Deren herzhaftes
Gelächter war die Folge.

Einer von ihnen brachte es so auf den Punkt: »Der Wald
mag keine Fremden.«

Sie verbrachten eine weitere Nacht im Wald. Vor dem
Einschlafen sinnierte Djayéola über die Magie und das
unerschöpfliche Potenzial des tropischen Regenwaldes. Wer
in den Industrienationen wusste schon, dass Süßkartoffeln,
Tomaten, Orangen oder Auberginen ihren Ursprung in
solchen Urwäldern hatten. Von den weit über dreitausend

genießbaren Regenwaldfrüchten wurden nicht einmal zehn Prozent als Nahrungsmittel genutzt. Mit der Tierwelt verhielt es sich ähnlich. Stattdessen wurde Urwald zugunsten importierter Nutzpflanzen vernichtet und unangepasste, anfällige Nutztiere eingeführt. Dabei war die genetische Vielfalt im Regenwaldgürtel leicht in der Lage, der zunehmenden genetischen Verarmung aufgrund geistloser Überzüchtung entgegenzuwirken. Welcher Konsument hätte nicht gern auf von Medikamenten verseuchtes Fleisch debiler Zuchttiere verzichtet. Die tropische Flora wiederum war nicht nur eine unerschöpfliche Quelle an Medizin, sondern bot auch natürliche Pestizide zum Schutz von Nutzpflanzen. Leider gingen Vernunft und ethische Grundsätze selten Hand in Hand mit unbedingter Gewinnmaximierung. Gerade Lebensmittel- und Pharmakonzerne in führenden Industrieländern waren dafür traurige Beispiele.

Dreieinhalb Tage hatte die Expedition gedauert, mit zielführendem Ergebnis. Auch im ERHC-Lager hatten die sechs verbliebenen „Wächter der Schöpfung" ganze Arbeit geleistet. Genugtuung darüber war während des Rapports nicht zu spüren und nicht zu erwarten. Zu schwer wog die menschliche Tragödie dahinter.

»Die Gebeine sind zum Teil ausgegraben und geborgen. Nicht alle waren vollständig verbrannt. Offenbar ging es vor allem darum, den Krankheitserreger zu vernichten und keine Zeit zu verlieren. Wir haben drei Schädel mit einem Einschussloch gefunden. Außerdem vier Patronenhülsen. Unter diesen klimatischen Bedingungen ist zwar alles ziemlich angegriffen, aber als Beweis allemal ausreichend.«

Bonifacius arrangierte den Rücktransport so, dass genügend Zeit für das Bergen und Untersuchen weiterer Überreste blieb. Am Tag X erhielten die Gefangenen eine Substanz verabreicht, die zu einer mehrwöchigen Blockade des Kurzzeitgedächtnisses führte. Vorübergehend betäubt, entging ihnen zudem der Abmarsch des Stoßtrupps. Die Leichengrube war wieder zugeschüttet und alle sonstigen Hinweise auf den Zugriff von außen bestmöglich beseitigt worden. Es musste davon ausgegangen werden, dass die im Lager um sich gegriffene Amnesie die ERHC aufschrecken würde – aber vorerst ohne eindeutige Rückschlüsse und somit auch ohne problematische Gegenmaßnahmen. Auf diesen Zeitvorsprung würde es ankommen.

Der Hubschrauber traf wie angefordert aus dem Nationalpark von Minkébé ein und flog sie bis Minvoul. Ort der Verabschiedung von Cesar Ako Mba und dem Rest des Einsatzteams war der Flughafen Leon M'ba in der gabunischen Hauptstadt Libreville.

Dah Agbo und
der Voodoo-Tempel

Akono war enttäuscht. Der Kopf der „drei Musketiere" war gelangweilt vom tagelangen Herumsitzen, umgeben von grauen Betonwänden mit Blick auf eine Straße, auf der sich so gut wie nichts abspielte. Seine Freunde Dada und Joseph hätten sich nie beschwert, aber er sah ihnen ihre Unzufriedenheit an. Sie alle schätzten Aktivität, wollten kreativ sein und den Dingen ihren Stempel aufdrücken. Andererseits standen sie – genau wie die Musketiere des Alexandre Dumas – für Loyalität und Ehre, und ein übernommener Auftrag wurde ohne Wenn und Aber zu Ende gebracht.

Die Armbanduhr, ein Geschenk ihrer Auftraggeberin, zeugte vom nahen Sonnenuntergang. Sie würden den fremden Mann in seinem weißen Mercedes auch an diesem Abend nicht zu Gesicht bekommen, denn er war ja auch am Morgen nicht vorbeigefahren. Seit Tagen dasselbe.

»Eure Aufmerksamkeit darf nie nachlassen«, erklang die Stimme Djayéolas.

Die Jungen zuckten erschrocken zusammen, hatten sie doch nicht das kleinste Annäherungsgeräusch vernommen. Sie gesellte sich dazu, wobei sie den Dreien Wohlwollen bei mitschwingender Strenge entgegenbrachte. Was Akono zu berichten wusste, war ebenso enttäuschend wie alarmierend:

Die Zielperson Djimon Boukman hatte sich nicht mehr in
der Unternehmenszentrale der ERHC aufgehalten, seit
Operation „Minvoul" angelaufen war. Ein Zufall? Da
„Zufall" nicht Teil ihres Wortschatzes war, maß die „Hüterin
Benins" der zeitlichen Übereinstimmung eine Bedeutung
bei, ohne dafür eine zwingende Erklärung anführen zu
können. Sicher war hingegen, dass man dem privaten
Wohnsitz des Repräsentanten und Beraters der ERHC nicht
näher gekommen war.

»Haltet weiter die Stellung. Das ist sehr wichtig. Ist euch
sonst etwas aufgefallen, egal was? Jede Kleinigkeit kann von
Bedeutung sein.«

Doch da war nichts Außergewöhnliches gewesen, weder
von Belang, noch belanglos.

Wieder war das federführende Duo auf dem Weg nach
Ouidah. Die verbrecherischen Umtriebe des US-Pharmaunternehmens ERHC, welche perfideste Konspiration und
vorsätzlichen Massenmord umfassten, waren nunmehr
erwiesen. Nichtsdestotrotz fehlten nach wie vor
entscheidende Bausteine. Welchen Kopf der Hydra verkör-
perten die Verantwortlichen der ERHC – Entscheider oder
nützliche Idioten? Wann und wo würde der nächste
Anschlag erfolgen? Auch die Identität des geheimnisvollen
Voodoo-Mörders war nicht aufgedeckt, geschweige denn
dessen Rolle in dem Drama offengelegt. Und warum war
dieser ominöse Dah Agbo nicht auffindbar? Selbst Djimon
Boukman war wie vom Erdboden verschluckt. In einer solch
verfahrenen Situation bedeuteten wissende Kontaktpersonen einen Segen. Djayéola hatte eine hoffentlich hilfreiche

Zusammenkunft durch Vermittlung ihres geheimen Ordens angeregt und Bonifacius dem nur zu gerne zugestimmt. Mehr hatte er im Vorfeld allerdings nicht erfahren, was seine Geduld auf eine harte Probe stellte.

Wenige Kilometer außerhalb der geschichtsträchtigen Stadt erreichten sie ein Anwesen, das unverkennbar einen Voodoo-Tempel beherbergte. Kaum dreißig Meter vom Meer entfernt empfing sie ein kunstvoll gearbeitetes Portal. Das mit reicher Ornamentik verzierte Holztor schloss beidseitig mit je einer weißen runden Säule ab. Gemeinsam mit zwei vorgelagerten eckigen Holzsäulen – genauso liebevoll bearbeitet – bildeten sie die Stützen für eine Überdachung inklusive massiver Steintafel in Dreiecksform. Es handelte sich um eine Schrifttafel, die den Ort als Voodoo-Tempel mit dem Leitsatz „Wahrheit führt zu Weisheit, führt zu Freiheit" auswies. Doch beeindruckt war der Journalist des Konstantin Verlages vor allem von zwei steinernen Elefanten davor, deren imposante Größe zu Demut und Ehrfurcht verpflichtete. Eine weiß getünchte und für die Blicke außenstehender durchlässige Steinmauer umgab das Grundstück. Im Hintergrund erhob sich unübersehbar ein üppiger Palmenhain.

Als die „Hüterin Benins" einen Flügel des Holztores öffnete und beide eintraten, empfing sie ein stiller und friedlicher Ort.

Der in kräftigem Rotbraun getönte Sandboden war fest und penibel gereinigt. Mit Stroh gedeckte Gebäude – teils in Weiß, teils erdfarben gehalten mit als Relief wiedergegebenen Motiven von Menschen, Tieren und rituellen Gegenständen – bildeten ein harmonisches Ganzes.

»Alles, was du siehst, dient einem spirituellen Zweck. Nichts genügt nur ästhetischen Ansprüchen. Dieser heilige Ort ist ein Zentrum der Voodoo-Religion. Hierher pilgern Initiierte und Interessierte, Kranke und Schutzbedürftige, nicht nur aus Benin. Hier erfahren Menschen Linderung und Heilung ihrer seelischen und körperlichen Leiden. Es werden Gottheiten und Schutzgeister verehrt, und man kann sich in den Traditionen und Ritualen des Voodoo bilden. Dieser Ort steht unter dem Schutz des Königshauses von Allada.«

Während sie bedächtig auf das Gebäudeensemble zugingen, wies Djayéola zu dem größten Gebäude hinüber.

»Dort ist das Gästehaus. Das daneben, mit den zahlreichen Pfeilern und der großzügigen Veranda, das ist das Haus der Ahnen. Dort werden Zeremonien abgehalten. Der Palmengarten dahinter erlaubt einen fließenden Übergang zwischen Diesseits und Jenseits. Dort leben die Geister des Waldes. Ihre Privatsphäre muss geachtet werden. Der Zutritt ist nur den Voodoo-Autoritäten gestattet oder im Rahmen weniger Rituale und festlicher Zeremonien.«

Eine junge Frau erschien und reichte frisches Wasser in Gläsern.

Nach kurzem Dialog in der lokalen Sprache wurde Bonifacius aufgeklärt: »Wir werden im heiligen Wald erwartet.«

»Was, ich auch?«

»Du bist der Auserwählte. Dein Kommen wurde vorhergesagt.«

Die junge Frau öffnete eine himmelblaue Pforte zum Garten. Dabei lächelte sie den fremden Gast auf eine Weise an, wie man es normalerweise einem vertrauten Menschen gegenüber zu tun pflegte. Nur er und Djayéola traten ein. Die Amazone folgte einem der drei zur Auswahl stehenden Wege in das üppig bewachsene grüne Paradies, als würde sie sich auskennen. Es herrschte eine von unsichtbarem Leben erfüllte Stille, die nur mit „mystisch" umschrieben werden konnte. Körper und Seele des Agenten wurden auf eine Art stimuliert, wie er es noch nie zuvor erlebt hatte: Die Sinneseindrücke überzeichnet – Farben zu intensiv, das durchscheinende Sonnenlicht zu strahlend, Düfte zu atemberaubend. Seine Haut kribbelte überall. Es kam ihm vor, als ob eine verborgene Präsenz die Kontrolle übernommen hatte und vorsichtig tastend sein Innerstes ergründete.

Mit Erscheinen eines zierlichen Mannes schwächte sich die absonderliche Wahrnehmung ab. Die beiden Besucher mit weisem Blick durch runde Brillengläser betrachtend, ging von der Person eine Ruhe aus, die der Umgebung entliehen zu sein schien. Die Kleidung wirkte wie ein festliches Gewand, ohne zu zeremoniell zu sein – eher wie eine modische Hommage an Traditionen und Kultur. Bonifacius verspürte vom ersten Augenblick an eine vertraute Nähe, so wie er instinktiv wusste, dass eine bedeutende Persönlichkeit vor ihm stand. Zudem ließ sich ausgerechnet die in jeder Beziehung imposante Djayéola Biassou vor dem deutlich kleineren Mann auf die Knie sinken, der ihr daraufhin väterlich die Hand auflegte.

»Mit dem Segen der Götter und in tiefer Dankbarkeit begrüße ich den Auserwählten. Mein Name ist Dah Agbo.«
Sprachlosigkeit überkam den derart Geehrten.

Hier nun traf er den Mann, den die ERHC ihm als den bösen Voodoo-Verschwörer verkaufen wollte. Und seine Missionspartnerin war außerdem noch bestens mit diesem vertraut.

»Sie sind sicher überrascht, „Shango". - Mein zeremonieller Name lautet Dah Ewansiha, was in etwa „Geheimnisse sind nicht zu kaufen" bedeutet. Ich wache über den geheimen Orden „Hüter Benins" als Hohepriester.«

Beiläufig warf Bonifacius Djayéola einen strafenden Blick zu. »Die ganze Zeit über waren Sie darauf bedacht, im Hintergrund zu bleiben. Weshalb der Sinneswandel, noch dazu mit Preisgabe Ihres geheimen Namens?«

Dah Agbos Mona-Lisa-Lächeln blieb unverändert: »Ich habe Ihnen meinen zeremoniellen, nicht meinen geheimen Namen offenbart. Aber auch das ist ein Privileg. Bereits bei Ihrer Geburt wurden Sie von unseren Göttern dazu bestimmt, eines Tages eine Mission zu erfüllen, die unser Orden nicht erfüllen kann. Ihre kämpferische Natur und der unbändige Gerechtigkeitssinn sind göttliche Geschenke. Genau wie die genossene Erziehung als Sohn eines deutschen Diplomaten und einer kongolesischen Journalistin oder als Adoptivsohn eines initiierten Voodoosi. Das alles hat sie zu einer wirkungsvollen Waffe im Dienst der Gerechtigkeit und der Ordnung zwischen Gut und Böse werden lassen. Oder würden Sie den Verlauf Ihres Lebens als den eines gewöhnlichen Journalisten bezeichnen?«

»Weißgott nicht, aber mit Djayéola verfügt Ihr Orden über eine ebenbürtige Kriegerin. Und soweit ich weiß, ist sie nicht die einzige.«

»Ja, sie ist die Speerspitze unseres Ordens, so wie Sie eine

Speerspitze Ihres Ordens sind.« Der Gastgeber wies auf große Steine mit abgeflachter Oberfläche. »Aber wollen wir uns nicht setzen?«

Die beiden Männer ließen sich auf den harten Naturmöbeln nieder, während die Amazone abseits stehen blieb.

»Sie haben schon etwas über das Warum erfahren. Über König Adeja, der gegen Sklaverei aufbegehrende Priester verfolgen und die meisten von ihnen töten ließ, ihnen ein spezielles Begräbnisritual verweigert hat. Der ihre Seelen dazu verdammt hat, ruhelos unter den Lebenden zu wandeln. Es können Generationen vergehen, bis sich durch solchen Frevel Schreckliches ereignet. Häufig bemächtigt sich ein rachsüchtiger Geist eines Nachkommens aus direkter Blutlinie. Und je mehr Zeit seit dem verübten Unrecht vergangen ist, desto größer sind Wut und Hass, die auf den Besessenen übergehen.«

»Was ich nicht verstehe: Weshalb sind den „Hütern Benins" die Hände gebunden? Ihr Orden hat kein Blut an den Händen.«

Das Gesicht des Dah Agbo nahm ernste Züge an, während er sich über den Kinnbart strich: »Aufgeladene Schuld kann über viele Generationen eine bestimmende Kraft sein. - Mehr als eintausend Jahre lang gelangten Sklaven aus der westafrikanischen Savanne in die islamische Welt, lange vor Eintreffen der Portugiesen. Aber sowohl Muslime als auch Christen trafen auf afrikanische Staaten und Königreiche, in denen Leibeigenschaft und Sklaverei bereits intensiv praktiziert wurden. Im Königreich Dahomey begegnete man diesen Geknechteten mit besonderer Grausamkeit, und ihr Weiterverkauf an die Europäer war eine wichtige Grundlage für Wohlstand, Macht und Hochkultur. Im Jahr 1674 betrug der Gegenwert eines Sklaven in Dahomey zwei Leinenstoffe, im Jahr 1750 waren es schon siebzig Leinenstoffe. Zeitweise erfolgten nirgendwo sonst an der westafrikanischen Küste mehr Verkäufe im Zuge des transatlantischen Sklavenhandels. Im Jahr 1726 wurde das Dilemma von Unterbevölkerung und Abfluss potenzieller Arbeitskräfte jedoch so groß, dass König Adeja den pragmatischen Vorschlag unterbreitete, die Europäer sollten anstelle des ungehemmten Sklavenankaufes doch besser selbst Plantagen zur Agrarproduktion in Dahomey anlegen. Dafür würden ihnen im Besitz des Königs verbleibende Sklaven zur Verfügung gestellt werden. Es machte aus seiner Sicht durchaus Sinn, denn zu der Zeit war das bedeutendste agrarische Exportgut die Verpflegung für Sklavenschiffe, während die Agrarproduktion für den eigenen Bedarf mangels Menschen immer weiter zurückging. Diese Verknappung des Angebotes wiederum trieb die hiesigen Nahrungsmittelpreise enorm in die Höhe. So entsprach die veranschlagte Verpflegung für acht Sklaven während der Überfahrt in die neue Welt in etwa dem Wert eines Sklaven. Die Europäer gingen nicht auf den Vorschlag des Königs ein. Meine Blutlinie gehörte der königstreuen Priesterschaft an, so wie die Amazonen meines Ordens dem königstreuen Amazonenheer entspringen. Damit lastet auch auf den „Hütern Benins" eine schwere Schuld. In der aktuellen Krise, die so eng mit dieser Historie verknüpft ist, konnten wir also unmöglich den entscheidenden Segen der Götter erhalten. Es ist wahr, mit der Epidemie in Atakora hat sich der besessene Nachkomme endlich zu erkennen gegeben. Aber erst dank Ihrer unbelasteten Führerschaft als Auserwählter, „Shango", konnte es gelingen, seinen Geheimnamen zu erfahren: „Azetogan".«

»Wer ist es?!« Bonifacius spürte sein Herz so stark schlagen, dass es schmerzte.

Der „hounon" zeigte hingegen weder Freude, noch Aufregung oder Genugtuung. »Das Fa-Orakel sagt: Djimon Savalou Boukman. - Sie müssen sich unbedingt klarmachen, mit wem Sie es zu tun haben. Dieser Mann ist von einem bösen Geist besessen. In den Bergen von Savalou ist er in schwarzer Magie und Zauberei unterwiesen worden und verfügt über alle Fähigkeiten eines Voodoo-Priesters. Das, was je gut in ihm war, nutzt er meisterlich, um seine Mitmenschen zu täuschen, sie zu manipulieren. In Ihrer europäischen Heimat, „Shango", würde man sicherlich von einem Soziopathen sprechen. Doch Boukman ist um ein Vielfaches gefährlicher. Keiner seiner Gesprächspartner würde ihn für skrupellos oder gar gefährlich halten. Und wen er darüber hinaus für seine Ziele missbrauchen oder beseitigen will, der wird mit einem Zauber belegt. Seit Jahren übt er nun schon geduldig Einfluss auf die Geschicke der ERHC aus. Der Unternehmenschef und andere sind Marionetten in den Händen von „Azetogan". Er ist die wahre Macht hinter dem Thron.«

Das soeben Gehörte überforderte die Bereitschaft Bonifacius', selbst das vermeintlich Unmögliche in Erwägung zu ziehen. Er schüttelte vehement den Kopf: »Nein, beim besten Willen, nein! Erzählen Sie mir bitte nicht, ein einzelner Mensch kann mit spirituellem Hokuspokus ein mächtiges internationales Unternehmen unterwandern, unter seine Kontrolle bringen und so die Macht erlangen, eine tödliche Seuche über ein ganzes Land zu bringen.«

»Es ist möglich, sobald jemand wie „Azetogan" auf Menschen ohne eigene Spiritualität und gefestigte moralische Grundsätze trifft. Der gesamte Führungsstab der ERHC war bereits vorher von der Gier nach Macht und Profit durchdrungen, ohne Würde und Skrupel, von sehr schwachem Charakter. Die Seele wurde diesen Menschen nicht genommen, sie haben sie verschenkt«, stellte Dah Agbo geduldig klar.

»Das mit dem Hokuspokus war unüberlegt. Ich wollte keinesfalls respektlos sein«, zeigte sich der investigative Journalist aufrichtig beschämt. Aus gutem Grund, denn in letzter Zeit waren ihm etliche Dinge untergekommen, die ihn eines Besseren belehrt hatten.

Der Gelehrte nahm die geäußerten Zweifel indes mit stoischer Gelassenheit auf: »Auserwählter, Sie wissen mehr als Sie ahnen. Manchmal muss der Verstand nachfolgen und darf nicht vorangehen.«

»Verstehe. - Da ist noch etwas anderes: Es soll nicht beim Departement Atakora bleiben, und wir haben wenig Zeit.«

»Ja, wir müssen schnell handeln«, bekräftigte Djayéola, ohne ihren eingenommenen Platz zu verlassen. »Wie wir in Gabun erfahren haben, sollte Atakora nur ein erster Feldversuch sein, weit entfernt von jeder Regierungsbehörde, mit geringer Bevölkerungsdichte, insgesamt von untergeordneter Relevanz. Der nächste Anschlag irgendwo in Benin wird weitaus verheerender ausfallen.«

Dah Agbo hatte aufmerksam zugehört und zog daraus seine Schlüsse: »Das macht es unverdächtiger, wenn die

Seuche als Nächstes die Königsstadt Abomey und Umgebung heimsucht. Kein Quarantäne-Netz ist schließlich perfekt, besonders nicht hoch im Norden Benins.«

Diese geografische Verortung wurde von dem Missionsverantwortlichen nickend aufgegriffen: »Der Mutterkonzern UHCT in den USA sieht die potenzielle Biowaffe ein weiteres Mal im Einsatz, das Tochterunternehmen ERHC erwirtschaftet mit der Angst vor einer internationalen Pandemie hohe Profite und „Azetogan“ erfüllt seine Aufgabe, die königlichen Nachkommen Adejas samt Untertanen grausam zu bestrafen – mit einer Plage in Form einer Seuche.«

Bonifacius konnte nur darüber staunen, wie sein Gesprächspartner angesichts der unerhörten Vorgänge die Ruhe bewahrte.

Um mit den Worten seiner Partnerin zu sprechen: Die göttliche Ordnung befand sich schließlich in Unordnung. - Ja, in der Tat, die Gebote des Voodoo waren aufs Schändlichste verletzt worden. Es galt, eine böse Macht in die Schranken zu verweisen. Andererseits führten Angst und Panik unweigerlich zu emotionaler Überreaktion und fehlerhaften Aktionen. Nur in der Ruhe konnte folgerichtig die erforderliche Kraft des Guten liegen.

»Eigentlich müsste eine Seuche in Abomey ja zum Scheitern verurteilt sein. Die ERHC hat sie in Atakora erfolgreich eingedämmt, vor den Augen der Welt, dank des neuen Medikamentes.«

»Sie müssen sich immer wieder bewusst machen, mit wem Sie es zu tun haben«, entgegnete der „Hüter Benins“ eindringlich. »„Azetogan“ ist nichts am Renommee oder dem Profit dieses Pharmaunternehmens gelegen. Auch Logik, Widersprüche oder die Kameras internationaler Medien interessieren ihn nicht, jetzt nicht mehr. Er wird ausschließlich von Rachedurst getrieben, und seine Vorbereitungen sind so gut wie abgeschlossen. Er wird das Medikament zurückhalten oder einen anderen Weg finden. Denn er alleine gebietet über die Geschicke der ERHC.«

»Also, was können wir gegen diesen Teufel in Menschengestalt noch tun?!«, gab der Agent seiner kämpferischen Seele Zucker.

»Sie beginnen zu verstehen. Und die Gefahr ist noch größer. Wenn ich vorhin sagte, er will eine Seuche über Abomey und Umgebung bringen, dann meine ich damit weite Teile des früheren Dahomey-Reiches. Das schließt auch die Regierungsstadt Cotonou und die Hauptstadt Porto-Novo ein.«

»Mein Gott!«

„Shango" beugte sich nach vorne, rieb sich nervös die Stirn. Er hatte das Bedürfnis, seine Partnerin zur Rede zu stellen. Doch ein Seitenblick auf ihre versteinerten Gesichtszüge ließ ihn davon Abstand nehmen. Verzweiflung flackerte selbst in ihren Augen.

»Wo ist Djimon Boukman jetzt? Wir müssen ihn ausschalten, ganz direkt, Auge in Auge.«

»Nach Deutung des Fa-Orakels befindet sich „Azetogan" zur Zeit in Ganvié. Aber Vorsicht! Die Enthüllung seines Geheimnamens hat ihn geschwächt, aber er ist noch immer ein tödlicher Widersacher. Ganvié ist der Ort der Entscheidungsschlacht. Das Böse in ihm wird euch dort vernichten wollen. Das Gute in ihm wird auf Erlösung hoffen.«

Eine plötzliche Eingebung ließ Bonifacius innehalten: »Moment mal. Mein Blut aus dem Hotelzimmer, Boukman hat es stehlen lassen, richtig?! Trotzdem konnte er mir nichts antun. Die Mission, Operation „Minvoul", das alles konnte er nicht voraussehen. Weil Sie es verhindert haben, ist doch so.«

»Das war es, was wir auf spiritueller Ebene für den Auserwählten tun konnten. Aber fühlen Sie sich deshalb nicht sicher. Sie sind es nicht.«

»Was wird für Boukman getan?«

»Mit Unterstützung der übrigen Priester meines Ordens muss ich die einstmals von König Adeja verhinderte Totenzeremonie nachholen. Danach werden wir die Seelen der ermordeten Priester endlich an ihre Führer in „kutome", dem Reich der Toten übergeben können. Und „Azetogan" wird aufhören zu existieren, sobald wir den Besessenen einer intensiven Reinigungszeremonie unterzogen haben. Erst dann wird es nur noch Djimon Boukman geben.«

»Weshalb Ganvié?«

»Sie sind ein wissbegieriger Mann, Bonifacius Kidjo, das ist wichtig. Und Sie stellen die richtigen Fragen, das ist noch wichtiger. - Ganvié ist ein Pfahldorf an der nördlichen Uferseite des Nokoué-Sees. In Sichtweite zu Cotonou, wie Sie vielleicht wissen. Eine Legende erzählt von einer Sklavin, die schrecklich unter den unaufhörlichen Misshandlungen ihres grausamen Königs litt. Ihre Qualen waren so groß, dass sie immerzu weinte. Sie vergoss so viele Tränen, dass sich damit eine riesige Kalebasse füllen ließ. Als diese schließlich randvoll war, stieß die Sklavin das Gefäß um und ertränkte sich in der Flut ihrer eigenen Tränen. Da geschah etwas

Wundersames: Das aus Qualen und Schmerzen geborene Wasser dehnte sich mehr und mehr aus, bis der Nokoué-See entstand. Fortan diente dieser See als sicherer Zufluchtsort für entflohene Sklaven. Und tatsächlich besteht ein großer Teil der über zwanzigtausend Einwohner von Ganvié aus Nachfahren entflohener Sklaven. Heutzutage nennt man die Bewohner „Tofino", übersetzt „Wassermenschen". Die ersten Pfahlsiedlungen entstanden bereits Ende des 17. Jahrhunderts als Zufluchtsstätte für Angehörige des Adja-Volkes, als diese sich vor den Armeen der Könige von Allada und Abomey in Sicherheit bringen mussten. Im weiteren Verlauf entwickelte sich der Ort dann auch zur Zuflucht für entflohene Sklaven, die den Häschern des Dahomey-Reiches entkommen waren. Es war ein sicherer Ort, weil sich die Verfolger aus spirituellen Gründen von dem Element Wasser fernhielten. Durch diese Geschehnisse in früheren Zeiten sind die Schicksale „Azetogans" und der Tofino bis heute miteinander verbunden. Mit „Azetogan" machen die Voodoo-Gottheiten die Menschen auf den Verstoß gegen göttliche Regeln aufmerksam. Er ist der Überbringer ihrer Botschaft. Das mögen die Gründe für die Wahl Ganviés sein.«

Noch etwas galt es bei dieser Gelegenheit anzusprechen, wie der „Wächter der Schöpfung" fand: »Auch wenn Boukman wieder ganz er selbst sein wird, bleibt noch immer das Pharmaunternehmen ERHC. Die Bestrafung der Köpfe sollte nicht nur der Gerichtsbarkeit höherer Mächte überlassen bleiben.«

»Welche weltliche Lösung schlagen Sie vor?«

Nun war es Bonifacius, der lächelte.

»Von Zeit zu Zeit muss Feuer mit Feuer bekämpft werden und Gerechtigkeit für alle Menschen sichtbar sein. Gehe ich recht in der Annahme, dass die „Hüter Benins" über einflussreichen Zugang zu den Regierungskreisen Benins verfügen?«

Ganvié – Chronik einer mystischen Schlacht

Die Piroge war von einem Bootssteg in der Stadt Abomey-Calavi aus gestartet. Es war der direkte Wasserweg in das benachbarte Ganvié. Eine alternative Straße über Festland gab es nicht. Natürlich hätten Bonifacius und seine Partnerin auch ein Motorboot für Touristen besteigen können, doch wollten sie jedes noch so kleine Aufsehen vermeiden. Und in dem traditionellen Einbaum, dazu noch gesteuert von einem ortsansässigen Händler, bot sich eine solche Gelegenheit. Gewöhnlich tätigte Isidore seine Verkaufsgeschäfte an den bis weit auf den Nokoué-See hinausreichenden Pfahlhäusern. Doch diesmal transportierte er lebende Ziegen, die auf dem schwimmenden Markt von Ganvié verkauft werden sollten. Gemächlich gebrauchte er einen langen Stab für das Vorankommen, mit dem er sich routiniert vom Grund abstieß. Bei einer Wassertiefe von maximal zwei Metern war das nicht die schnellste aber in jedem Fall zuverlässige und umweltschonende Methode. Besonders sympathisch angesichts der Tatsache, dass Motorboote dem sensiblen Ökosystem arg zusetzten.

Djayéola hatte es unübersehbar dem einzigen Ziegenbock an Bord angetan, der mit seinen Hörnern immer wieder ihre Knie bearbeitete. Zunächst sprach sie noch sanft auf ihn ein, schließlich zog sie ihm dominant am Kinnbart. Darüber musste Bonifacius amüsiert lachen, und unter einem großflächigen Strohhut blitzten auch die weißen Zähne von Isidore auf, der mehr wie ein südostasiatischer Reisbauer anmutete. Überhaupt trugen die meisten Einheimischen auf den Booten Kopfbedeckungen aus Stroh und Stoff zum Schutz vor der aggressiven Sonne. Vergleichbare Strohhüte waren dem Agenten auch schon aus Mali und Südostasien bekannt. Er mochte den Gedanken, dass, wenn man die Menschen aus aller Welt nur lange genug aufmerksam beobachtete und es sehen wollte, deren Gemeinsamkeiten über kulturelle Eigenheiten hinweg größer waren als die Unterschiede.

»Ein idyllischer Ort, dieser See.«

»Der Eindruck eines kurzzeitigen Besuchers«, kommentierte seine Missionspartnerin knapp.

Er genoss unbeirrt den Ausblick und die Ruhe. »Kein Licht ohne Schatten. - Was sagst du dazu, Isidore?«

Der schien in seiner stoischen Gelassenheit unerschütterlich: »Viel Schatten aber meine Heimat. Immer mehr Bevölkerung und Wasserverschmutzung, weniger Fische und Krebse aus dem See. Ich will trotzdem nur hier leben.«

»Ich sehe überall Netze und Palmzweige aus dem Wasser ragen. Das ist doch für die Fischzucht. Wo liegt das Problem?«, wollte es der Journalist genau wissen.

»Du weißt, wie das Züchten funktioniert?«

»Nicht im Detail.«

»Die Konstruktion reicht bis auf den Grund. Zuerst sperrt man die Zucht mit Palmzweigen ein. Palmzweige sind auch ein idealer Laichplatz. Später ersetzt man sie durch Netze. Die Fische werden über Monate gefüttert und dann mit

Treibnetzen gefangen. Die Wasserqualität ist dabei wichtig. Aber der Wunsch nach einem modernen Leben bedeutet immer mehr Verpackungsmüll und Plastik. Es gibt hier keine organisierte Abfallentsorgung, also landet das Meiste im Wasser. Dann die Motorboote: Die werden angeschafft, um mit dem Handel auf dem See noch mehr Geld zu verdienen. Das stresst die Zuchttiere und verschmutzt auch das Wasser.«

»Und seit die französische Kolonialverwaltung 1885 die künstliche Lagune von Cotonou geschaffen hat, die den Nokoué-See mit dem Meer verbindet, besteht das Problem zunehmender Versalzung und größerer Wasserstand-wechsel«, ergänzte die Wissenschaftlerin. »Das alles zusammengenommen fördert außerdem Krankheiten wie Diphtherie, Typhus und Cholera. Aber solche Informationen passen natürlich nicht zu den Motiven auf Postkarten oder den Werbeslogans der Touristikindustrie.«

»Kein Wunder, dass du nicht im Ministerium für Tourismus untergekommen bist, Frau Doktor«, stichelte Bonifacius.

»Ganvié ist die älteste Pfahlbausiedlung des Kontinents, auch als „Venedig“ Afrikas berühmt. Übersetzt bedeutet ihr Name „Wir haben überlebt“, bezogen auf die Sklaven-vergangenheit. - Wie ist es damit?«, kam es schnippisch zurück.

Er sah sie weiter herausfordernd an: »Weiß nicht, kommt noch mehr?«

»Bei Altersschwäche oder mehr familiärem Wohlstand werden die traditionellen Häuser gerne durch modernere mit Wellblechdach ersetzt. Tja, seit 1996 steht Ganvié schon auf der Vorschlagsliste der UNESCO als Weltkulturerbe. Noch ein paar Jahre, dann können die es streichen. Dann hat sich das mit dem Erbe erledigt.«

Aus den Worten sprach Bitterkeit aus tiefer Liebe zu Benin. Nur wer sein Land aus tiefstem Herzen liebte, kritisierte derart und sprach es laut aus. Das verdiente Respekt, und einmal mehr empfand Bonifacius Verbundenheit mit dieser Frau. So sah kein Akt der nationalen „Nestbeschmutzung" aus, sondern gesunder Patriotismus. Und der ging positiven Veränderungen seiner Meinung nach in der Regel voraus.

Der See selbst schien auf eigentümliche Weise den Beweis dafür erbringen zu wollen, dass die örtliche Idylle trügerisch war: Unmittelbar vor der Piroge schwamm ein herrenloser Strohhut. Ertrunken war der einstige Besitzer wohl kaum oder vielleicht doch?

Zwei Händler, stehend in ihren schwankenden Booten, lieferten sich gerade eine lautstarke Debatte über … – ja, worüber eigentlich?

Egal, das Schauspiel war allemal ein Hingucker. Der hagere Mann war seiner wohlbeleibten Kontrahentin in scheinbar jeder Hinsicht unterlegen. Sie hatte die lautere, weil schrillere Stimme, ihre Gestik war hektischer und damit bedrohlicher, und im Gegensatz zu ihm trug sie noch ihren Sonnenschutz auf dem Kopf. Vielleicht war sie zudem noch mehrfache Mutter, hatte also womöglich hungrige Mäuler zu stopfen. Das Rätsel um den herrenlosen Strohhut schien jedenfalls gelüftet. Oh ja, wenn es ums Feilschen und Konkurrenz ging, war mit gestandenen Afrikanerinnen schlecht Kirschen essen.

Auf der Veranda vor einer Bretterhütte beschäftigte sich eine Großmutter mit ihrem Enkel im Babyalter. Die älteren Geschwister spielten ein kreatives Kinderspiel, für das lediglich kleine Steine und Flaschendeckel erforderlich waren. Für Bonifacius zählte es zu den Wundern Schwarzafrikas, dass Eltern und mehr noch die Großeltern den Charakter und das Potenzial der Nachkommen bereits im Babyalter erkannten. Danach wurden Namen ausgewählt und nicht selten die Erziehung gesteuert.

So anregend Ganvié auf die Sinne „Shangos" wirkte, so schnell wechselten seine Gedankengänge. »Djayéola, erzähl mir mehr über Besessenheit.«

»Es gibt zu viel zu sagen.«

»Ich bin ein geduldiger Zuhörer.«

»Besessenheit durch einen bösen Geist ist für die ganze Gemeinschaft eine zerstörerische Gefahr. Wurde einem Menschen ein böser Geist durch Schadenszauber und Hexerei aufgezwungen, wird die Voodoo-Gemeinschaft alles daran setzen, den Täter zu überführen. Die Bestrafung reicht von Vertreibung bis Tod. Aber egal, ob in einem Dorf oder vor den Gerichtshöfen unserer Königshäuser, das Urteil wird erst nach einem Prozess gesprochen. Zeugenaussagen, Indizienbeweise und Vereidigung sind die üblichen Hilfsmittel. Kann die Schuld nicht zweifelsfrei nachgewiesen werden, zieht man die Ahnen zu Rate. Das besessene Opfer zu heilen erfordert genau festgelegte Rituale unter Anleitung eines erfahrenen Priesters.«

»Anders als bei Inquisition und Hexenprozessen des europäischen Mittelalters, da wurden die Opfer final verbrannt«, sprach er seinen ersten Gedanken dazu spontan aus. Gut möglich, dass noch das Hexen-Gespräch mit seinem spanischen Freund Pablo nachwirkte.

Die Voodoo-Initiierte reagierte darauf, wie eine geduldige Lehrerin: »Hier sind böse Geister oft genug Realität. Trotzdem würden wir nie Folterinstrumente verwenden, nicht einmal bei den überführten Tätern. Wir wollen das Böse bannen, nicht noch mehr böses hervorbringen. Es wird auch viel getan, um einer Besessenheit vorzubeugen. Die „Ewe“ im Departement Mono zum Beispiel legen sich in ein ausgehobenes Grab, dem sie nach einem rituellen Tod und gereinigt von negativen Gedanken wieder entsteigen. Ein besonderer Stock nimmt alles Böse bei Berührung auf, und das Bestäuben mit weißem Puder unterstreicht die Reinheit. Zum Abschluss wird das Grab mit dem abgelegten Bösen zugeschüttet.«

»Aber es gibt auch die von der Gemeinschaft bewusst herbeigeführte Besessenheit, wie ich es von Festivitäten her kenne.«

»Richtig, eine Besessenheit voller Überraschungen«, fuhr Djayéola fort, die ihre Hand im salzhaltigen Seewasser kühlte. »Wer dabei von welchen Ahnen, Geistern oder Göttern als Medium ausgewählt wird, ist nicht vorherzusagen. Aber die betroffene Person ändert Stimme und Verhalten. Alles, was sie in diesem Zustand tut oder sagt, hat Bedeutung. Problemlösung, Rechtsprechung oder die Ursachen für Erkrankungen werden kundgetan oder künftige Ereignisse angekündigt. Das Medium selber behält keine Erinnerung daran. Auch diese Form der Besessenheit ist nicht ungefährlich. Oft wirken die höheren Wesen ungehemmt im Körper des Mediums, was zu schweren

Verletzungen führen kann. Aus diesem Grund müssen schon die Voodoo-Novizen das richtige Verhalten während der Trance erlernen. Mit der Erfahrung wächst die Selbstkontrolle, bis die Besessenheit nach Jahren der Praxis kaum noch wahrnehmbar ist.«

»Woran erkennt man die Inbesitznahme dann noch?«

»Am Blick in die Augen.«

Die Amazone ließ Isidore eine geeignete Stelle ansteuern, um auszusteigen.

Es herrschte keine Regenzeit, also reichte die Wasserlinie derzeit nicht bis an die Stege und Häuser heran. Mit etwas Geschick war das Verlassen des eigenwilligen Wassertaxis dennoch kein Problem.

In einiger Entfernung war ein junger Mann mit wichtigem Gesichtsausdruck zugange, der Wasser durch einen Schlauch in Plastikkanister abfüllte. Immer wieder rief er die Wartenden auf dem Steg und in den Booten zur Ordnung, während er Geld entgegennahm.

»Trinkwasser aus einem der wenigen Tiefbrunnen der Umgebung«, kommentierte die Ortskundige beiläufig.

»Wie finden wir Boukman?«, kam es Bonifacius nur noch auf die unmittelbare Mission an.

»Wir werden uns einen Kult zu Ehren des Kriegergottes Kokou zunutze machen. Ein kriegerischer Kult, der besonders bei den Menschen hier verwurzelt ist. Seine Anhänger können den bösen Geist für uns aufspüren, der von Djimon Boukman Besitz ergriffen hat – egal, wo in Ganvié er sich verborgen hält. Aber um deren „hounon" ausfindig zu machen, müssen wir zuerst eine alte Frau aufsuchen. Ihr Haus steht nicht weit von hier. Sie wird uns weiterhelfen.«

Tatsächlich lebte die besagte Informantin in einer der nächsten Behausungen. Als sie die Besucher willkommen hieß und zum Eintreten einlud, bot sich eine Überraschung: So drückend heiß es draußen war, so angenehm kühl war es in dem einzigen Raum der Hütte. Das lag an der Brise, die unablässig hindurchstrich.

Der Missionsführer sah sich daraufhin neugierig um. Es gab eine durchlässige Wandkonstruktion aus Palmrippen und Stroh. Stellenweise gaben unpräzise gearbeitete Bodenbretter den Blick auf das unter ihnen plätschernde Wasser frei. Der einsehbare Dachstuhl war hingegen sehr dicht mit Stroh bedeckt und offenbar undurchlässig.

Die Gastgeberin thronte in einem zerbrechlich anmutenden Schaukelstuhl und paffte gelassen an einer Pfeife, während Djayéola ihr Anliegen vortrug. Die beiden Frauen verständigten sich nicht in der Sprache Fon, aber auch nicht auf Französisch. Über die Sprachgewandtheit seiner Partnerin konnte Bonifacius nur staunen. Der gesamte Kontinent mit seiner schier unerschöpflichen Sprachenvielfalt strotzte vor Orten wie diesem, wo die Sprachen der ehemaligen Kolonialherren im Alltag keine Anwendung fanden, sondern lediglich einem bürokratischen Überbau dienten. Interessant war es für ihn auch zu verfolgen, wie die „Hüterin Benins" ihr Gegenüber respektvoll mit „Mama" ansprach und dabei in Augenhöhe kniete.

Die alte Frau musste schon in den Siebzigern sein, dennoch keine Spur von tiefen Falten, und die dunkle Haut schimmerte seidig. Dies war etwas, das man sich nicht mit Kosmetikprodukten aus Europa oder den USA erkaufen konnte. Reinste Seifen, Butter und Öle aus der Natur waren die Erfolgsformel. In dem Zusammenhang hatte das Thema Schönheitsideal für ihn eine ganz eigene skurrile Facette: Weshalb gaben so viele dunkelhäutige Frauen alles darum, ihre Haut ungesund aufzuhellen, während andersherum so viele weiße Frauen bis über die Grenze des Absurden hinaus Solarien frequentierten?

Nach geduldigem Zuhören gab „Mama" ihr Wissen bereitwillig preis. Schließlich erhob sich Djayéola, und auch Bonifacius verabschiedete sich mit höflicher Geste.

Wieder draußen auf dem Steg, klärte sie ihn auf: »Ich weiß jetzt, wo wir die Kokou-Gemeinschaft finden können. Ihr Hohepriester hat letzte Nacht eine spirituelle Botschaft empfangen und bereitet bereits eine Zeremonie zum Auffinden des bösen Geistes vor. Kriegsgötter werden beschworen werden – allen voran Kokou selbst.«

Sie organisierte die nächste Mitfahrgelegenheit in einer Piroge. Diesmal war ein freier Uferabschnitt das Ziel und von dort aus ein geweihter Ort, der ausschließlich den Anhängern des Kokou-Kultes vorbehalten war.

»Nichts geht über eine gut vernetzte „Mama"«, witzelte er.

Mittlerweile wusste die Amazone seine gelegentlichen Einwürfe als das zu nehmen, was sie oft genug waren: Stimmungssnacks für zwischendurch.

Auch wenn sie den eigenwilligen Humor nicht teilte, sie hatte sich daran gewöhnt und tolerierte seine Marotte.

Die gelegentlichen Wortgefechte begann sie sogar zu schätzen.

Diese Dinge sprachen für seinen wachen Verstand.

»Voodoo-Priester sind die höchste spirituelle Instanz in der Welt der Lebenden, ...«

»... ihre Ernennung erfolgt nur durch die Götter selbst, aus den Reihen der Voodoosi oder aus Erbfolge mittels Fa-Orakel«, beendete er ihren Satz mit triumphierendem Unterton.

»Deshalb sollte ein Bittender auch nie zu altklug auftreten.«

Mit diesen Worten entstieg sie dem Einbaum und brachte es gezielt zum Schwanken.

Nur sein überragender Gleichgewichtssinn rettete „Shango" vor dem lauernden Nass.

»Ich werde es mir merken.«

Endlich wieder auf festem Untergrund, beschränkte er sich auf sachdienliche Fragen: »Ein Besessener vom Kaliber eines Djimon Boukman, wodurch verrät der sich in der Öffentlichkeit?«

»Ausgeglichenheit und erhabene Zurückhaltung, denn er steht den Göttern noch immer nah. Keine unkontrollierten Handlungen, keine Wutausbrüche. So, wie du ihn bei der ERHC kennengelernt hast. Als ein „hounon" sind verschiedene Kontaktpunkte zwischen Diesseits und Jenseits von übergeordneter Bedeutung für ihn. Höhlen, Berggipfel, Wegkreuzungen oder Quellen gehören dazu. Auch der Zeitfaktor wie Sonnenaufgang und Sonnenuntergang, Mitternacht oder Neujahr. Kurz gesagt, auch „Azetogan" unterliegt einem strengen Verhaltenskodex. Wer diesen Kodex kennt, kann ihn identifizieren. Deshalb wird er die breite Öffentlichkeit und ganz besonders die Gesellschaft von Initiierten meiden.«

Am Kultplatz angekommen, war das Ritual bereits im Gange.

Die Neuankömmlinge wurden respektvoll zu Holzbänken geführt, von wo aus der verantwortliche Hohepriester das Geschehen überwachte. Die Ehrerbietung zeigte, dass man sich der Stellung und Bedeutung der Amazonenkriegerin und „Shangos" voll bewusst war.

Auf einer ebenen Fläche etwa in der Größe eines Handballfeldes, die außer dem Sandboden einige große Steine und kompakte hölzerne Fetische aufwies, tanzten junge Männer unterdessen weiter. Zum Klang von Trommeln gerieten sie zunehmend in Ekstase, wobei sie sich immer wieder mit einer gelben Kräuterpaste aus Maismehl und Palmöl einrieben. Wie Bonifacius von Djayéola erfuhr, handelte es sich dabei um ein spirituelles Stärkungsmittel für die Tänzer, die sich immerhin mehrere Stunden unablässig bewegen und immer wilder gebärden würden. Einer nach dem anderen verfiel in Trance und verlor die Kontrolle über den eigenen Körper. Die „Hüterin Benins" erklärte dazu, dass nun der Kriegergott Kokou in sie gefahren sei. Gemeinsam mit assistierenden Voodoosi führte der Hohepriester die Besessenen einzeln in den nahen Tempel. Drei Personen waren jeweils erforderlich, um die unkontrolliert zuckenden und sich sträubenden Männer fortzubringen. Bei ihrer Rückkehr aus dem Tempel setzten sie den Tanz fort, nunmehr Röcke aus Raphia und Stroh tragend. Das Ritual mutierte zum gewalttätigen, blutigen Exzess. Schlagartig begriff der kampferfahrene Agent, weshalb die Tänzer mit Wundnarben übersät waren: Sie griffen zu Messern und Glasscherben, brachten sich selbst teils tiefe Schnittverletzungen bei. Blut floss in Strömen. Mit Sicherheit hat die aufgetragene Kräuterpaste antiseptische Wirkung, schoss es dem aufgewühlten Bonifacius Kidjo durch den Kopf. Die Hauptakteure schienen frei von Schmerzen zu sein. Mit weit aufgerissenen, glasigen Augen schlugen einige ihre Köpfe sogar derart kräftig gegen die massiven Steine und Fetische, dass das Blut regelrecht spritzte. Nur dank des wiederholten Eingreifens des „hounons" und seiner Helfer kam es nicht zu lebensgefährlichen Verletzungen, auch wenn Djayéola es mit dem Schutz durch die Kriegergottheit erklärte, da war sich Bonifacius sicher. Was mit dem blutigen Ritual traditionell zum Ausdruck gebracht werden sollte, waren die zerstörerischen Gefahren ausgeübter Macht, insbesondere bei Ausbruch eines Krieges. Es führte auch den Grad der Selbstaufgabe eines Kriegers vor Augen. In früheren Zeiten sollten die eigenen Soldaten auf die Art Unverwundbarkeit erlangen. In der Gegenwart ging es hingegen um die Abwehr von Hexenzauber und das Aufspüren dunkler Mächte. Abschließend betrat der Hohepriester den Tempel allein, um persönlich in direkten Kontakt mit der Gottheit Kokou zu treten.

Als die beiden Ehrengäste schließlich verabschiedet wurden, war es bereits später Nachmittag. Noch immer befanden sich die Tänzer in einem Trance-Zustand, jedoch verharrten sie still und ohne die kleinste Körperregung, während das Blut noch an ihnen herunterlief. Es war ein unheimlicher Anblick.

Zum dritten Mal an diesem Tag bestieg das Duo ein Boot. Ihr Weg führte sie zum Hauptmarkt von Ganvié. Auf

Geheiß des „hounons" sollten sie dort auf die Zeichen warten. Zwar zogen sich aufgrund der Abenddämmerung immer mehr der mit verschiedensten Handelsgütern von Brennholz über Textilien bis hin zu Radiorekordern beladenen Boote zurück, doch nur um von Imbissbooten ersetzt zu werden. Aromatische Düfte von pikant bis süß erfüllten die Luft. Dicht drängten sich die Händler auf dem Wasser. Wie sollte man in dem Durcheinander Zeichen erkennen und wie auf Gefahren reagieren können? Der Auserwählte wusste beides noch nicht, aber wenigstens konnte er die Wartezeit mit Essen verbringen, was bei einem knurrenden Magen auch etwas für sich hatte.

Der kulinarische Genuss nahm ein jähes Ende, als sich Motorboote aus verschiedenen Richtungen auf sie zubewegten. Falls dieses das besagte Zeichen sein sollte, dann bestand es aus etlichen Angreifern.

»Wir müssen weg von den Menschen hier, sonst gibt es eine Katastrophe!« Bonifacius wies auf den mannshohen Legba-Fetisch auf einem der nahegelegenen Stege. »Falls wir uns verlieren! Treffpunkt!«, schrie er gegen den anschwellenden Motorenlärm an.

Eine erhobene Faust zur Bestätigung, und schon vollführte die Amazone Dahomeys eine artistische Meisterleistung, als sie von Boot zu Boot sprang, ohne ins Wasser zu stürzen oder zu kentern. Die Händler machten ihr nach Möglichkeit Platz, ganz ohne wütendes Gezeter. Offenbar bestand ein unsichtbares Band des Vertrauens und Miteinanders zwischen ihnen.

Auf einem mit Gewürzen beladenen Einbaum griff sie gezielt in einen Korb mit rotem Pulver, das sie dem nächstbesten Widersacher entgegenschleuderte. Es war der Steuermann eines gegnerischen Außenborders, der daraufhin schreiend und mit zuquellenden Augen in eine mit Schilf bewachsene Böschung raste. Während er vornüber ins dichte Grün geschleudert wurde und sich das Genick brach, konnten zwei Komplizen sich mitsamt Mordwerkzeug noch in den See retten. Ein vierter Mann prallte beim Absprung gegen einen einsam aus dem Wasser ragenden Pfahl und ertrank. Bei der Aktion ereignete sich außerdem ein Zusammenstoß mit dem Heck eines weiteren Bootes voller Auftragsmörder, das inklusive durcheinander gewirbelter Männer in der Pfahlkonstruktion eines traditionellen Wohnhauses endete. Der Explosion folgte Rauchentwicklung, darauf Knirschen und Krachen, schließlich der Zusammenbruch des Gebäudes. Als Nächstes versetzte die Druckwelle das Seewasser in Bewegung und damit die Händlerboote in wildes Schwanken. Schock und Schaulust wichen Panik und Wut, als überall Ware über Bord ging. Schimpf und Geschrei übertönten selbst die restlichen Außenbordmotoren.

In der einen Sekunde erinnerte Bonifacius das Spektakel noch an ein überdimensioniertes Dominospiel mit nacheinander fallenden Steinen, in der nächsten griff er selber aktiv ein, indem er der Besitzerin seiner Piroge den Steuerstab abnahm. Gegen die improvisierte Langdistanzwaffe hatten die auf ihn zukommenden Auftragsmörder ebenfalls einen schweren Stand. Als erster wurde ein potenzieller Messerwerfer per seitlichen Hieb gegen die Schläfe abgeräumt. Männer mit Macheten und Knüppeln folgten wie von einem Queue gestoßene Billardkugeln. Sie stürzten allesamt ins

Wasser, wo „Shango" von oben weiter auf sie eindrosch. Schon näherten sich unüberhörbar weitere Boote. Im diffusen Licht des Abends fiel sein Blick auf die von den Händlern eingesetzten Laternen. Mit diabolischem Grinsen benutzte er den Steuerstab jetzt, um zwei der Lichtquellen an deren Haltegriff zu sich herübergleiten zu lassen. Als letztes enterte er das gewaltsam geräumte Motorboot und entfernte sich darauf mit voller Kraft, weg von den Einwohnern und Händlern Ganviés.

»Egal, wie viele Mörder du mir noch auf den Hals hetzt, „Azetogan", es sind nicht genug!«, schrie ein entfesselter Bonifacius Kidjo dem reichen Sternenhimmel entgegen.

Nach kurzem Blick über die Schulter nahm er abrupt Fahrt weg. Die vier verbliebenen Boote dichtauf konnten in höchster Not nach links und rechts ausweichen. Jedoch ging eines in Flammen auf. Die von Benzin gespeiste Laterne aus „Shangos" Wurfhand entfaltete ihre zerstörerische Kraft wie ein Molotowcocktail. Bei dem verzweifelten Versuch, das Feuer zu löschen, übersah die Besatzung ein aufgespanntes Fischernetz. Fahrzeug und Männer verfingen sich hoffnungslos darin. Nur die Flucht ins Wasser brachte Rettung vor Verbrennungstod und Explosion.

Beim Ausscheren navigierte ein anderer Steuermann dermaßen ungeschickt, dass sich das Boot querstellte und vom dahinter folgenden regelrecht zerschnitten wurde. Die Fahrt endete zwischen versinkenden Trümmern.

Der Verfolgte änderte seine Taktik und fuhr zurück Richtung Ganvié. Er wollte nicht lange schwimmen müssen, wenn er getan hatte was noch zu tun blieb. Eine nochmalige Kehrtwende brachte ihn auf Kollisionskurs. Als es kein

Ausweichen mehr gab, setzte er mit der verbliebenen Laterne sein eigenes Motorboot in Brand. Die Explosion zweier kollidierender Wasserfahrzeuge erleuchtete die Umgebung bei imposanter Geräuschkulisse. Es bot den alteingesessenen „Tofino" ein fortgesetzt fulminantes Abendprogramm.

Vor allem aber war dem letzten noch unversehrten Verfolgerteam entgangen, ob und wenn ja wo genau die Zielperson in den See entkommen war. Der Motor wurde abgestellt und angestrengt Ausschau gehalten. „Shango" näherte sich lautlos schwimmend von hinten. Nachdem die mitgeführte Kordel verlässlich die Bootsschraube blockierte, tauchte er ab, dem vereinbarten Treffpunkt entgegen.

Unweit des Legba-Fetischs musste Djayéola einer Übermacht von bewaffneten Gegnern trotzen. Doch auch sie beflügelte die Situation eines ungleichen Kampfes und ließ sie entfesselt zu Werke gehen. Mit weit aufgerissenen Augen und entblößten Zähnen hielt sie ihre stets mitgeführten Messer lauernd vor sich, von deren Klinge bereits Blut tropfte. Die Vollstrecker „Azetogans" wiederum hielten halbkreisförmig Abstand, lauerten auf eine Schwäche angesichts zweier toter und mehrerer schwerverletzter Mitstreiter. Sie blickten in die schwarzen Augen einer menschlichen Raubkatze – hypnotisch, angstfrei, unerbittlich. Als diese seitlich hinter sich einen Feind wahrnahm, der im Begriff war aus dem Wasser auf den Steg zu klettern, folgte ihre Reaktion blitzartig: Rückwärtsbewegung, zwei tödliche Messerstiche und ein kraftvoller Fußtritt, der den Sterbenden zurück ins Wasser beförderte.

Sie blieb weiter in Bewegung, schwang sich um einen Stützpfahl. Der Tritt ihrer starken Beine ließ einen der jetzt erneut angreifenden Männer abheben und die Wand einer baufälligen Holzbehausung durchbrechen. Daraufhin schwang dessen Nebenmann die Machete, zerschnitt aber nur Luft. Ungläubig sah er die eigene Waffenhand wie in Zeitlupe zu Boden fallen – abgeschlagen von der entwundenen Hiebwaffe. Djayéola warf seine Machete ins Wasser, hatte ihn und seinen stark blutenden Stumpf bereits abgehakt. Ihre ganze Aufmerksamkeit galt dem kampfbereiten Rest des Mordtrupps.

Sie durfte nicht nachlassen, musste weiter attackieren und in Bewegung bleiben, um Zeit zu gewinnen. Für einen Messerstich in die Flanke revanchierte sich die Amazone postwendend mit einem mörderischen Stich durch den Hals. Den im Todeskampf zuckenden Körper nutzte sie als Rammbock, trieb so weitere Widersacher ins Wasser. Der zu zahlende Preis war hoch: noch mehr Verletzungen und schwindende Kräfte.

Sich schnell nähernde, markerschütternde Kampfschreie hauchten ihr neue Energie ein. Verstärkung kam über die Stege und Dächer – Amazonen Dahomeys, die ihrer Schwester zu Hilfe eilten und erbarmungslos über die Vollstrecker „Azetogans" herfielen. Auch sie hochgewachsenen und athletisch, angstfrei und zum Töten bereit. Aber die Widersacher waren von den unheilvollen Kräften „Azetogans" beseelt. Wurden sie nicht getötet oder kampfunfähig gemacht, stellten sie sich von Neuem. So nahm eine denkwürdige Schlacht ihren Verlauf, in ihrer epischen Dimension eines Homer würdig. Die Bevölkerung Ganviés flüchtete panisch in die Häuser oder aufs Wasser. Derweil machten die Kriegerinnen alles zu Waffen, was der Ort potenziell zu bieten hatte – ob Kochgeschirr, Hackebeil oder Stößel. Zudem trug jede verschiedene Hieb- und Stichwaffen am Spezialgürtel.

Djayéola hielt die Stellung bei dem hölzernen Legba-Fetisch. Von den Kampfhandlungen abgelenkt und durch ihre Verletzungen beeinträchtigt, entging ihr der Mann aus einem der vernichteten Motorboote. Nach der erlittenen Schlappe wollte der den Augenblick auskosten. Erst ein Messerwurf in den Rücken, dann würde er ihr die Kehle aufschlitzen. Ja, das Kriegerweib soll ausbluten, hämmerte es in seinem Schädel. Doch dazu kam es nicht. Von hinten packte jemand seinen Messerarm. Eine zweite Hand umfasste den Hals wie ein Schraubstock. Der hasserfüllte Attentäter spürte, wie ihm die Waffe entglitt. Nicht mehr Herr seines Körpers und der schwindenden Sinne verhallte auch der letzte Gedanke. Er würde nie erfahren, dass eine spezielle Technik die Blutversorgung zu seinem Gehirn blockiert hatte.

Ein vor Nässe triefender Bonifacius Kidjo ließ den Bewusstlosen zu Boden gleiten, um seine Missionspartnerin vor weiteren Angriffen schützen zu können.

Im Schutz eines verlassenen Pfahlhauses konnte „Shango" seine Beobachtungen endlich vortragen: »Ich habe die Kokou-Tänzer gesehen, vom Wasser aus, in einem anderen Teil von Ganvié.«

»Wie konntest du erkennen, dass sie es waren?«, merkte eine kraftlose Djayéola Biassou an.

Besorgt betrachtete er die dunklen Flecken auf ihrer Kleidung, besonders einen von beträchtlicher Größe. »Du hast viel Blut verloren.«

»Vergiss das, ich bin nicht wichtig. Also?«

»Ich konnte natürlich niemanden erkennen. Es waren ihre Silhouetten – irgendwie hölzern, wie in Trance. Der Priester sprach doch von Zeichen. Ich denke, das war eines. Die Gestalten haben sich auf etwas zubewegt.«

Woher auch immer sie die Kraft nahm, anhand seiner geografischen Hinweise führte sie ihn fort von den Kampfhandlungen, in den anderen, den dunkleren Teil Ganviés.

Dass der Zielort schließlich nahe war, belegten niedergeschlagene und erschlagene Menschen, die vereinzelt am Boden lagen.

Als die „Hüterin Benins“ gegen eine Hauswand kippte, reagierte sie aufgebracht: »Nein, noch nicht!« Doch einsetzender Schweißausbruch und Zittern markierten das Ende ihres Weges.

»Für dich ist hier Endstation!«, sprach Bonifacius ein Machtwort.

Ihr Griff war noch immer stark, als sie ihn am Arm packte. »Die Götter legen uns keine Last auf die Schultern, die wir nicht tragen können!«

Sein ungläubiges Auflachen erfüllte die Nacht. »Ja, das pflegte meine Mutter auch gelegentlich zu sagen.«

»Sie muss eine kluge Frau gewesen sein. Halte dich immer an kluge Frauen, das bringt einen weiter.«

»Der richtige Moment, seinen Humor zu entdecken«, fiel die Erwiderung trocken aus. »Also gut, deine Entscheidung. Aber doppelte Vorsicht, zu viele dunkle Ecken hier. Und halte dich an mir fest.«

Stolz richtete sich Djayéola zu ganzer Größe auf. »Bis es vollbracht ist.«

Ein unbestimmtes Wispern überlagerte die unnatürliche Stille. Mit jedem Schritt wurde es mehr zu einem Flüstern, schließlich zu entfernt gesprochenen Worten. Noch war niemand zu sehen, doch die Spannung und eine Präsenz geradezu greifbar.

Dann, hinter einer Biegung verborgen, machten Laternen und Kerzen die Nacht zum Tag. Anhänger des Kokou-Kultes bevölkerten den Steg. Wieder oder noch immer befanden sich die rituellen Tänzer unter ihnen im Zustand der Trance. Deren momentane Antriebslosigkeit, die starren Augen und jene angetrocknete Mischung aus Kräuterpaste und Blut auf der Haut wirkten unverändert angsteinflößend. Der Weg zu einem belagerten Haus war blockiert. Unmittelbar vor dem Eingang kniete der Hohepriester der „Hüter Benins", Dah Agbo, und vollzog ein Ritual. Der Kadaver eines Opfertieres lag noch ausgeblutet im Blickfeld, während sich dessen wertvoller Lebenssaft über eine Kalebasse ergoss, die mit verschiedenen Zutaten angefüllt war. Djayéola hielt den Auserwählten sanft davon ab, sich einen Weg zu bahnen. Unablässig sprach Dah Agbo Beschwörungsformeln. An seiner Seite war der Hohepriester des Kokou-Kultes, der von Zeit zu Zeit in den Sprechgesang einstimmte. Als der verantwortliche „hounon", der hierbei zweifelsohne unter seinem zeremoniellen Namen Dah Ewansiha agierte, sich erhob, wurde ihm weiße Kreide gereicht. Ein kompliziertes Symbol entstand auf dem Boden vor dem unscheinbaren Gebäude. Als auch das vollbracht war, betraten beide Voodoo-Priester mit zwei Adepten das Haus.

Nach etwa 20 Minuten trat Dah Agbo wieder ins Freie, dicht gefolgt von den beiden Adepten, die eine in zeremonielle weiße Tücher gehüllte Person stützten: Djimon Boukman. Den Schluss bildete der „hounon" aus Ganvié. Boukman wurde inmitten des Symbols aus Kreide platziert, woraufhin das Ritual mit einer letzten Beschwörungsformel abgeschlossen wurde.

Eine feierliche Prozession formierte sich, die gemessenen Schrittes an dem Agentenduo vorbeizog. Da wurde dem Journalisten bewusst, dass die Kokou-Tänzer ihren Besessenheitszyklus beendet hatten. Klaren Blickes neigten sie respektvoll ihr Haupt vor dem „Wächter der Schöpfung" und der „Hüterin Benins". Einer inneren Stimme folgend, baute sich „Shango" direkt vor Boukman auf. Der Menschenzug kam zum Stehen. „Shango" vollzog die erste, noch in den andalusischen Bergen empfangene Traumbotschaft nach und entfernte dem lethargischen Boukman ein Amulett vom Hals, so wie in seiner Vision dem Schattenwesen. Die Amulette aus Traum und Wirklichkeit glichen sich wie Zwillinge. Er trat beiseite, und die Prozession setzte ihren Weg wortlos fort.

Vor dem Tempel der Kokou-Anhänger nahm Dah Agbo Bonifacius zur Seite, während Boukman in das Gebäude geführt wurde. Der oberste „Hüter Benins" machte einen erschöpften Eindruck, hatte sein feines Lächeln aber nicht verloren: »Wir werden ihn zu uns nehmen, damit seine Seele gesunden kann. Die Macht „Azetogans" ist gebrochen. Mit dem Sieg über „Azetogans" Hilfstruppen und der Unterstützung des Kokou-Kultes haben wir Djimon Boukman von seiner Besessenheit befreit. Und wir haben wertvolle Informationen erhalten.«

»Was ist mit der Seuche?«, drängte Bonifacius.

»Die Seuche sollte auf Boukmans Rückmeldung hin erneut freigesetzt werden, was noch nicht geschehen ist. Sie und Djayéola waren die lästigen Unbekannten in der Gleichung, die zuerst beseitigt werden sollten. „Azetogan" glaubte genügend Zeit für die Umsetzung seines Plans zu haben. Nennen wir es Selbstüberschätzung. Letzten Endes trägt das Böse ungewollt auch zum Guten bei.«

»Wie sollte die Seuche freigesetzt werden?«

»Kontamination der Lebensmittel für beide herrschenden Königsfamilien in Abomey. Zeitgleich über Zerstäuber sollte der Krankheitserreger in der Nähe des Regierungssitzes und in zentraler Lage in Cotonou in die Atemluft abgegeben werden. Ein Erreger, zwei Infektionswege.«

»Dann liegt das ganze Zeug noch in der ERHC-Zentrale in Cotonou?«

»Erreger, Impfserum und Forschungsunterlagen. Selbst die Konzernmutter in den Vereinigten Staaten hält noch nichts davon in den Händen.«

Es war diese letzte Information, die eine bereits angedachte, durchaus abenteuerliche Idee weiter in dem Agenten reifen ließ. - Die bewusstlos auf den Boden sinkende Djayéola ließ beide Männer augenblicklich herbeistürzen. Mit sicherem Blick begutachtete Dah Agbo die Wunden, dann die Augen und den Zustand der Haut.

»Der Blutverlust hat sie geschwächt. Aber sie ist auch vergiftet worden, mit einer präparierten Klinge. Tragen wir sie in den Tempel.«

Es war, als würde dem Journalisten des Konstantin Verlages alle Kraft entzogen. Der Mund wurde trocken, die Knie weich. »Um dort zu sterben?«

Anstelle einer Antwort wurde ihm nur eine tröstende Hand auf die Schulter gelegt.

Von der Kunst,
Karten richtig auszuspielen

Wieder einmal war es so weit. Er, der Kenianer Doktor Moses Narok, ein angesehener Politwissenschaftler und Sachbuchautor sowie insgeheim „Wächter der Schöpfung", saß in einem selten frequentierten Wartezimmer der Afrikanischen Union in Addis Abeba. Es lag in der Natur der Sache, dass sein Besuch diskret behandelt wurde. Zu befinden war über ein Anliegen, welches bei Umsetzung zweifelsohne eine internationale Reaktion enormen Ausmaßes auslösen würde. Die heutige Entscheidung konnte in aller Deutlichkeit zum Ausdruck bringen, wie vereint die Länder Afrikas derzeit schon waren oder sein wollten und wie souverän gegenüber der Einflussnahme von außen.

Ein Ja würde bedeuten, eine unsägliche Wahrheit unauslöschlich ins Bewusstsein der Weltöffentlichkeit zu zerren, indem man Feuer mit Feuer bekämpfte. In mancherlei Hinsicht konnte die Operation „Große Angel" in der Demokratischen Republik Kongo ein Jahr zuvor als Blaupause angesehen werden. Nur drehte es sich aktuell nicht um blutige internationale Rohstoffausbeutung, sondern um Massenversuche an Menschen, nicht um Rohstoffprofiteure, Mikrochips, konventionelle Waffensysteme und Konsum, sondern um die Pharmaindustrie, Krankheitserreger und potenzielle Biowaffen.

Als die renommierte Persönlichkeit in tadellosem Dreireiher mit Einstecktuch und Krawatte endlich vor handverlesenen Repräsentanten der höchsten gesamtafrikanischen Institution Platz nahm, waren ihr die Gesichter und Namen vertraut. Man zog an einem Strang, doch hatten die fünf gegenübersitzenden Personen gegebenenfalls noch die Aufgabe vor sich, ein sehr großes Rad über einen sehr kleinen Dienstweg in Gang setzen zu müssen – und das schnell. Selbstverständlich war sich dessen auch Moses Narok im Klaren. Er war angespannt, machte aber dank vieler Lebensjahre voller Erfahrung eine souveräne Figur.

»Doktor Narok«, begann der Wortführer in sachlichem Ton, »Ihnen steht hier jederzeit eine Tür offen, das wissen Sie. Und was Sie uns an Beweismaterial und Schlussfolgerungen vorgelegt haben, ist fundiert und von unerhörter Tragweite.« Ein unwilliger Unterton brach sich Bahn: »Aber Sie und Ihre Mitstreiter verlangen mit Operation „Götterdämmerung" nicht weniger als eine Kriegserklärung.«

Von unbändiger Entschlossenheit angetrieben, schien der Gelehrte in seinem Besuchersessel regelrecht zu wachsen. »Mit allem gebotenen Respekt: Nein, „Götterdämmerung" ist nur die gerechte Antwort auf eine nicht provozierte Kriegshandlung gegen ein ganzes Volk. Die Menschen Benins sind in dieser Angelegenheit keine Täter, sie sind unschuldige Opfer. Meine Herren, meine Dame, Sie wissen so gut wie ich, dass Afrika bereits seit Jahrzehnten als Versuchslabor für medizinische Forschung missbraucht wird. Ich erinnere an die Meningitis-Epidemie 1996 in Nigeria. Dort wurde ein ungetestetes Antibiotikum ohne Freigabe eingesetzt, Tote und Behinderte waren das Ergebnis. Ein Rechtsstreit über Jahre zwischen dem verantwortlichen US-Pharmakonzern und dem Staat Nigeria entbrannte.«

»Das ist lange her«, reagierte der Vorsitzende streng, während er weiter in seinen Papieren blätterte.

»Der Seuchenfall in Benin ist tagesaktuell«, parierte Narok unbeeindruckt. »Nigeria war das letzte Beispiel von solcher medialen Tragweite. Das bedeutet nicht, dass seither nichts mehr vorgefallen ist, sondern nur, dass Pharmakonzerne mitsamt Korruptionsapparat erfolgreicher im Schatten agieren. Deshalb Operation „Götterdämmerung" – als Ausdruck einer roten Linie, die niemand in der Welt mehr ignorieren wird, egal wie mächtig.«

»Die ERHC gilt als langjähriger Wohltäter und Sympathieträger in West- und Zentralafrika. Das wiegt schwer.«

Der geheime Gast lächelte bitter. »Und das relativiert die großflächige Freisetzung eines tödlichen Krankheitserregers? Mit welcher Summe hat sich die ERHC ihr blütenweißes Image bei afrikanischen Politikern und Beamten erkauft, was denken Sie?«

Das Ausbleiben einer direkten Antwort darauf sowie ein sekundenlanges, betretenes Schweigen deutete der Kenianer als Wirkungstreffer.

»Wir wissen sehr wohl, dass es Ihnen nur um das Wohl unseres Kontinents geht, Doktor Narok, und das ehrt Sie. Aber die von Ihnen vorgeschlagene Geheimoperation bedeutet unweigerlich eine Konfrontation mit der US-Regierung. Wir dürfen nicht außer Acht lassen, dass Benin aufgrund seiner Auslandsverschuldung und Exportschwäche am Tropf der Weltbank und des Internationalen Währungsfonds hängt. Und da geben die Vereinigten Staaten nun mal den Ton an.«

Narok ließ sich weiterhin nicht beirren: »Folgenden Satz kennen Sie besser als ich, denn es ist der Leitsatz der Afrikanischen Union: ‚Die Bekämpfung gravierender wirtschaftlicher, sozialer und gesundheitlicher Missstände als Haupthindernisse für Entwicklung und Fortschritt.'« Und nach kurzem Innehalten ergänzte er: »Was ist mit unserem Image, dem Image Afrikas und seiner Nationen? Niemand wird uns je ernst nehmen, wenn wir uns nicht selbst respektieren und dafür falls nötig harte Bandagen anlegen. Aber diese Verantwortung liegt vor allem bei der AU als unserem mächtigsten Sprachrohr.«

Die fünf Eingeweihten tauschten Blicke aus, die keine eindeutigen Rückschlüsse zuließen. Stattdessen wurde Narok gebeten, im Vorzimmer zu warten. Dieser wusste nur zu gut, dass er im Augenblick eine Schlüsselfigur für die weiteren Vorgänge in Benin war.

Er hatte alles getan, was in seiner Macht stand, doch würde ihn das im Falle eines Scheiterns trösten? Nein, es würde ihn für lange Zeit innerlich zerreißen.

Zurück im Sitzungsraum, kam das Gremium unverzüglich auf den Punkt: »Wenn die Regierung der Republik Benin ausdrücklich bereit ist, mögliche nachteilige Konsequenzen hinsichtlich der Beziehungen zu den USA zu tragen, werden wir alles versuchen, um die Afrikanische Union zur schnellen Unterstützung im gewünschten Umfang zu bewegen.«

Seit Stunden diskutierte Dah Agbo mit einer Abordnung einflussreicher Voodoo-Autoritäten, Repräsentanten der beninischen Königshäuser sowie mit hohen Regierungsvertretern sowohl die spirituelle als auch die weltliche Faktenlage. Bonifacius wusste das, weil er schon ebenso lange den auf Hochglanz polierten Gang des Präsidentenpalastes in Cotonou auf und ab lief. Die ganze Zeit über haderte er mit dem Schicksal, den Göttern, seinen Ahnen und wer immer ihm sonst noch einfiel – passend oder unpassend. Dabei ging es nicht etwa um die tatsächlichen Begleitumstände der im Norden Benins aufgetretenen Seuche, die maßgebliche Verwicklung der ERHC oder das Potenzial für eine noch viel größere Epidemie. Genauso wenig war es der Unmut darüber, Entscheidungen von kontinentaler Tragweite Politikern und Bürokraten überlassen zu müssen. Nein, sein Beweggrund war rein persönlicher Natur, so persönlich, dass er sich schließlich mit verschränkten Armen auf die Fensterbank stützen musste. In seiner gebeugten Haltung mutete der Agent wie ein geschlagener Boxer in den Ringseilen an. Die Aussicht, seine Kampfgefährtin Djayéola Biassou verloren zu haben, drohte ihn in eine Sinnkrise zu stürzen.

Mit welchem Recht darf man ein Leben mit einem anderen aufwiegen? Mit welchem Recht darf ich als Verantwortlicher einer Mission darüber befinden? Das jahrelange Trainingsprogramm ist einen Dreck wert, wenn mich der Verlust meiner Partnerin aus der Bahn werfen kann. Ist das etwa professionell? Seit Tagen, die keinen Anfang und kein Ende zu kennen scheinen, kann ich nicht mehr geradeaus denken. Meine Gebete werden nicht erhört. Und der einzige Mensch, der vielleicht helfen könnte, zieht es vor, zu schweigen.

Jemand berührte seine Schulter. Doch selbst davon wollte Bonifacius keine Notiz nehmen.

»Weshalb fällt es Ihnen so schwer, Ihr Schicksal zu akzeptieren?« Der Hohepriester der „Hüter Benins" sah in ein von Resignation und Bitterkeit gezeichnetes Gesicht.

»Weil es nicht mein Leben ist, um das es geht. Aber das können Sie nicht verstehen, oder? Sie werden von Göttern und Geistern bei Laune gehalten.«

Dah Agbo sah ihn an wie jemand, der einen solchen Seelenzustand durchaus verstehen konnte. »Ich weiß, dass Djayéola Ihr Herz berührt hat. Und auch, wenn es besser ungesagt bliebe, umgekehrt verhält es sich genauso. Der Unterschied ist, wir sprechen von einer Amazone Dahomeys, dazu geboren, Kriegerin und Beschützerin zu sein, falls erforderlich dafür zu sterben. Kein Bedauern, kein Trauern – der einzige Weg, eine Amazone zu ehren.«

»Also ist sie tot?«

»Erfüllen Sie Ihre Mission, Auserwählter. Djayéola würde es tun, ohne zu zögern. - Sie sind doch noch am Leben, oder?!«

»Ja, das bin ich.«

»Dann verhalten Sie sich auch wie ein Lebender!«

Der nachdrückliche „hounon" hatte recht, auf der Zielgeraden kehrte man nicht um. Und er, „Shango", würde diese Frau ehren.

Oh ja, indem er die ERHC mit allem bekämpfte, was ihm zu Gebote stand – Intellekt, Schwert und Feder.

»Wie ist die Zusammenkunft gelaufen?«

»Es war der denkbar beste Krisenstab, mit allen relevanten Ministern und dem Staatspräsidenten.«

Der Agent stieß einen anerkennenden Pfiff aus.

Normalerweise war er von dem viel zu oft bestätigten Vorurteil eingenommen, Politikern würde nicht in erster Linie das Gemeinwohl am Herzen liegen, sondern die eigenen vergoldeten Machtinteressen. Die Anwesenheit des Staatspräsidenten war allerdings in der Tat ein ermutigendes Zeichen.

»Sie sind überrascht?«

»Von deutschen Spitzenpolitikern bin ich eher Wortplacebos wie ‚und ich meine was ich sage‘ oder ‚ich gebe Ihnen mein Ehrenwort‘ oder auch ‚ich sage das mit tiefem Ernst‘ gewöhnt.«

»Ich verstehe. - Bei uns in Benin wird die Politik von den Königshäusern und von den Voodoo-Autoritäten mitbestimmt. Wer diese Gesetzmäßigkeit missachtet, könnte bei uns weder Staatspräsident werden, noch lange in dem Amt bestehen.«

Bonifacius betrachtete den älteren Mann argwöhnisch. »Und das funktioniert?«

»Manche Sitzungen dauern endlos.«

Endlich ging der Auserwählte seinen Seelenschmerz mit einem befreienden Lachen an, was umgehend zwei Palastwachen alarmierte. Eine entschuldigende Handgeste ließ sie wieder umkehren.

»Und? Wo stehen wir jetzt?«

Beiläufig bewegte Dah Agbo den Fragenden zum Verlassen des Regierungssitzes. »Ich bin zuversichtlich, dass seine Exzellenz der Operation „Götterdämmerung" zustimmen wird. Die Empfehlung war begründet und nachdrücklich genug. Hier bleibt uns nichts mehr zu tun.«

Der Geschäftsführer der ERHC stand gerne an der Panoramascheibe des großen Sitzungszimmers, wenn er über ernste Probleme nachdachte. Doch weder der Blick auf Lagune und Meer, noch auf den wolkenlosen Himmel beruhigten ihn. Was sich in letzter Zeit abspielte, schien sich wie eine unsichtbare Schlinge immer enger zusammenzuziehen. Alles hatte mit dem Erscheinen dieses deutschen Journalisten und der Frau vom Gesundheitsministerium begonnen. Deren Überwachung war genauso kläglich gescheitert wie die Beseitigungsversuche. Im gesperrten Holzfällerlager hatten seine Leute von einem Tag auf den anderen statt bewaffneter Männer nur noch verwirrte Idioten vorgefunden. Und wo war der Berater Boukman abgeblieben, der Politik und Öffentlichkeit mit seinem Voodoo fernhalten sollte? Verschwunden, ohne eine Nachricht verschwunden.

»Coles, Sie sind doch noch Sicherheitschef hier, oder?!«, knurrte Sam Watts ungehalten, ohne sich dem Angesprochenen zuzuwenden.

»Ja«, kam es unmotiviert zurück.

Geoffrey Coles saß am Sitzungstisch und spielte in Gedanken vertieft mit einer halbleeren Colaflasche.

»Und was gedenkt unser hochbezahlter Sicherheitschef jetzt zu tun?«

Der sah auf. »Dieser Journalist ist nicht, was er vorgibt. Seine Begleiterin auch nicht. Die haben unsere Leute abgehängt und fertiggemacht wie gottverdammte Profis. Das konnte niemand ahnen.«

Watts fuhr mit hochrotem Kopf herum. »Beantwortet das etwa meine Frage?! Ich will beide haben! Und ich will wissen, wo Boukman ist!«

Im Gegensatz zu seinem Chef behielt Coles die Fassung. Er trank einen Schluck und stand ohne Eile auf. »Wir haben keine Zeit dafür. Unsere Konzernmutter will einen zweiten, einen großflächigen Seuchentest. In zwei Tagen könnten wir den Krankheitserreger in den Städten Abomey, Cotonou und Porto-Novo freisetzen. Dafür brauchen wir keinen Djimon Boukman mehr.«

Damit sprach sein Sicherheitsexperte etwas Entscheidendes an. Seltsame Dinge waren vorgegangen. Und nach dem Verschwinden von Boukman hatte er, Sam Watts, plötzlich eine unerklärliche Leere verspürt, die nun schlagartig überwunden schien. Höchste Zeit, Initiative zu ergreifen und etwas für die Profite zu tun. Serum war in ausreichender Menge vorhanden, gegen klingende Münze würde die ERHC erneut den Retter geben – selbstverständlich unter Berücksichtigung der vom UHCT Mutterkonzern verordneten Wartezeit. Schließlich sollte vor allem die Effizienz als Biowaffe an der Bevölkerung getestet werden. Tausende Tote waren gefordertes Limit. „Paradox“ ist das richtige Wort dafür, ging es Watts durch den Kopf, der süffisant zu grinsen begann. Tausende Tote und trotzdem würde jeder Zweifel an ihren ehrbaren Absichten zerstreut werden. Kapitalismus, Globalisierung und die latente Angst vor weltweiten Seuchen – der perfekte Dreiklang für einen Pharmakonzern ohne Skrupel.

»Sie sind Ihr Geld ja doch wert«, stellte der Geschäftsführer mit frischem Elan fest. »Na dann los, kümmern Sie sich um die nötigen Vorbereitungen. Und ich will keine bösen Überraschungen mehr erleben.«

Sam Watts schreckte aus dem Schlaf hoch, schnappte heftig nach Luft. Der Wecker auf dem Nachttisch zeigte 2:22 Uhr. Erst auf dem Balkon seines luxuriösen Hauses mit Meerblick konnte er wieder frei durchatmen. Mitsamt Anwesen gehörte die Immobilie zum Besten, was in Cotonou zu bekommen waren – nahe der Uferstraße, noch hinter dem Flughafen am Rand der pulsierenden Großstadt. Der Kopf des Pharmaunternehmens ERHC stand minutenlang in der beruhigenden Brise. Was für ein Albtraum das gewesen war. Ausgerechnet er hatte sich darin den Supererreger eingefangen, Blut gespuckt, mit eitrigen Geschwüren an Hals und Armen, die nacheinander aufgebrochen waren und bestialisch gestunken hatten. Zum Glück war der Spuk vorbei.

Der Spitzenmanager, dem Begriffe wie Skrupel, moralische Bedenken oder Schutz des Lebens während des jahrelangen Jonglierens auf der Karriereleiter fremd geworden waren, stolzierte in seidenem Morgenmantel die dekadente Treppe aus Marmor und Gusseisen hinunter. Ihn umgab Luxus, der sein Leben definierte, in seinen Augen das einzig erstrebenswerte Lebensziel darstellte. Verheiratet war er nicht, Kinder hatte er nicht, seine Familie scherte ihn nicht. Von Zeit zu Zeit gönnte er sich die eine oder andere junge Einheimische, die er ohne Probleme am Strand oder in einer Bar aufgabeln konnte. Geld regierte überall die Welt, das machte sich bezahlt. Ihm fehlte jede Empathie, jedes Mitgefühl für Menschen, was die steile Karriere wiederum begünstigt hatte.

Selbst in der absurd großen Küche mit Kochinsel und Bartheke ließ Sam Watts die Beleuchtung ausgeschaltet. Das durch die hohen Fenster scheinende Mondlicht reichte ihm aus.

Er liebte die dunkle Atmosphäre der Nacht – solange er allein war. Und etwas sagte ihm, dass das nicht mehr der Fall war. Also stellte er das Glas Milch auf einen gläsernen Tisch und lauschte angestrengt. Keine verräterischen Geräusche, die ihm Anlass zur Sorge hätten geben können. Aber wo war sein Wachhund?

»Nero? Nero!«

Erst waren Tatzen auf dem Fliesenboden zu hören, dann erschien ein leise winselnder Schäferhund mit einge-klemmter Rute.

»Was ist los mit dir?«, sprach der verdutzte Hausherr leise.

Das war zu viel. Jetzt hieß es die Couch im Wohnzimmer zu erreichen. Sein größtes Plus lag im Heimvorteil, also bewegte er sich barfuß und weiterhin im Dunkeln durchs Erdgeschoss, während der Hund nur widerwillig folgte. Plötzlich erstarrte der US-Amerikaner: Auf dem angesteu-erten Sitzmöbel saß jemand.

»Sie begrüßen Ihre Gäste mit einer B&T-Maschinen-pistole?!«

Watts glaubte die Stimme wiederzuerkennen und betätigte den nächstgelegenen Lichtschalter. In einer Mischung aus Wut und Überraschung ging er in die Offensive: »Mit welchem Recht begehen Sie Hausfriedensbruch! Ich bin amerikanischer Staatsbürger und habe auch in Ihrem Land mächtige Freunde! Wenn Sie auf Befehl oder mit Wissen Ihres Ministeriums hier eingebrochen sind, sorge ich für einen diplomatischen Skandal, der sich gewaschen hat!«

»Ich habe mehr als ein Leben«, sprach Djayéola Biassou mit bedrohlicher Gleichmut, während die gefundene Waffe auf ihrem Schoß lag. »Und Menschen wie dir nehme ich das Leben ohne Tötungswerkzeug und ohne Erfüllungsgehilfen.« Daraufhin legte sie die Maschinenpistole beiseite.

»Was, soll ich liquidiert werden? Ein Auftragsmord aus Staatsräson, hier in Benin – nicht zu fassen.« Wie ein versierter Spieler, der die Partie verloren gab, zollte er seiner Kontrahentin Respekt: »Gute Tarnung.«

»Du hast dich selber gerichtet, das Todesurteil ist bereits vollstreckt.« Ohne Gefühlsregung begegnete sie seinem fragenden Blick. »Lass dir von einer Virologin gesagt sein: Mit einem Bakterium aus der Familie der Mycobacteriaceae und dem „Mayinga“-Ebolavirus Gott zu spielen ist lebensgefährlich.«

Dieses Weib weiß alles, schoss es Sam Watts durch den Kopf, der sich plötzlich hundsmiserabel fühlte. »Wovon redest du?« Ein heftiges Zittern erfasste ihn.

»Du siehst todkrank aus, genau wie Sicherheitschef Geoffrey Coles und dein „Josef Mengele“ aus dem Holzfällerlager. Vielleicht hilft ja dein neues Medikament.«

Panisch stürzte er zum Kühlschrank in der Küche, goss sich zitternd ein Glas Wasser ein. Blut tropfte hinein, Blut aus seinem Mund. Erste Eitergeschwüre an Armen und Händen ließen ihn Hilfe suchend zur Couch zurückwanken.

Aber Doktor Djayéola Biassou war verschwunden.

Nur die Maschinenpistole lag noch da, entleert, und der verängstigte Wachhund wagte es endlich wieder näherzukommen. Die Suche nach seinen beiden Mobiltelefonen blieb erfolglos, einen Festnetzanschluss gab es nicht. In Panik griff sich Sam Watts die Autoschlüssel.

Geoffrey Coles erwachte wegen eines verspürten Drucks am Hals. Im ersten Augenblick nahm er dankbar zur Kenntnis, Opfer eines morbiden Albtraums gewesen zu ein. Doch schon im nächsten Augenblick war es damit vorbei. Das Mondlicht schien hell ins Schlafzimmer, und so waren deutlich die Umrisse einer Gestalt zu erkennen, die ihm offensichtlich eine Klinge an die Kehle hielt.

»Mein Messer ist scharf, und ich bin darin geübt, es zu benutzen.«

Der ERHC-Mann erkannte in der Frau über ihm Doktor Djayéola Biassou. »Sie müssen ja sehr wütend auf mich sein. Egal, was es ist, ich kann Ihnen versichern, Sie liegen falsch«, wählte der Profi einen besänftigenden Ton.

Ihr durchdringender Blick war der eines lauernden Raubtieres. »Was könnte das wohl sein: die Überreste der ermordeten Menschen in eurem gabunischen Freiluftlabor, euer tödlicher Supererreger, der kalkulierte Massenmord aus Profitgier und zu militärischen Testzwecken?!«

Coles hielt ihrem Blick angstfrei stand. Sein unerwünschter Gast war also im Bilde. Nicht zu ändern, Risiko gehörte immer zum Geschäft.

»Ich biete Ihnen zwei Antworten an. Die offizielle: Die ERHC entwickelt ausschließlich Heilmittel gegen tropische

Krankheiten. Wir sind damit überaus erfolgreich und ein Segen für ganz Afrika. - Die inoffizielle: Afrika war immer schon Versuchslabor und wird es immer bleiben. Auf diesem korrupten, zerstrittenen Kontinent ohne westliche Standards wird es einem leicht gemacht. Wenn nicht wir, dann machen andere das große Geschäft. So einfach ist das.«

Die Amazone verfolgte einen Plan und selbst diese Provokation konnte sie nicht davon abbringen. »Ich könnte deine Arterien längs aufschneiden und zugucken, wie du verblutest. Als symbolische Strafe dafür, dass Ihr mein Volk ausblutet. Aber du bist schon todgeweiht. Du bist Opfer deiner eigenen Seuche geworden.«

Wie zur Bestätigung ließ sie das Messer mit dem kunstvoll verzierten Goldgriff hinter ihrem Rücken in die vorgesehene Gürtelscheide gleiten und stand auf.

»Nutze die verbleibende Zeit. Wer weiß, vielleicht hilft ja euer Gegenmittel.«

Das Auflachen des mittlerweile schwitzenden Mannes mutete hysterisch an: »Blödsinn! Was soll das sein, ein Voodoo-Trick?!«

Anstelle einer verbalen Erwiderung machte sie eine Kopfbewegung in Richtung Zimmerspiegel.

Geoffrey Coles sprang aus dem Bett, um den Lichtschalter zu betätigen. Auf dem Weg durchs Zimmer fühlte er sich schwindelig und matt. Das Spiegelbild zerschlug den letzten Rest Zähigkeit. Ihm lief Blut aus Mund, Nase und Augen. »Fahren Sie mich zur ERHC! Schnell! Oh Gott, ich will leben!«

Doch Djayéola rührte sich nicht. »Du lebst nicht, du fristest ein armseliges Dasein in der Dunkelheit.«

Das Eitergeschwür an seinem Hals ließ ihn den Rest des
Körpers hektisch absuchen, bis ihm bewusst wurde, dass er
wieder allein im Raum war.

Operation Götterdämmerung – Phase 1

Ob nun zu Hause in Texas oder in einem Hotel in Cotonou, der Journalist Remo Paluzzi reagierte allergisch, wenn man ihn um kurz nach vier Uhr morgens weckte. »Wer hat den Nerv, mich mitten in der Nacht aus dem Bett zu klingeln?!«, polterte seine Bassstimme durchs Mobiltelefon.

Der Anrufer gab sich gutgelaunt zu erkennen: »Ganz ruhig, mein Freund. Bonifacius Kidjo vom Konstantin Verlag Berlin.«

»Ach was, der Kollege aus dem Café du Monde«, klang der US-Amerikaner gleich viel moderater. »Was hast du auf der Pfanne, Kumpel?« Schon saß er am Bettrand und griff nach Zigarre, Zigarrenabschneider und Streichhölzern. »Ein Staatsstreich sollte es schon sein.«

»Heute Nachmittag, 16:30 Uhr im Hotel Atlantique. Du weißt, wo das ist?«

»Im Zentrum, linkes Lagunenufer. Worum geht es?«

»Lass dich überraschen. Aber ich biete dir eine Sensation inklusive beweiskräftiger Informationen, versprochen.«

»Die Epidemie?!« Das „Journalisten-Gen“ brach nun voll bei Paluzzi durch. »Komm schon, Mann, nur ein Hinweis.« Mittlerweile war die Zigarre vorbereitet, und er begann aufgeregt zu paffen. Vom anderen Ende kam lediglich ein amüsiertes Auflachen. »Na schön. Wie komme ich zu der Ehre?«

»Wir wollen eine investigative Berichterstattung aus der Feder engagierter Journalisten anstoßen. Den anderen gebe ich auch noch Bescheid.«

»Wir? Wer ist „wir"?«

»Vergiss es. - Unter meinem Namen ist ein Raum reserviert. Bis nachher, Remo.«

Es würde ein großer Tag werden, doch „Shango" empfand keinerlei Euphorie. Vielmehr hatten sich wieder diese Selbstzweifel eingestellt, umso mehr, als er in der Hotellobby saß und neben sich auf den unbesetzten Teil der Zweiercouch starrte.

Djayéola, du warst meine bessere Hälfte auf dieser Mission. Was dich umgebracht hat, war einer Frau deines Formates einfach nicht würdig. Gift ist so perfide, so feige – es lässt zu wenig Raum für Heldenmut und das, was du geleistet hast … Ach, keine Ahnung, was mir gerade für ein Blödsinn durch den Kopf geht. Vielleicht würde es mir besser gehen, hätte ich mich wenigstens von dir verabschieden können …

»Ich soll dem Auserwählten ein Auto bringen.«

Bonifacius erkannte die Stimme, so bar jeder Gefühlsduselei. Zwar wollte er es nicht glauben, aber es ließ ihn langsam aufblicken. Lange Beine, deren muskulöse Oberschenkel sich nebst wohlproportionierter Oberweite gegen einen cremefarbenen Hosenanzug drängten, sprachen ebenfalls für das Wunder.

Und letztlich, diese Augen gab es definitiv nur einmal.

»Was … ich verstehe nicht«, machte das maximale Gefühlschaos seiner Professionalität einen Strich durch die Rechnung.

Djayéola betrachtete den stattlichen Partner in dem apart gemusterten afrikanischen Hemd über einer hellen Hose weiter von oben. Die Wiedersehensfreude ließ auch sie nicht ungerührt, in den Klang ihrer Stimme schlich sich eine weiche Note: »Steh auf, Auserwählter, wir haben noch eine Mission zu erfüllen.«

»Na sofort, wenn du mir vorher deine Wiederauferstehung erklärst«, nahm seine gewohnte Schlagfertigkeit wieder an Fahrt auf.

»Eine Zwillingsschwester, ein zweites Leben oder das Wohlwollen der Götter – such dir was aus.«

Damit machte die „Hüterin Benins“ kehrt in Richtung Ausgang.

Wie avisiert, fuhr der Journalist Bonifacius Kidjo alleine vor. Das Sicherheitspersonal vermittelte nicht den Eindruck, angespannt beziehungsweise über das Übliche hinaus instruiert worden zu sein. So öffnete sich das elektrische Tor auch dieses Mal wie von Geisterhand. Einer der vier Sicherheitsleute steuerte es aus dem Wachhäuschen neben der Einfahrt. Sämtliche Außenkameras wurden hingegen von einem Raum im Hauptgebäude aus beaufsichtigt, was der mittlerweile kooperierende Djimon Boukman preisgegeben hatte. Es folgte die bekannte Fahrt zum ERHC-Hauptgebäude. Dort angekommen, erschien dem Protokoll gemäß wieder der persönliche Referent des Geschäftsführers.

Kaum im Gebäude, umfasste der Besucher die Schulter des Anzugträgers, der laut Boukman nur am Rande in die kriminellen Aktivitäten des Unternehmens eingebunden war. »Wo ist eigentlich der Überwachungsraum?« Er wies auf eine Tür ohne Aufschrift aber mit Kamera und Schaltfläche daneben. »Da drüben?«

»Bitte, man erwartet uns«, versuchte der andere seinen Weg mit den knappen Worten fortzusetzen, wurde aber in die neue Richtung genötigt.

»Ich bestehe darauf«, unterstrich „Shango" betont freundlich. »Seien Sie ein guter Gastgeber. Die ERHC hat doch nichts zu verbergen.«

»Nein, natürlich nicht, aber ... – also gut, aber nur ganz kurz.«

Es folgte die Betätigung eines Signalknopfes und ein Blick in die Kamera.

»Ganz kurz, versprochen.«

Mit einem Summen schnappte die Tür auf. Dicht gefolgt von Bonifacius trat der Referent ein, der im nächsten Augenblick beiseite geschoben wurde. In schneller Folge brachen die drei bewaffneten Sicherheitsleute zusammen.

Starr vor Angst sah der verbliebene ERHC-Mitarbeiter auch das eigene Ende gekommen: »Bitte, ich habe Ihnen doch nichts ...«, begann er mit vorgehaltenen Händen zu stammeln, als die Mündung der schallgedämpften Waffe ihn erfasste.

»Man sieht sich«, blieb es bei dem einzigen Kommentar „Shangos", der todsicher niemanden erschießen würde. Anschließend folgte der Griff zum Mobiltelefon: »Freigabe für Operation „Götterdämmerung".«

Aufmerksam verfolgte das Sicherheitspersonal die sich nähernde Limousine. Auf der Besucherliste war kein weiterer Name vermerkt, und so postierten sich zwei der vier Uniformierten unmittelbar am Tor. Dass die aussteigende Fahrerin einem der Männer noch vom letzten Besuch bekannt war, minderte auch dessen Argwohn nur geringfügig.

Mehr Eindruck hinterließ die Ausweislegitimation als Gutachterin des Gesundheitsministeriums. Allerdings blieb ihr der Einlass auch jetzt noch verwehrt.

»Ja, ich weiß, das ist unglücklich gelaufen. Aber ein anderer Termin wurde kurzfristig verschoben, sodass ich Herrn Kidjo doch noch begleiten kann«, gab sich Djayéola schuldbewusst.

»Sie stehen nicht auf der Liste. Ich kann Sie nicht durchlassen, so sind die Regeln.«

Die „Hüterin Benins" zauberte ein ungeahnt charmantes Lächeln auf ihr Gesicht. »Vorschlag: Sie greifen zum Telefon, um sich die Erlaubnis zu holen. Und ich darf schon mal rein, damit wir Zeit sparen. Oder haben vier starke Männer mit Revolver Angst vor einer unbewaffneten Frau?« Ihre Arme gingen gen Himmel. »Ihr könnt mich ja durchsuchen.«

Zögerlich gab der Wachhabende dem Kollegen hinter dem Sichtglas ein Zeichen, der daraufhin den gewünschten Knopf drückte. Djayéola hielt wie angewiesen neben dem Wachhäuschen. Wieder stieg sie aus. Gerade zuckte der Mann am Telefon verständnislos mit den Schultern, was ihr nicht entging. Scheinbar gelangweilt folgte sie dem zweiten Sicherheitsmann draußen auf die verdeckte Beifahrerseite, von wo aus er ins Wageninnere spähte. Daraufhin starrte sie den Wachhabenden so durchdringend an, dass der sich abwendete. Jetzt ging alles blitzschnell: Die Amazone zog eine verdeckte Schusswaffe und feuerte die betäubende Ladung knapp über die Motorhaube hinweg in den abgewandten Körper. Eine dezente Körperdrehung und der nächste Schuss traf den Gesäßmuskel des Mannes an der Beifahrertür. Der dritte Uniformträger stand lässig gegen den Türrahmen gelehnt, den Blick auf den Kollegen am Telefon gerichtet, als er der sich nähernden Besucherin gewahr wurde. Ihre verdeckt gehaltene Hand ließ ihn zum Revolver greifen, aber nicht schnell genug. Mit halb gezogener Waffe torkelte er ins Innere und brach zusammen. Der verbliebene Mann, sitzend und halb vom Bewusstlosen eingeklemmt, fixierte panisch den Eingang. Indes lauerte Djayéola gehockt neben der Türöffnung. Sie riskierte erst einen schnellen Blick zur Orientierung, dann feuerte sie mehrmals blind um die Ecke. Es polterte, als sei etwas gegen die Längswand gestürzt. Diesmal spähte sie von außen durch das Sichtglas – zwei Treffer.

Blieben noch das Öffnen des Zauntores und der Einsatzbefehl.

Der Konvoi aus Militär-, Polizei- und Zivilfahrzeugen war schon nahe, als sich wütendes Hundegebell näherte. Die zweiköpfige Patrouille war kein Problem, gab sie doch angesichts des martialisch daherkommenden Wagenkonvois auf. Wohingegen sich der von der Leine gelassene Dobermann unbeeindruckt zeigte. Djayéola machte keine Anstalten, ihre Betäubungswaffe zu benutzen. Sie wich auch nicht zurück oder rannte davon. Mit festem Blick stand sie nur da. Das ließ den Vierbeiner langsamer werden. Ein

Mensch, der die Konfrontation suchte und nicht nach Angst roch, widersprach allen Erfahrungen dieses Hundes. Sein Jagdinstinkt war blockiert. Schließlich standen sich Amazone und Hund reglos gegenüber und starrten einander an. Der einzelne Schuss aus einem Gewehr beendete den magischen Moment. Der Dobermann wurde herumgerissen und sank zu Boden. Vorwurfsvoll schaute Djayéola in Richtung des Schützen, bevor sie neben der sterbenden Kreatur niederkniete und ihr sanft die Hand auflegte. Mit dem Messer machte die Kriegerin dem Leiden ein Ende.

Dass Bonifacius den Sitzungsraum ohne den persönlichen Referenten des Sam Watts betrat und zudem noch eine ihm nacheilende Vorzimmerdame charmant aber bestimmt zur Umkehr nötigte, sorgte unter den anwesenden Herren für eine durchaus gewollte Verunsicherung.

Neben dem Geschäftsführer waren auch der Sicherheitschef Geoffrey Coles, die beiden leitenden ERHC-Mitarbeiter aus dem ehemaligen Holzfällercamp in Gabun sowie der Laborleiter und der Produktionsleiter zugegen.

Mit fortgesetzter Respektlosigkeit, wie sie kaum größer hätte sein können, ließ sich der Agent ungefragt auf einem Sessel nieder.

»Wer fängt an, meine Herren, Sie oder ich?«

»Womit?«, entgegnete Watts ungehalten.

»Auch gut, fange ich an. Meine Recherchen haben mich nach Gabun geführt. Das „Mayinga“-Ebolavirus kennen Sie ja. Und „Ankjwa“, ein uraltes Bakterium aus der dortigen Provinz Woleu-Ntem, kennen Sie auch. Natürlich, die ERHC hat daraus ja eine widernatürliche Waffe kreiert und im

Atakora-Gebiet getestet. Aber wem reicht schon ein Quickie mit einigen Hundert Toten? Ihnen jedenfalls nicht, US-Boys denken in größeren Dimensionen. Wer einmal gegen die ungeschriebenen Gesetze der Schöpfung verstoßen hat, der kennt keine Grenzen mehr, richtig? Und man kann so schön viel Geld damit verdienen. Auf dem afrikanischen Kontinent Lebensretter und Held, in den USA Waffenzulieferer und Patriot. Habt Ihr euch das so vorgestellt, mit einem zweiten Test in Cotonou, Porto-Novo und Abomey, mit einer hohen vierstelligen Opferzahl?«

»Wo ist Ihre Partnerin?«, ignorierte Watts die Anschuldigungen brüsk.

»Wieso, wollen Sie sich bei ihr entschuldigen?«, reagierte Bonifacius schnippisch.

Coles kam wutentbrannt auf ihn zu. »Das Miststück hat uns infiziert! Sind Sie beteiligt?! Stecken Sie mit ihr unter einer Decke?!«

»Keine Ahnung, wovon Sie da sprechen«, erwiderte der Missionsverantwortliche wahrheitsgemäß.

»Wir sprechen davon, dass Ihre Frau Doktor drei von uns vergangene Nacht besucht hat! Wir sprechen davon, dass sie uns bedroht hat und wir plötzlich Opfer der Seuche sind! Ihre saubere Doktor Biassou wusste es, bevor wir es wussten!«, brüllte der ERHC-Verantwortliche den Raum zusammen.

»Ihr bellt den falschen Baum an«, konstatierte Bonifacius ohne jedes Mitleid.

In der letzten Nacht habe ich meine Partnerin noch für Tod gehalten. Aber selbst, wenn das soeben Gehörte stimmt, ihr

Bastarde lebt doch noch. Und ihr habt doch genug von eurem eigenen Impfserum auf Lager. Abgesehen davon kann mich an Djayéola nichts mehr überraschen, sie ist eine wahrhaftige Amazone und mit dem Voodoo im Bunde.

»Ich sage euch mal, was ich ganz sicher weiß: Euer hochgeschätzter Unternehmensrepräsentant und an der Konspiration Mitbeteiligter, Djimon Boukman, steht euch nicht mehr zur Verfügung. Aktuell arbeitet er reumütig mit der Regierung Benins zusammen. Ja, ja, der ERHC mitsamt Mutterkonzern wird der Kragen mächtig eng werden, wenn Untersuchungskommissionen und internationale Medien über beide herfallen. Besonders spannend wird man wohl die Verbindungen zum Pentagon finden.«

Mit einem lautem Ruck stieß der Agent und Journalist seinen Sessel zurück und sprang auf, von den eigenen Worten in Rage versetzt. »Denkt Ihr vielleicht, mich kümmert es, wenn Ihr an eurem eigenen Blut ersauft oder die Seuche euch auffrisst?! Ihr seid schlimmster menschlicher Abschaum und würdet nur ernten, was Ihr selber gesät habt! Anders als die unschuldigen Menschen in Benin oder wo Ihr euer dreckiges Spiel sonst noch gespielt habt!«

Plötzlich wurde die Tür zum Sitzungsraum aufgestoßen.

Djayéola betrat die Szene in Begleitung von Polizisten, Soldaten und weiteren Offiziellen, die sich wortlos im Raum verteilten. Sie selbst baute sich vor Sam Watts auf.

»Na los, erzählen Sie Ihren Begleitern, wie Sie Mitarbeiter der ERHC gestern Nacht zu Hause überfallen und infiziert haben!«, forderte der Geschäftsführer empört.

»Habe ich das?«, folgte die leidenschaftslose Erwiderung.

»Was soll das heißen, „habe ich das"?! Bei mir, bei Geoffrey Coles und einem unserer leitenden Experten für Tropenkrankheiten haben Sie das abgezogen, alle hier im Raum! Wollen Sie das etwa abstreiten?!«

Ihre stoische Ruhe brachte ihn an den Rand einer gewalttätigen Übersprungshandlung. Der einige Meter entfernt abwartende „Shango" gewann den Eindruck, als wollte Djayéola genau das erreichen.

»Sie sind infiziert? Ich sehe keine Blutungen, keine Hautveränderungen.«

»Letzte Nacht schon!«, schaltete sich lautstark der Sicherheitschef ein.

Sie ignorierte ihn, konzentrierte sich weiterhin auf Watts: »Wie ist es zur wundersamen Genesung gekommen?«

Aus überschäumender Wut wurde schlagartig eine kalte: »Uns steht ein hochwirksames Medikament zur Verfügung, wie jeder weiß.«

»Vollständige Heilung innerhalb weniger Stunden – sehr unwahrscheinlich«, stellte die promovierte Mikrobiologin und Virologin trocken fest. »Also für mich klingt das alles mehr nach einem schlechten Traum oder einer Halluzination. Wie sagt man in Ihrem modernen Land so treffend: Sie haben Gespenster gesehen.«

Ohne eine Reaktion abzuwarten, begutachtete sie jeden der betroffenen Männer nacheinander mit provokant forschendem Blick.

»Wie wirkt das Serum eigentlich bei einem gesunden Menschen? Weiß es jemand? Also ich weiß es nicht. Vermutlich fatal.«

»Dreckstück, du!«

Der explosive Angriff ließ selbst der trainierten Kämpferin keine Optionen. Watts' kräftige Hände bekamen Djayéolas Hals schon zu fassen und drückten mit aller Macht zu, als ihre Hände zwischen den seinen bis unter sein Kinn hindurchstießen. Der Treffer entfaltete eine brachiale Wirkung auf den Kopfbereich und beendete die Würgeattacke augenblicklich.

Ein tritt in die Genitalien, ein eiserner Griff um den Hals, und schon zog sie ihn im eigenen Rückwärtsfallen zu sich heran, um die knapp 90 Kilo per Beinkraft über sich hinweg zu wuchten.

Niemand ging dazwischen, bis Sam Watts schließlich mit Kopf und Rücken aufschlug und reglos liegenblieb. Angesichts der bewaffneten Übermacht und eines finster dreinblickenden Bonifacius Kidjo hatten die ERHC-Schergen es vorgezogen, dem kurzen aber heftigen Zweikampf tatenlos zuzusehen.

Mit geschmeidigen Bewegungen erhob sich die „Hüterin Benins" und wandte sich Geoffrey Coles zu: »Und Sie, Sicherheitschef, wollen Sie mir noch irgend etwas sagen?«

Doch der reagierte wie ein Raubtier, das einem noch mächtigeren Prädator gegenüberstand: Er vermied die direkte Konfrontation.

Ihre Kleidung wies einen Blutfleck an markanter Stelle auf. Für Bonifacius der sichere Hinweis darauf, dass die schwerste ihrer Verletzungen wieder aufgebrochen war. Nichtsdestotrotz würde er der Mitstreiterin diese wichtigen Minuten nicht durch sein Intervenieren eintrüben.

Tatsächlich sprach sie weiter, als gäbe es kein Handicap und keine Schmerzen: »Polizei, Militär und von der

Afrikanischen Union berufene Spezialisten sichern gerade alle Beweise hier im Haus.«

»Das dürfen Sie nicht, alles auf dem Gelände ist Eigentum der ERHC! Wagen Sie es nicht, irgend etwas mitzunehmen, oder wir schalten unseren Botschafter ein!«, fühlte sich Coles genötigt, das Wort anstelle seines noch immer benommenen Chefs zu ergreifen.

»Oh, die Republik Benin wagt noch viel mehr. Bis auf Weiteres werden alle anwesenden Herren der ERHC die besondere Gastfreundschaft meines wunderbaren Landes in einem Gefängnis genießen. Dort werden Massenmörder, egal ob In- oder Ausländer, gar nicht geschätzt. Ihre Staatsbürgerschaft ist genauso viel wert, als wären Sie staatenlos. Das demokratische Benin hat ein zugegeben holpriges Justizsystem, aber bei der Beweislast … Sie und ihresgleichen haben nachweislich in Kauf genommen, eine Epidemie loszutreten, die leicht zur Pandemie hätte geraten können. Großstädte, und dann gleich mehrere, sind schließlich nicht die Provinz im Hinterland. Es wird auf Arbeitslager oder Gefängnis hinauslaufen – auf afrikanischem Boden, versteht sich. Die Regierungen von Gabun, Kamerun und der Zentralafrikanischen Republik haben ebenfalls größtes Interesse an einer drakonischen Bestrafung bekundet. Die werden als weitere Kläger auftreten.«

„Shango“ trat vor die Amazone Dahomeys. Es war längst überfällig, das Amulett „Azetogans“ an sie zu übergeben, welches ihm schon seit der Aneignung in Ganvié Unbehagen bereitete. Djayéola würde am besten wissen, was damit zu geschehen hatte.

»Hier, das gehört nach Benin, in verantwortungsvolle

Hände.«

Vorsichtig nahm sie das Symbol unheilvoller Macht an sich. Mit dem respektvollen Neigen ihres Hauptes vor dem Auserwählten genügte sie nicht nur ihrer Pflicht, sie tat es auch aus einem tiefen Bedürfnis heraus.

Operation Götterdämmerung – Phase 2

Um 15:32 Uhr wurde das Einfahrtstor des US-Pharmaunternehmens in Cotonou geschlossen und versiegelt. Bis auf eine sichernde Militäreinheit und eine Handvoll Vertreter der Afrikanischen Union als Beobachter blieb das Gelände verwaist zurück. Ein von Polizeimotorrädern geleiteter Fahrzeugkonvoi teilte sich stadteinwärts in zwei, später in drei Wagenkolonnen auf. Man fuhr die ERHC-Mitarbeiter zur weiteren Befragung in das Ministerium für Inneres & Öffentliche Sicherheit und in das Ministerium für Justiz, während die dritte Wagenkolonne die sichergestellten Bestände des Impfserums an einen sicheren Ort transportierte. Ganze Straßenabschnitte wurden zu diesem Zweck vorübergehend gesperrt.

Sämtliche Vorgänge und Aktivitäten rund um die ERHC beziehungsweise das Atakora-Gebiet wurden mittlerweile begleitet und unterstützt von der Afrikanischen Union – mit zusätzlichen Soldaten, Beratern und Beobachtern in allen neuralgischen Bereichen.

Längst breitete sich eine abwartende Spannung aus. Auch der letzte Mensch in der Stadt war darüber informiert, dass sich auf der Lagunenhalbinsel mit dem ERHC-Gelände etwas Seltsames und Großes ereignete, das sich mit immer mehr abgeriegelten Straßenzügen weiter zuspitzte. Die von der Regierung verhängte Nachrichtensperre trug zur allgemeinen Atmosphäre bei und nährte wilde Spekulationen und Gerüchte. So konnte es auch nicht verwundern, dass beide Uferseiten der Lagune sowie die nächstgelegenen Brücken zum zwanghaften Ausflugsziel des Tages mutierten. Einwohner wie Besucher Cotonous drängten sich in harmonischer Eintracht an allen vorhandenen Sichtachsen.

Als Bonifacius und Djayéola noch vor der vereinbarten Zeit im Hotel Atlantique eintrafen, was vor allem den freigehaltenen Straßen zu verdanken war, hatte das dortige Treiben etwas von einer Arche Noah für Menschen: Die ganze Welt dicht gedrängt und beim ohrenbetäubenden Palaver. Die beiden arbeiteten sich in die erste Etage vor, wo eigens ein Raum reserviert worden war.

»Es geht doch nichts über einen Wissensvorsprung«, stellte der Journalist des Konstantin Verlages fest, als er die Tür öffnete und den gemütlichen Tagungsraum mit gutem Blick auf den menschenleeren Gebäudekomplex des US-Pharmaunternehmens vor sich sah.

Die acht internationalen Berufskollegen aus dem Café du Monde waren bereits vollzählig anwesend, verteilt auf die geöffneten Fenster.

Der Empfang fiel überaus herzlich aus. Man war sich des kollegialen Dienstes bewusst, den Bonifacius ihnen erwiesen hatte.

Der Südafrikaner André van der Merve stieg als erster ins Thema ein: »Mensch, Djayéola, was veranstaltet deine

Regierung denn da für ein Spektakel? Demonstrieren die endlich Stärke?«

Und während die US-Amerikanerin Sheila St. George ihm von hinten die Hände auf die Schultern legte, ergänzte sie geheimnisvoll lächelnd: »Wie mir meine Redaktion mitgeteilt hat, wurde in Washington der beninische Botschafter einbestellt. Sieht nach diplomatischem Tauziehen aus. Die USA reagieren seit jeher empfindlich, wenn es um amerikanisches Privateigentum im Ausland geht – besonders bei Konzernen mit besten Kontakten zur Politelite.«

Vom entschlossenen Vorgehen der Afrikaner noch immer wie betäubt, folgte Remo Paluzzi den Worten, wobei seine Zigarre auf den Lippen hin und her wanderte. »Die Afrikanische Union soll ja maßgeblich involviert sein. Muss eine ziemlich große Sache sein. - Komm schon, Djayéola, du als Mitarbeiterin eines Ministeriums an vorderster Front – was zur Hölle geht da vor sich?«

»Immer mit der Ruhe, Leute«, mäßigte Bonifacius seine Berufskollegen, »Ihr seid ja hier, weil wir euch aufklären wollen. Um 17 Uhr solltet Ihr die Kameras bereithalten. Und bis dahin gibt es schon mal ein Dossier für euch, von der Republik Benin legitimiert und zur medialen Veröffentlichung freigegeben. Aber um die verhängte Nachrichtensperre einzuhalten, dürft Ihr den Inhalt erst ab Punkt 17 Uhr kommunizieren. Die einzige Bedingung.«

Die besagten Unterlagen wurden ausgegeben, und die Vertreter der Weltpresse begannen diese akribisch durchzuarbeiten. Schlüsselinformationen wurden markiert und mit Anmerkungen versehen, um ohne Zeitverlust kompaktes Wissen an die Redaktionen übermitteln zu können. Der

Vorgang war begleitet von gelegentlichem Seufzen, Kopfschütteln oder auch mal einem ungläubigen Pfiff. Für „Shango" die Gelegenheit, dezent den Verband seiner Missionspartnerin zu prüfen. Ein bereitgestelltes Buffet sorgte für kulinarische Stärkung.

Schließlich war es der Ivorer Sylvestre Buyo, der sich fragend äußerte: »Weshalb keine Zusammenarbeit mit der US-Administration? Das Material ist erdrückend genug.«

»Washington hat immer zuerst den eigenen Vorteil und eigene Machtansprüche im Sinn. Mit allerlei Winkelzügen wird für gewöhnlich die Befehls- und Entscheidungsgewalt übernommen und selbst heikelste Vorkommnisse routiniert zu einer drittklassigen Affäre heruntergespielt. Das vorläufige Dossier, wie es euch jetzt hier vorliegt, hätte es bei einer Konsultation so nie gegeben. Davon muss man ausgehen. Darüber waren sich die Entscheider in Benin und der Afrikanischen Union im Klaren«, lieferte der Mann vom Konstantin Verlag eine ernüchternde Erklärung.

Sheila St. George wirkte erleichtert. »Ich denke, das war eine weise Entscheidung.«

»Das Material ist reines Dynamit«, warf der euphorische Niederländer Huub Nijkerk in den Raum. »Noch mehr Sensation geht doch gar nicht. Was soll noch passieren, die „Pharmabude" wird wohl kaum in die Luft fliegen …«

Wie auf Stichwort machte sich Grabesstille breit, und alle starrten Nijkerk an. »Hey, ganz cool«, beeilte er sich zu ergänzen, »nur ein Spruch. Eher würde die Hölle zufrieren.«

Um exakt 17 Uhr wurde der Hauptsitz der ERHC von mehreren Explosionen erschüttert. Mächtige Feuersäulen stiegen auf. Es handelte sich um ein koordiniertes Vernichtungsfeuer in den hinteren Gebäudetrakten, welche Labors, Produktionsbereich und Lagereinrichtung beherbergten. Kein einziges Bakterium, Virus oder die Kombination aus beidem sollte und würde die enorme Hitzeentwicklung von weit über eintausend Grad überleben. Das Inventar schmolz zusammen oder wurde pulverisiert. Die betroffenen Gebäudeteile selbst hielten dem nicht stand und stürzten nach und nach in sich zusammen. Länger widerstehende tragende Elemente würden absehbar folgen. Anders das Hauptgebäude mit den angrenzenden Bürobereichen, die nahezu unversehrt blieben, weil es genau so beabsichtigt war. Ausmaß und Präzision der Zerstörungen setzten ein unübersehbares Zeichen mit eindeutiger Botschaft: Keine sinnlose Zerstörung, sondern einzig die Verhinderung weiterer Seuchenszenarien, Menschen- und Biowaffenversuche auf dem afrikanischen Kontinent von diesem Ort aus.

Das schockierte Staunen des urbanen Publikums brachte ein Vakuum der Stille mit sich, das Raum für eine neue Sinneswahrnehmung bot: Die beiden Kampfjets, von Osten her und in niedriger Höhe die Küstenlinie entlang das Areal überfliegend, waren den abgelenkten Menschen weitestgehend entgangen, nicht aber das nachfolgende Donnern und Krachen. Die Maschinen drehten ab und verschwanden über dem offenen Meer, was vielen Schaulustigen nicht mehr entging. Zusätzliche Wolken aus Staub und Qualm türmten sich über dem Zielort auf der nahen Landzunge auf.

Der Deutsche Frank Reins raufte sich ungläubig die Haare und fand als erster im Tagungsraum seine Sprache wieder:

»Zwickt mich mal jemand, bitte. Das ging mir zu schnell. Haben da gerade zwei Kampfflugzeuge ein US-Unternehmen bombardiert?«

Anika Wiese aus der Schweiz schloss ihren noch immer offenstehenden Mund und schluckte. »Du meine Güte, das nennt man Fakten schaffen. Aber kamen die Jets nicht nach der Explosion?«

So ist es gut – mutmaßt, diskutiert, forscht nach und stellt unbequeme Fragen. In den nächsten Tagen, Wochen und Monaten werdet ihr noch viel mehr Gelegenheit bekommen, das hier und heute Erlebte zu Schlagzeilen und Hintergrundgeschichten zu machen.

»Das waren Aufklärungsjets im Auftrag der Afrikanischen Union«, brachte Bonifacius Licht ins Dunkel.

Die sonst so charmante Straßburgerin Jacqueline Dormelle, die sich in der Vergangenheit auch als Kriegsberichterstatterin einen Namen gemacht hatte, betrachtete ihn argwöhnisch. »Ich hätte sonst auf Phosphorbomben getippt. Deren Einsatz ist laut Genfer Konvention, Zusatzprotokoll von 1977, verboten.«

»Nur, wenn es zu Kollateralschäden führen kann«, schränkte Paluzzi ein, der seine zerkaute Zigarre in einen Aschenbecher entsorgte.

»Das Folgende verlässt nicht diesen Raum, klar, und ich werde es bestimmt nicht wiederholen. Die Regierung will das zuerst verkünden«, ging der „Wächter der Schöpfung“ darauf ein und sah jeden einzelnen scharf an. »Also, es sind Phosphorbomben zum Einsatz gekommen, allerdings modifizierte, untergebracht und gezündet in vorgesehenen Gebäudeteilen. Der reine Verwaltungsbereich ist nicht betroffen. Die Republik Benin wird alles enteignen und anderweitig nutzen. Zum Phosphor ist noch zu sagen: Die gesamte Lagunenhalbinsel war rechtzeitig geräumt.«

»Ich trinke auf die Afrikanische Union«, erhob Frank Reins sein Weinglas.

Der Südafrikaner van der Merve schloss sich als erster an: »Auf Afrika und die Afrikaner. Mögen sie auf Dauer so erfolgreich zusammenfinden.«

Kurz darauf zog es Bonifacius und Djayéola hinaus auf die Straße. Vor allem er wollte die Feststimmung zwischen lachenden und tanzenden Menschen auskosten. Wie es aussah, hatte es zwischenzeitlich die offizielle Stellungnahme via staatliche Medien gegeben. Nur einige Besucher aus Europa und Übersee wirkten ratlos und überfordert.

»Was wirst du mit dem Amulett von „Azetogan" tun?«

Sie schaute zu dem geschlagenen Pharmaunternehmen auf der anderen Lagunenseite hinüber. »Ich habe schon etwas getan. Es der reinigenden Kraft des Feuers überlassen.«

Der richtige Zeitpunkt, um diesen wegweisenden Etappensieg auch musikalisch würdig zu genießen, dachte sich Bonifacius und bemühte einmal mehr seine mitgeführten Lieblingsstücke. Diesmal fiel die Wahl auf den unvergesslichen Saxophonisten Grover Washington Junior. In „A little black Samba" brillierte dieser an der Seite des nicht minder wunderbaren Sängers Grady Tate. Der Missionsverantwortliche gönnte seinen Ohren eine gehörige Portion Lautstärke. Es waren unverkennbar die Klänge

Westafrikas und des Voodoo, welche sich Bahn brachen. Starke kulturelle wie spirituelle Wurzeln wirkten eben über Jahrhunderte, Epochen und Kontinente hinweg fort. Und das war wichtig, weil letztlich eine Frage des Selbstverständnisses und Selbstwertgefühls.

Das Duo verschwand im bunten Treiben Cotonous. Der Himmel würde noch bis in die Nacht hinein von warmen, flackernden Farben erleuchtet werden und so von der jüngsten Erlösung zeugen.

Wo die Seele zu Hause ist

Seit einigen Tagen schon befand sich Bonifacius im Geburtsort seines Adoptivvaters, wo ein zurückgezogenes und einfaches Leben vorherrschte, mit anspruchslosen gottgefälligen Menschen. Genau das schien die Quelle ihrer Lebensfreude zu sein. Unerreichbare Früchte vom Baum materieller Eitelkeiten kannten sie nicht. Konkurrenzdenken, Neid oder Egomanie blieben in einem dem Menschen ureigenen Rahmen. Bei groben Verletzungen der überlieferten Etikette trat der Ältestenrat zur Disziplinierung zusammen. Als höchste Instanz wurden mitunter auch Ahnen und Götter befragt. Doch derartige Verfehlungen blieben die Ausnahme. Vermutlich hatte sich weder am Erscheinungsbild des kleinen Ortes, noch am Umgang miteinander in den letzten Jahrhunderten viel verändert. Man lebte von Subsistenzwirtschaft und unterhielt außerdem Erdnussplantagen für den Verkauf. Jeden Tag aufs Neue spürte der adoptierte Sohn dieser ländlichen Gemeinschaft, dass der schwarze Kontinent nicht das Gen exzessiven Forscherdrangs und Fortschrittswillens in sich trug. Insbesondere jenseits des urbanen Raumes lebte man im Hier und Jetzt, labte sich an einer lehrenden Vergangenheit aber blendete die Zukunft weitestgehend aus. Weltpolitik blieb ebenso außen vor wie die nationale

Regierungspolitik. Er persönlich führte die vermeintliche Rückständigkeit nicht auf die Nachwirkungen internationalen Sklavenhandels zurück, auch wenn der eine nachhaltige ökonomische Entwicklung zweifellos gehemmt hatte. Auf den darauf folgenden europäischen Kolonialismus ließ sich genauso wenig alles abwälzen. Nein, dafür lag der Staffelstab schon zu lange in den Händen und der Verantwortung souveräner afrikanischer Regierungen, die ihrerseits viel zu häufig keine souveräne, staatstragende Figur machten.

Wie auch immer, für den „Wächter der Schöpfung", der neben Deutschland auch den großen Kongo und Benin in sich trug, war diese Ortschaft perfekt geeignet, um als heimgekehrter Sohn zu entschleunigen und sich von der jüngsten Mission zu erholen. Hier, ganz im Norden des südwestlichen Departements Mono inmitten einer Steppenlandschaft mit Trockenwäldern, wo das Dasein von beschaulicher Autonomie geprägt war. Allerdings konnte selbst er eines nicht sein – alleine. Die Nähe anderer zu suchen, stets aktiver Teil einer Gemeinschaft zu sein, war für Westafrikaner in besonderem Maße Lebenselixier und beförderte das seelische Gleichgewicht. Wohlstandserkrankungen psychosomatischer Natur, die in anderen Teilen der Welt Hochkonjunktur feierten, kannte man nicht. Für das nötige Gleichgewicht sorgte letztlich der reinigende Einfluss des Voodoo.

Die naturverbundene animistische Religion war beherrschend und allgegenwärtig – in Form von Skulpturen, Fetischen und Gebetsschreinen, mit regelmäßigen Zeremonien und Festivitäten.

Besonders gern beobachtete Bonifacius die Kinder. Sie waren einfallsreich und wissbegierig, schauten bei der Arbeit zu oder halfen mit, animierten sich gegenseitig und von Zeit zu Zeit auch Erwachsene zum Spielen. Gerade war er dazu auserkoren, obwohl es noch recht früh am Morgen war. Jungen und Mädchen verschiedenen Alters beteiligten sich. Einfache aber kreative Spiele, die Geschicklichkeit und Aufmerksamkeit erforderten. Fröhlich und unbeschwert erklang ihr Kinderlachen.

Irgendwann näherte sich ein schlanker junger Mann auf dem harten Sandweg und winkte das Familienmitglied auf Besuch heran. Bonifacius kam dem nach und schloss zügig zu dem Cousin auf, legte ausgelassen den Arm um ihn. Ihr Weg führte sie durch die halbe Ortschaft. Bis auf die fehlenden Berge erinnerte es den Journalisten an jenes Dorf in Savalou, mit Behausungen aus Lehm und strohgedeckten Dächern, den einzelnen Bäumen und Sträuchern zwischendurch … – Djayéola, unweigerlich musste er an sie denken. An ihre Intelligenz, die körperliche Präsenz und spröde Entschlossenheit, alles eingesetzt zum Wohle ihres schutzbefohlenen Volkes. Oh ja, sie hatte ihn damit tief beeindruckt, mehr noch als mit ihrer herben Schönheit. Djayéola Biassou war eine Jägerin wie er. Das Aufspüren und zur Strecke bringen von Widersachern definierte beider Leben auf eine Weise, wie es nur wenige Menschen nachvollziehen konnten. Das machte sie zu Geschwistern im Geiste.

Einige Frauen kamen den Cousins schwatzend und scherzend entgegen. Mit Körben voll sauberer Textilien auf den Köpfen kamen sie gerade vom nahegelegenen Fluss zurück, wo sie den gesamten Vormittag mit dem Waschen von Kleidung, Tüchern und Decken zugebracht hatten. Andere Frauen saßen vor den Häusern und bereiteten das Essen für ihre Familien vor. Aus eigener Erfahrung wusste Bonifacius, dass das Zerstoßen von Getreide, Erdnüssen oder Maniok mit Mörser und Stößel eine anstrengende Arbeit war, genauso wie das Kneten großer Teigmengen. Mädchen halfen ihnen dabei.

Endlich erreichten die beiden Männer ihr Ziel. Andere waren bereits vor Ort. Zwischen Palmen entstand gerade ein geräumiges Haus, traditionell aus Lehm und doch in einem fortschrittlichen Verfahren. Zwei mechanische Metallpressen erlaubten es, handliche Quader aus dem in Hülle und Fülle vorhandenen Naturrohstoff zu formen, die dann an der Sonne aushärteten. Am Ende würde auch in diesem Fall ein dichtes Strohdach die Bewohner vor Sonne und Regen schützen. Mit der Lehmbauweise bediente man sich im Prinzip noch immer der Techniken des frühen westafrikanischen Städtebaus wie etwa in Alt-Djenne vor 2.200 Jahren, gelegen im heutigen Mali. Das gemeinschaftliche Arbeiten am Haus, wie an jedem Tag bis zum späten Nachmittag, brachte wechselnde Aufgaben mit sich. So füllte er mal den feuchten Lehm in die Formen, mal bediente er die Presse oder gab den Maurer. Für ihn war das Beisammensein in der Männergruppe Vergnügen pur. Zum ausdauernden Arbeiten gehörten viel gute Laune und Humor. Regelmäßig brachten Frauen Speisen und Getränke vorbei, was mit gegenseitigen Neckereien einherging. Am Abend wurde das Tagwerk wie üblich mit einer bereits wartenden kräftigen Mahlzeit abgeschlossen. Und wieder einmal schlief er beinahe schon während des Essens ein.

Der nächste Tag begann wie gehabt. Bonifacius hatte sich schon auf der Baustelle eingefunden und mit dem Verputzen der Außenwände begonnen, als eine vertraute Stimme ihn aufhorchen ließ: »Beeindruckend. Du beherrschst die Kunst des hiesigen Hausbaus.«

Seine letzte Missionspartnerin ausgerechnet dort wiederzusehen war eine freudige Überraschung. Sie inmitten einer Kinderschar zu sehen, konnte ihn nach dem gemeinsamen Abenteuer hingegen nicht mehr überraschen. »Wie hast du mich aufgespürt?«

Für ihre Verhältnisse wirkte Djayéola gelöst. »In welcher Gegend deine Familie lebt, hast du mir verraten. Auch, dass du sie für einige Tage besuchen wolltest. Der Rest war nicht schwer. Ein Bonifacius Kidjo fällt auf.«

»Hätte nicht gedacht, dass du mir hinterherfahren würdest.«

»Du willst vielleicht über die neuesten Entwicklungen informiert werden.«

Er würzte seine Zweifel mit Ironie: »Das kannst du natürlich besser als meine Leute in Berlin.«

»Und schneller. Besser und schneller.«

Ihr kaum merkliches Lächeln betrachtete er als ein Geschenk. »Wirklich schön, dass du hier bist. - Also dann, lass uns einen schattigen Platz suchen und reden.«

Beide setzten sich auf die Veranda eines kleinen Hauses, das ihm als Unterkunft zur Verfügung stand. Zwar hatte die „Hüterin Benins" bei den Einwohnern keine angstvolle Unterwürfigkeit ausgelöst, dennoch unterbrach niemand die Zweisamkeit. In ihm kam der leise Verdacht auf, die Familie könnte Djayéola bereits die vergangene Nacht über beherbergt haben. Verborgen vor ihm, um eine gelungene Überraschung zu bereiten. Durchaus denkbar, warum nicht.

»Das Impfserum befindet sich weiterhin unter Aufsicht des Gesundheitsministeriums. Sobald innerhalb einer festgelegten Zeitspanne keine neuen Krankheitsfälle auftreten, wird auch dieser Bestand bis auf eine obligatorische Minimallabormenge vernichtet werden.«

Bonifacius nickte beiläufig. »Hört sich gut an. - Wie geht es Djimon Boukman? Hat er sich erholt?«

Ihre Stimme spiegelte die eigene Erschöpfung wider: »Das Wirken als „Azetogan" hat ihn ausgelaugt. Stell dir einen Menschen vor, der mehrere Tage in der Wüste zugebracht hat, ohne zu trinken. Und dann wird ihm frisches Wasser eingeflößt. Es muss in kleinen Schlucken erfolgen, sonst kollabiert der Organismus. Boukmans Körper und Seele haben wieder zusammengefunden, dank der Reinigungszeremonie. Aber die Genesung braucht Zeit. In der Gemeinschaft meines Ordens wird gut für ihn gesorgt.«

»Was ist mit dem Fluch auf eurem Orden?«

»Die Rituale sind vollzogen, die alte Schuld ist getilgt.«

»Gewonnene Schlachten bedeuten nicht zwingend den Gewinn des Krieges«, kam Bitterkeit in ihm auf. »Was wir getan haben war wichtig, weil es Tausenden oder womöglich Zehntausenden das Leben gerettet hat. Aber König Adeja war einer von unzähligen Despoten in Tausenden von Jahren, die Unschuldige quälen, ausbeuten und ermorden ließen. Und es will kein Ende nehmen. Was einst Könige in Erbfolge oder selbsternannte Tyrannen gewesen sind, sind heute die Machtinteressen legitimer Regierungen und seelenloser Konzerne. Es gibt zu viele wie die ERHC oder die UHCT, weil die sich hinter der Ignoranz und Leichtgläubigkeit der Massen verstecken können, weil korrumpierte Medienvertreter und Politiker ihnen in die Karten spielen. Deshalb muss es überhaupt nur Geheimgesellschaften wie die „Hüter Benins" und die „Wächter der Schöpfung" geben. Wir müssen sehen, was andere nicht sehen wollen, aufdecken, was zum Wohle der Schöpfung nicht hinnehmbar ist und tun, wozu sich andere aus Bequemlichkeit, Angst oder Gier nicht bereit erklären. Uns steht ein Feind gegenüber, der niemals schläft und niemals aufgeben wird. Alles, was wir tun können ist, ein Gleichgewicht der Kräfte zu erreichen, damit dieser Planet keine endgültige Hölle auf Erden wird. Also nimm es mir nicht übel, wenn sich meine Freude über gewonnene Schlachten zur Zeit in Grenzen hält.«

Die Amazone betrachtete ihren Waffenbruder eine Zeit lang wortlos, so als schätzte sie ihn ab. »Ich verstehe, weshalb du dich hierher zurückgezogen hast. Es ist ein friedlicher Ort, wo alles einen Sinn ergibt. Aber das ändert nichts daran, dass der Kampf Gut gegen Böse ein ewiger ist, angelegt in unserer menschlichen Natur. Menschen sind fähig zu lernen und den Kräften des Guten mehr Beachtung zu schenken. Sie werden irgendwann erkennen, dass ein auf Ausbeutung und Gier basierender Wohlstand früher oder später auch den eigenen Untergang bedeutet. Aber wer soll sie ans Licht führen, wenn nicht Organisationen wie unsere, wenn nicht Menschen wie wir? Und mit welchen Mitteln, wenn nicht über gewonnene Schlachten?«

Du hast absolut recht, Schwester. Aber der Weg ist so verdammt lang und beschwerlich. Die blockierenden Steine, die es beiseite zu räumen gilt, sind so zahlreich und massiv, dass man sich allzu leicht verlieren kann. Unbeirrt auf dem Weg zu bleiben ist beinahe ebenso schwer, wie die Schlachten zu schlagen.

»Lass mich dir eine wahre Horrorgeschichte erzählen«, legte Bonifacius nach, um seiner momentanen Schwermut weiter Ausdruck zu verleihen. »Im Mittelpunkt steht ein Konzern, der bereits seit über einhundert Jahren existiert. Vermutlich sogar aus edlen Motiven als Chemieunternehmen gegründet, entwickelte sich daraus ein Weltmarktführer. Mit dem Erfolg wuchsen gesellschaftliches Ansehen und politischer Einfluss. Aus den edlen Motiven wurde kalte Profitgier. So entsorgte man Rückstände der sogenannten Organochlorverbindung PCB mit Wissen zuständiger Behörden über viele Jahre auf unbebauten Grundstücken. Als Folge erkrankten und starben überdurchschnittlich viele Menschen der Nachbarschaft an Krebs, oder sie waren nur noch vermindert zeugungsfähig. Die gefährlichen Nebenwirkungen des industriellen Weichmachers waren dem Konzern frühzeitig bekannt gewesen, doch das wurde der Öffentlichkeit vorenthalten. Als PCB schließlich verboten und der Konzern auf Entschädigungszahlungen und Dekontaminierung der verseuchten Grundstücke verklagt wurde, landete nicht ein einziger verantwortlicher Manager auf der Anklagebank. Die Summe der final zu leistenden Entschädigungen machte nur einen Bruchteil der insgesamt mit PCB erwirtschafteten Gewinne aus. Mit einem Entlaubungsmittel lieferte derselbe Konzern dem eigenen Militär ein im Vietnamkrieg großzügig verwendetes Instrument der

Kriegsführung. Allerdings verseuchte der Hauptbestandteil „Dioxin" neben Grund und Boden auch etwa drei Millionen Vietnamesen, überwiegend Zivilisten, und Tausende der eigenen Soldaten. Bis zum heutigen Tag verursachen die Spätfolgen den Krebstod und bringen genetische Abnormitäten und Mutationen hervor. Die dafür Verantwortlichen schufen auch dazu eine eigene Wahrheit durch Bestechung und Manipulation. Studien sogenannter unabhängiger Wissenschaftler wurden gekauft, Tests und Daten den gewünschten Ergebnissen angepasst. Die zuständige Regierungsstelle erwies sich als überaus konzernfreundlich und stellte die Forschungsergebnisse nicht wirklich auf den Prüfstand. Auf dieser Grundlage erhielten selbst eigene Kriegsveteranen keine Entschädigungsleistungen. Und dieser geschäftstüchtige Konzern hatte noch ein weiteres Produkt im Sortiment, das über Jahrzehnte Abnehmer finden sollte: ein Totalherbizid, laut Werbebotschaft absolut umweltschonend und in kürzester Zeit biologisch komplett abbaubar. Die Realität sah – wen kann das noch wundern – anders aus. Nach über 20 Jahren im weltweiten Angebot gab es zwei Verurteilungen wegen irreführender Werbung. Warum? Unabhängige investigative Quellen hatten den Beweis antreten können, dass besagtes Pflanzenvernichtungsmittel auch nach einem längeren Zeitraum lediglich zu zwei Prozent biologisch abgebaut worden war. Außerdem ließen sich negative Auswirkungen auf die Zellteilung, Begünstigung von Krebserkrankungen und schwere Hautschädigungen bei dauerhaftem Kontakt nachweisen. Ein Produktverbot erfolgte nicht. In den 1990ern stieß man dann die Tür zur Biotechnologie weit auf. Angeboten wurde ein Rinderwachstumshormon, das die Milchproduktion behandelter Kühe erheblich steigern sollte. In gewohnter Manier war das der Behörde für Lebensmittelüberwachung und Arzneimittelzulassung zur Genehmigung vorgelegte Forschungsdossier manipuliert. Die Originalforschungen gelangten dennoch an die Öffentlichkeit und waren geeignet, einem das Milchtrinken zu verleiden. Besagtes Präparat erhöhte das Risiko einer bakteriellen Drüsenentzündung deutlich, also auch für Eiter in der Milch. Die erforderliche medizinische Behandlung einer solchen Entzündung zog zudem erhöhte Rückstände von Antibiotika nach sich. Darüber hinaus ließ sich noch ein dem Insulin ähnlicher Stoff in atypisch hoher Konzentration nachweisen – stark krebsfördernd. Erst nach schweren Korruptionsvorwürfen und etlichen qualifizierten Zeugenaussagen wurde das Wachstumshormon zunächst in Kanada und dann in der Europäischen Union verboten, nicht jedoch im Ursprungsland USA.

Mit der Einführung gentechnisch veränderten Saatgutes durch besagten Konzern präsentierte sich der kalkulierte Wahnsinn dann in seiner gesamten Pracht. Wie sich nämlich herausstellte, war eine herausragende Eigenschaft des Saatgutes die Resistenz gegen das zuvor angesprochene Totalherbizid. Auf wundersame Weise fügte sich also zusammen, was wohl schon von Beginn an zusammengehören sollte – immer schützend flankiert von kostenintensiven Kampagnen und Drohkulissen mächtiger Lobbyisten. Wohlwollend begleitet, begünstigt und geschützt wurden die kriminellen Umtriebe immer auch vom „Drehtürprinzip" zwischen Konzern, den zuständigen

Behörden und der politischen Klasse. Genauer gesagt, es kam zu regelmäßigem Personaltausch in Schlüsselpositionen. So konnten Genehmigungsverfahren vorangetrieben und ein positives politisches Klima erzeugt werden. Kritische Studien wurden hingegen genauso ignoriert, wie die Warnungen einzelner Wissenschaftler oder aus den Behörden selbst. - Tja, keine fiktive Horrorgeschichte, kein Märchen, in dem auf moralische Werte und zivilisatorische Gefahren hingewiesen wird und am Ende das Gute über das Böse triumphiert. Kein genüssliches Gruseln, nach dem man sich kurz schüttelt und wieder zur Tagesordnung übergeht. Im Gegenteil, es sind reale Fakten und Praktiken unserer Zeit, die kein Ende nehmen wollen. Das hat uns das Pharmaunternehmen ERHC doch gerade wieder bewiesen. Die Totengräber einer von Vernunft gesteuerten Zivilisation geben sich die Klinke in die Hand. Da können einem Stärke und Zuversicht schon mal abgehen, meinst du nicht?«

In Djayéolas Augen blitzte es trotzig auf. »Nein! Zweifel bedeuten Schwäche. Und Schwäche verhindert, dass ein Krieger über sich hinauswächst.«

»Okay, geschenkt. Aber ein paar Tage Frieden und Erholung brauche ich schon noch.«

Aber da hatte der Auserwählte die Rechnung ohne die Amazone Dahomeys gemacht. Aus ihrer Sicht gab es durchaus noch mehr anzumerken: »Die Operationen „Minvoul“ und „Götterdämmerung“ waren kühn geplant und wurden zum Erfolg geführt. Und die Ehre dafür gebührt dir. Die Afrikanische Union musste Flagge zeigen und hat ihre Vasallenmentalität einmal mehr hinter sich gelassen …«

Aufgeregt kam ein Mädchen angelaufen, gestikulierte wild und berichtete atemlos. Schlagartig erwachte die gesamte nähere Umgebung zu hektischem Leben. Weitere Kinder und Halbwüchsige erschienen auf der Szene. Bonifacius und Djayéola wurden umringt und kurzerhand zum Mitkommen gedrängt. Das Ziel war ein Baum. Es dauerte einige Sekunden, bis der Journalist den Grund für die Aufregung ausmachen konnte: Eine Grüne Mamba hatte das Geäst zu ihrem Revier erklärt. Nervös bewegte die gut zwei Meter lange Schlange den Kopf hin und her. Eine außergewöhnliche Begegnung – war diese Art doch eigentlich in der östlichen Küstenregion beheimatet. So unberechenbar, wie die Natur in dieser Frage auch sein mochte, die Giftschlange war es nicht.

Mit bedächtigen Handzeichen brachte die Wissenschaftlerin mehr Abstand zwischen die Anwesenden und den Baum. Ihr Partner zog einige besonders neugierige Kinder an den Schultern zurück. Beide wussten, dass es zum Besten aller sein würde, das unerwünschte Reptil gewähren zu lassen. Zum Einfangen war die Mamba viel zu schnell und zu tödlich. Unbehelligt wiederum hatte sie ein friedliches Gemüt und würde sich in Kürze von selbst zurückziehen. Wahrscheinlich war sie nur auf einen vorbeifliegenden oder rastenden Vogel aus. Djayéola gab wissenswerte Informationen an die junge Generation weiter. Bonifacius beendete die Schlangenbeschau mit einer schnappenden Handbewegung in Richtung der Kinder, was einen vergnügten Aufschrei bei den Jüngsten auslöste. Ältere wurden dazu auserkoren, alles Weitere zu beobachten und regelmäßig zu berichten.

»Komm, ich möchte dir etwas zeigen«, wandte er sich zum Gehen und führte seinen weiblichen Gast aus dem Dorf. Der berichtete unterdessen von der Resonanz auf die massive Gebäudezerstörung sowie die Enteignung durch den beninischen Staat im Rahmen der Operation „Götterdämmerung". Demnach arbeiteten sich immer mehr internationale Leitmedien an den Hintergrundinformationen ab. Nach anfänglicher Empörung geriet Washington angesichts der offengelegten Faktenlage zusehends in die Rolle des Mitverantwortlichen und ging bereits auf Abstand zu dem gesamten Pharmakonzern. Wie zu erwarten hatte das Pentagon jede Zusammenarbeit hinsichtlich eines Biowaffenprojektes weit von sich gewiesen.

Pikanterweise waren auch die Belange der „nationalen Sicherheit" ins Feld geführt worden, was das Dementi umso weniger glaubhaft machte.

Das Grab war auf einem Feld inmitten weiterer Gräber angelegt. Polierte Steine säumten es, und auf einer in die Erde eingelassenen Gedenktafel prangte der Leitspruch: „Der Tod ist nicht das Ende, die Seele lebt ewig."

»Ewuare Kidjo«, las Djayéola laut, »dein Vater?«

»Mein zweiter Vater, ja.«

»Und dein erster?«, wollte sie mit verhaltener Stimme wissen.

»Umgekommen bei einem Zugunglück, zusammen mit meiner Mutter.«

Er kniete nieder und befreite die Tafel mehr symbolisch von Erde und Pflanzenresten, denn irgendwer pflegte dieses wie auch die anderen Gräber hingebungsvoll.

Beileidsbekundungen und zelebrierte Trauer waren nicht ihre Sache. Die Amazone pflegte stattdessen Respekt und Hochachtung in Worten auszudrücken, wenn ein seltener Anlass es gebot. »„Ewuare" – ein großer Name für einen großen Mann.«

Bonifacius kniete weiterhin, mit der Hand auf dem Gedenkstein. In seiner Stimme schwang Wehmut mit: »Woher willst du wissen, ob er ein großer Mann war?«

»Er hat dich adoptiert. Auch er hat dich zu dem Mann gemacht, der du heute bist. - Seine Familie hat ihm den Namen Ewuare gegeben. Sie haben das Große in ihm schon früh erkannt.«

»Deine Logik ist bestechend.«

»Du weißt, nach wem er benannt ist?«

»‚Der Krieg ist vorüber'.« Sein Gesicht nahm liebevolle Züge an, als er die Hand einen symbolischen Kuss von Mund zu Gedenktafel transportieren ließ. »So lautet die ungefähre Übersetzung. Ewuare der Große war der erste bedeutende König eines geeinten Benin im 15. Jahrhundert. Er soll dafür mehr als 200 Städte und Dörfer erobert haben, unterwarf Mikrostaaten und führte ein effizientes Staatswesen ein. Er hat außerdem die dominierenden Abstammungsgruppen entmachtet. Unter ihm erblühte der Außenhandel, Benin wurde zu einem führenden Reich Westafrikas. Eine Epoche des Friedens, wie es heißt.«

Verschmitzt lächelnd erhob er sich.

»Und du glaubst, etwas von dieser Größe könnte auf mich abgefärbt haben?«

»Nur die eigenen Taten können dir Größe verleihen. - Was wirst du als Nächstes tun?«

Bonifacius' Gedanken schienen abzuschweifen, als sein Blick sich zwischen Bäumen hindurch in den Reihen naher Erdnussplantagen verlor.

Ein alter Freund will bestimmt Schach spielen. Und dann wartet da noch eine uralte Korkeiche.

Als er sich schließlich wieder der „Hüterin Benins" zuwandte, war ihm das wertvollste Geschenk dieser Mission bewusst geworden: das ihrer im gemeinsamen Kampf herangereiften Freundschaft.

Dem Griot das letzte Wort

Wo also hört Vergangenheit auf und fängt Gegenwart an, endet Unschuld und beginnt Schuld, grenzt sich Fiktion von Realität ab?

Zieht Ihr es noch immer vor, eine strikte Grenze zu ziehen, oder ist stattdessen die Erkenntnis gereift, dass eine solche Trennlinie nicht wirklich existiert?

Sollte Letzteres der Fall sein, so sind sogar die literarischen Grenzen dieser Geschichte überwunden und der Weg zur Erkenntnis unbefangener. Ein guter wenn auch unbequemer Pfad, auf dem der ehrliche Blick auf das innerste Selbst erst der Anfang ist. Denn was darauf folgt ist der Blick nach außen, auf die dort herrschende Gesellschaft und die Welt – Kraft des eigenen Verstandes, unbestechlich und mit dem festen Willen, etwas zu bewirken. Auf diesem Pfad spielt es keine Rolle, wie viel oder wie wenig man dort draußen zu erreichen in der Lage ist.

Was zählt ist die Bereitschaft, Verantwortung für sich und andere zu übernehmen, das eigene Tun zu hinterfragen, seine Möglichkeiten zu nutzen und auf die Art nach Harmonie zu streben. Egal, wie klein das Licht auch sein mag, das man entzündet, es ist dennoch ein Licht. Und jedes Licht lässt unsere gemeinsame Welt ein wenig heller erstrahlen.

Auch der Romanheld Bonifacius Kidjo befindet sich auf diesem Weg, seinem ganz persönlichen Weg. Es ist schon richtig, selbst er weiß nach Abschluss seiner Benin-Mission, dass das von ihm entzündete Licht alleine die Welt weder retten, noch von Gier und Gewalt befreien wird. Schon gar nicht ist er ein Engel ohne Fehl und Tadel. Er bekämpft, wo nötig, Feuer mit Feuer, stellt sich dabei immer wieder in Frage. Es ist nun mal das Holz, aus dem wahre Helden geschnitzt sind.

Die eigentliche Frage bleibt, wer von uns will in seinem Menschsein reifen, wer übernimmt Verantwortung und trägt überhaupt ein Licht in die Welt – im globalen Zeitalter geheimnisvoller Krankheiten, Seuchen und Pandemien?

Ende